Mark Franley
Nachtkalt

Das Buch

Es gibt kein Entrinnen: der neue Fall um Kommissar Mike Köstner von Bestsellerautor Mark Franley.

In der Gerichtsmedizin liegt eine junge Frau. Während der Obduktion finden sechs angehende Mediziner Verletzungen an der Toten, die keiner von ihnen je vergessen wird. Die Mordkommission übernimmt den Fall und holt Mike Köstner zurück, der nach seinem dramatischen letzten Einsatz aus dem Polizeidienst ausgeschieden war.

Unterdessen stalkt der psychopathische Mörder bereits sein nächstes Opfer: die ehrgeizige, sehr attraktive Medizinstudentin Anja Lange. Während Anja mit einem angehenden Facharzt anbandelt, wird sie das Gefühl nicht los, dass sie beobachtet wird. Sie ahnt nicht, dass das Böse sich schon längst einen Weg in ihr Leben gebahnt hat ...

Der Autor

1972 in Nürnberg geboren, ist Mark Franley bis heute seiner Heimat treu geblieben. Inspiriert durch die lange und oftmals auch dunkle Geschichte seiner Stadt, wird diese zur perfekten Kulisse für das, was einen guten Psychothriller ausmacht. Mit den spannenden Fällen um seine Kommissare Mike Köstner und Lewis Schneider hat der Bestsellerautor bereits Hunderttausende Leser in seinen Bann geschlagen.

MARK FRANLEY

NACHT KALT

Ein Mike-Köstner-Thriller

Die Originalausgabe erschien 2014 unter dem Titel »Nachtkalt« im
Selbstverlag.

Veröffentlicht bei
Edition M, Amazon Media EU S.à r.l.
38, avenue John F. Kennedy, L-1855 Luxembourg
Mai 2019
Copyright © der deutschsprachigen Ausgabe 2014
By Mark Franley
Umschlaggestaltung: bürosüd⁰ München, www.buerosued.de
Umschlagmotiv: © KUMRUEN JITTIMA / Shutterstock;
© A-Star / Shutterstock
Korrektorat: Media-Agentur Gaby Hoffmann, www.profi-lektorat.com
Gedruckt durch:
Amazon Distribution GmbH, Amazonstraße 1, 04347 Leipzig /
Canon Deutschland Business Services GmbH, Ferdinand-Jühlke-Str. 7,
99095 Erfurt /
CPI books GmbH, Birkstraße 10, 25917 Leck

ISBN: 978-2-91980-894-6

www.edition-m-verlag.de

− 1 −

Es war kein wirkliches Erwachen, mehr der Wechsel von einem dämmrigen Bewusstseinszustand zurück in die Abgründe der Realität. Dieses Mal hatte kein Geräusch diesen Wechsel ausgelöst, sondern ein Schweißtropfen, der sich in Anjas Auge verirrt hatte. Ohne es bewusst zu tun, verkrallten sich ihre eiskalten Hände in der Zudecke. Ihr Atem wurde so flach wie möglich, um keinen Laut zu verursachen, und ihre geröteten Augen starrten an die Zimmerdecke.

Wie so oft in den letzten Tagen und Nächten suchten ihre Gedanken einen Grund oder wenigstens einen Auslöser für ihre Situation. Doch da war nichts. Alles, was sie noch wusste, war, dass sie in ihrem eigenen Bett lag, welches in ihrer eigenen kleinen Wohnung stand. Ihr Zuhause war noch immer liebevoll und gemütlich eingerichtet, aber sie konnte diesen Wänden nicht mehr vertrauen. Alles, selbst die kleinsten Gegenstände, war zu einer Unsicherheit geworden. Hinter jedem Ding konnte etwas stecken, was ihr zum Verhängnis werden konnte.

Nichts hatte ihr geholfen. Er war übermächtig und sie war sich sicher, er würde wiederkommen … ES GAB KEINEN AUSWEG.

Ihre Hand wollte den Schweißtropfen aus ihrem Auge wischen, ließ sich aber kaum bewegen. Irgendwann lösten sich die verkrampften Finger von der Zudecke und sie musste all ihren Willen aufbringen, um die Hand an den Kopf zu führen.

Als dies geschafft war und das Brennen in ihren Augen etwas nachgelassen hatte, schloss sie diese für einige Sekunden. Erst war das Bild zu undeutlich, dann wurde es schärfer und ihr Geist zeigte ihr den einzig möglichen Ausweg. Sie brauchte einige Sekunden, um diesen Gedanken, diesen Weg, zuzulassen, doch als dies geschehen war, schien alle Last von ihr abzufallen. Die bleierne Schwere der letzten Tage, all die Angst und Verzweiflung hatten nun keinen Angriffspunkt mehr.

Anja erhob sich wie in Trance, ließ im Vorbeigehen ihre Hände über die Blätter der kleinen Zimmerpalme streifen und bildete sich ein, dass diese ihr Mut zusprachen. Mit gesenktem Blick setzte sie einen Fuß vor den anderen, ohne dabei wie sonst das Gefühl des hochflorigen Teppichs unter ihrer Haut zu genießen.

Die Stadt hinter dem großen Wohnzimmerfenster war so still, wie sie es morgens um vier Uhr immer war. Der kalte Herbstregen peitschte gegen das Glas, wobei die einzelnen Tropfen unentwegt neue Spuren zeichneten und einen milchigen Schleier über die Stadt legten. Anja drehte sich noch einmal um ihre eigene Achse, und als wäre es abgesprochen, begannen die Lämpchen des auf stumm geschalteten Telefons zu blinken, doch es hatte seine erschreckende Wirkung verloren. Ganz im Gegenteil, jetzt gab es ihr nur noch mehr Mut.

Ein hämisch irres Grinsen legte sich über ihr Gesicht, dann blickte sie noch ein letztes Mal auf das Bild ihrer Mutter, wandte sich anschließend wieder dem Fenster zu und öffnete es.

Eine kalte Windböe, vermischt mit eisigen Regentropfen, umhüllte sie für einen kurzen Augenblick, doch die Kraft, welche ihr die Kälte abzog, gab ihr der deutlich hörbare Signalton des Anrufbeantworters wieder zurück. Ihr Blick fokussierte einen weit entfernten Punkt am Horizont, der sie zu locken schien, dann trat sie bis an das kalte Außengitter des bis zum Boden reichenden Fensters, beugte den Oberkörper darüber und gab sich erleichtert der Schwerkraft hin.

– 2 –

Einige Tage zuvor …

Es waren diese ironischen Momente des Alltags, die Menzel den Tag versüßten. Er wusste vom ersten Tag an, dass Aufseher Schröder hinter seine Fassade blicken konnte und ihn besser als alle anderen kannte. Am Anfang hatte sich Menzel noch ausgemalt, wie er den Mann und seine Familie nach der Haftentlassung in eine neue Dimension ihres langweiligen Lebens überführen würde, doch inzwischen sah er davon ab. Aufseher Schröder kannte seinen Platz im Universum und hatte, soweit Menzel wusste, noch nie versucht, seine Entlassung zu verhindern.

Jetzt ging ausgerechnet Schröder zwei Schritte hinter ihm und brachte ihn zu dem Abschlussgespräch, das seine vorzeitige Entlassung besiegeln sollte. Nach scheinbar endlos langen Korridoren und zahlreichen Gittertüren erreichten sie die medizinisch-psychologische Abteilung der Haftanstalt und Schröder wies ihn an, auf einem der drei an der Wand montierten Stühle Platz zu nehmen. Menzel setzte sich.

Die vergitterte Wanduhr zeigte zwei Minuten vor neun, doch er wusste, dass Frau Dr. Tamara Bernau ein Kontrollfreak war. Mit den Augen dem Sekundenzeiger folgend und den an der Wand lehnenden Wachmann ignorierend, zählte er die Sekunden mit und jede einzelne steigerte seine Erregung.

Diese Frau Doktor war eigentlich nichts Besonderes, aber er hatte ihre Angst schon vor fünf Jahren bei ihrem ersten Händedruck gerochen, und dem konnte er kaum widerstehen. Wie alle Therapeuten wirkte sie vordergründig kontrolliert. Eigentlich sah sie ganz gut aus, was sie angesichts ihrer hiesigen Klientel durch schlecht sitzende Kleidung verstecken wollte, doch gerade dadurch machte sie sich noch interessanter. Ja, sie gehörte eindeutig zu den Menschen, mit denen er seinen Neigungen eine gewisse Befriedigung verschaffen konnte. Er bezweifelte zwar, dass sie lange durchhalten würde, aber vielleicht konnte sie ihn eines Tages überraschen.

Der Sekundenzeiger sprang auf die Zwölf, und als sich auch der kleinere, dicke Zeiger auf der Neun eingependelt hatte, öffnete sich die Tür neben seinem Stuhl. Auf ein Zeichen von Aufseher Schröder hin erhob sich Menzel und trat in den einfach eingerichteten Raum.

Frau Doktor, heute bekleidet mit einem viel zu großen Strickpulli und wirklich schlimm geschnittenen Jeans, stand neben dem Besprechungstisch und reichte ihm die Hand, welche er gespielt zögerlich ergriff und viel zu sanft drückte.

Dann stammelte er fast unterwürfig: »Hallo, Frau Doktor, schön, Sie zu sehen.«

»Kann ich gehen?«, fragte Schröder hinter seinem Rücken, und Frau Dr. Bernau deutete ein Nicken an. Anschließend schloss sich die Tür.

»Bitte, Herr Menzel, setzen Sie sich doch.« Ihre Geste galt dem Stuhl neben dem ihren, aber Menzel nahm bewusst ihr gegenüber Platz, um wenigstens den kleinen Tisch zwischen ihr und sich selbst zu haben. Gerade jetzt wollte er nichts mehr riskieren. Er wusste, dass er sich keine halbe Stunde lang unter Kontrolle haben würde.

Frau Dr. Bernau nahm ebenfalls Platz, lächelte ihn an, als hätten sie gemeinsam etwas Großes bewirkt. »Ich freue mich sehr, Ihnen zu Ihrer heutigen Entlassung gratulieren zu können. Wir haben in den letzten Monaten viel erreicht und ich konnte dieser Entlassung von ganzem Herzen zustimmen.« Es folgte ein Monolog, der sich über geschlagene zehn Minuten hinzog, ihm allerdings viel Zeit für seine Fantasien ließ. Er nahm jedes Detail ihrer Mimik und Gestik in sich auf, stellte sich vor, wie sie auf Schmerz und Angst reagieren würde, und konnte dabei nicht anders, als seine Hand unter den Tisch sinken zu lassen.

Irgendwann endeten ihre Mahnungen und Vorschläge, wie er sich in Freiheit zurechtfinden könnte, und es folgte die Frage: »Haben Sie Angst, nach zehn Jahren da rauszugehen?«

Er brauchte einen kurzen Moment, um seinen Geist wieder auf die einstudierte Bahn zu lenken, durch die man ihn für einen unbeholfenen, harmlosen Mann hielt. Menzel sah sie verschüchtert an. »Natürlich habe ich mir gerade in den letzten Tagen viele Gedanken darüber gemacht.« Seine Stimme stockte und er tat so, als müsse er nach den richtigen Worten suchen, bis er fast schon stammelnd sagte: »Es würde mir eine gewisse Sicherheit geben, wenn ich wüsste, dass ich Sie erreichen kann, wenn ich ein Problem habe.« Nun sah er sich gespielt in dem Raum um. »Ich weiß ja nicht, ob das hier möglich ist, aber könnte ich Sie vielleicht telefonisch kontaktieren, sofern ich einen Rat brauche?«

Nun war es Frau Doktor, die kurz nachdenken musste, nach einer Weile aber die Lippen zusammenkniff und sich erhob. Nachdem sie einige Schubläden ihres Schreibtisches durchsucht hatte, kehrte sie mit einer Visitenkarte zurück zum Tisch und überreichte ihm diese. »Ihr Wunsch ist ungewöhnlich, die meisten hier sind froh, mich nicht mehr sehen zu müssen, aber das bestätigt meinen Eindruck von Ihnen. Sie wollen Ihr Leben wirklich in den Griff bekommen. Natürlich können Sie gerne in meine Praxis kommen, wenn es Ihnen nötig erscheint.«

Alleine das Gefühl der kleinen Visitenkarte zwischen seinen Fingern reichte für einen weiteren Höhenflug. Trotzdem schaffte er es, seinen Geschichtsausdruck aufrechtzuerhalten, der aussah, als hätte er gerade ein Weihnachtsgeschenk bekommen. »Danke, das bedeutet mir sehr viel«, erwiderte er ehrfürchtig. Nun fiel sein Blick auf ihre Armbanduhr, wodurch er erschrocken feststellte, dass er nur noch fünf Minuten hatte, um wieder runterzukommen. Möglichst beiläufig wechselte er zu einem Thema, bei dem er auf andere Gedanken kam. Dann war die Zeit um und Punkt neun Uhr dreißig war diese letzte Therapiesitzung hinter den Anstaltsmauern beendet. Nach einem weiteren kurzen Blick in ihre Augen stand sein Entschluss fest … Bei ihrem nächsten Treffen würde die Rollenverteilung eine gänzlich andere sein.

– 3 –

Menzel liebte dieses nasskalte Wetter, und als sich exakt um zwei Uhr mittags die in der riesigen Gefängnismauer winzig wirkende Tür öffnete, verlieh ihm der kalte Regen einen zusätzlichen Schub.

Nachdem er sich kurz umgesehen hatte, entdeckte er das alte, wartende Taxi etwas abseits stehend auf dem Besucherparkplatz. Es stand so, dass der Fahrer in eine andere Richtung blickte, und war, wie von D. versprochen, mit einem grellroten Aufkleber gekennzeichnet.

Der Mann hatte also Wort gehalten, was absolut nicht selbstverständlich war. In der zwangsläufigen Enge des Knastes wurden viele Schwüre geschmiedet, von denen sich die meisten hinterher in Luft auflösten. Echte Zweifel hatte er trotzdem nicht gehabt. D. war nicht irgendein Krimineller, er war mindestens so intelligent wie er selbst, und auch wenn er andere Ziele verfolgte, waren diese nicht weniger erregend.

Tief die frische Luft einatmend, ging er auf den Wagen zu, öffnete die Tür und setzte sich hinter den Fahrer. Ob man den Mann eingeschüchtert oder einfach nur gut bezahlt hatte, interessierte ihn nicht sonderlich. Auf jeden Fall machte dieser keinerlei Anstalten, einen Blick auf seinen Fahrgast zu werfen, und hatte sogar den Rückspiegel abgeklebt.

Die Fahrt dauerte eine knappe Stunde und endete in dem Innenhof einer alten Fabrikanlage, die wohl einmal ein Stahlwerk gewesen war. Wieder stellte der Fahrer den Wagen so ab, dass die Tür, durch die er offenbar gehen sollte, hinter ihnen lag und sein Fahrgast somit nicht an ihm vorbeimusste. Kaum ausgestiegen, beschleunigte das Taxi und verschwand hinter einer großen grauen Halle. Er schulterte seine alte Sporttasche, in der sich seine wenigen Habseligkeiten befanden, und wandte sich der Tür zu, die sich genau in diesem Augenblick öffnete.

Im Inneren der Wellblechhalle herrschte fast völlige Dunkelheit; trotzdem erkannte er den Schatten in der Tür.

Es kam nicht oft vor, doch nun verspürte er so etwas wie Vorfreude. Mit einem gewinnenden Lächeln, das er sonst nur bei Frauen zum Einsatz brachte, sagte er: »Du hast tatsächlich Wort gehalten.«

Der andere Mann trat einen Schritt in das trübe Tageslicht, musterte seinen Gast von oben bis unten und lächelte ebenfalls. »Du hast das restliche Jahr gut überstanden, man könnte denken, du kämest gerade aus dem Urlaub.« D. machte eine einladende Geste. »Aber jetzt komm erst einmal herein, dann können wir alles besprechen. Außerdem bist du bestimmt ganz schön ausgehungert. Im Keller habe ich ein kleines Willkommensgeschenk für dich vorbereitet.«

Zwei Stunden verbrachten die beiden in einem kargen, unverputzten Raum, der außer einem einfachen Tisch und zwei Stühlen nichts beinhaltete. D. erklärte seinem Jäger die technische Ausrüstung, gab ihm einige Unterlagen für die Wohnung, welche er für ihn angemietet hatte, und machte ihm deutlich, worauf es ihm ankam.

»Und wie kann ich dich kontaktieren?«, war die einzige Frage, die Menzel stellte, wobei er sich mit den Händen durch sein kurzes blondes Haar fuhr.

Es lag in der Natur von D., jedes Detail bedacht zu haben. Ein überlegenes Lächeln huschte über seine Lippen, dann zog er eine schlichte Armbanduhr aus seiner Jackentasche. »Da wir uns vor dem Ende nicht wiedersehen werden, wird dieses Schmuckstück unsere einzige Verbindung sein. Alles, was du mir senden willst, kannst du hiermit übertragen.« Mit diesen Worten drückte er einen versteckt angebrachten USB-Stecker aus dem Armband. »Einfach in den Laptop stecken und den Anweisungen des Programms folgen, aber mach das auf jeden Fall nur an dem Laptop, der sich mit im Koffer befindet. Verwendest du oder jemand anders ein anderes Gerät, wird der Speicher der Uhr augenblicklich und unwiderruflich gelöscht.« Nun sah er Menzel in die blauen Augen. »Alles klar?«

Dieser nickte und hielt den Blickkontakt aufrecht. »Alles klar. Hast du einen Wunsch, was das Objekt betrifft?«

D. nickte. »Ich hatte ja etwas Zeit zum Nachdenken und da kam mir unser alter Zellengenosse in den Sinn. Weißt du noch, wie er uns von seiner Familie erzählt hat?«

Menzel dachte kurz nach und antwortete dann gedehnt: »Keine blöde Idee! Hast du dich dort schon ein wenig umgesehen?«

»Es ist fast zu perfekt«, bestätigte D. und berichtete, was er bis jetzt herausgefunden hatte.

Als eine halbe Stunde später alles gesagt war, erhoben sich die beiden Männer. Menzel nahm den Koffer, ließ sich die Autoschlüssel für seinen neuen Wagen geben und folgte seinem Auftraggeber hinaus in die leere Werkhalle. An der Tür drehte sich D. um, reichte ihm erst die Hand und deutete anschließend auf eine schmale Treppe, die hinunter in die Dunkelheit führte. »Falls du noch etwas Druck ablassen möchtest … du kannst dir ruhig Zeit lassen, dort unten wird euch keiner stören. Ich werde erst morgen früh jemanden vorbeischicken, der danach etwas aufräumt.«

Menzel wartete, bis sich die Hallentür geschlossen hatte, und machte kurz die Augen zu. Es dauerte nur wenige Sekunden, dann spürte er, wie sein Körper auf den Gedanken an das, was in diesem Keller wartete, reagierte. Noch gab er sich dem Gefühl nicht völlig hin, sondern stand einfach nur da und lauschte in die Stille dieser einst von Arbeitslärm erschütterten Halle. Erst als er glaubte, einen sehr gedämpften Schrei zu hören, konnte er nicht mehr anders. Wie in Trance ging er Stufe für Stufe hinunter in den Keller und mit jedem Schritt stieg seine Erregung.

Wie immer, wenn seine Instinkte derart angesprochen wurden und er seine Überlegenheit in jeder Faser seines Körpers spürte, stimmte er pfeifend die leise Melodie an, mit der er einst seine Schwester hatte trösten wollen.

Das Kellergeschoss erwies sich als recht übersichtlich. Da es nur ein einziges, grünlich leuchtendes Notausgangsschild gab, nahm er an, dass er dorthin musste. Er folgte dem Gang aus schmucklosen Betonmauern bis zu der Lichtquelle, die man kaum als solche bezeichnen konnte, und da war es wieder. Dieses Mal war der Schrei wesentlich deutlicher zu hören. Selbst die stählerne Brandschutztür konnte die Angst, die darin mitschwang, nicht zurückhalten.

Ein angenehmes Kribbeln durchzog seinen Körper, und ohne es wirklich wahrzunehmen, ließ er den Koffer und seine Sporttasche zu Boden sinken. Auf der Treppe war ihm noch kurz in den Sinn gekommen, seine neuen Gerätschaften gleich hier auszuprobieren, doch jetzt wollte er es noch ein letztes Mal unverfälscht genießen.

Trotz der relativ niedrigen Temperatur hatten sich Tropfen aus Schweiß in seinem Nacken gebildet, der jetzt auf seinem

Rückgrat nach unten perlte. Wichtiger war allerdings der Schweiß derer, die er sich untertan machen wollte, denn in ihm materialisierte sich all die Angst, die sonst nur in den Gedanken wohnte.

Noch einmal schloss er kurz die Augen, dann öffnete er die unverschlossene Tür und gestattete dadurch dem fahlen grünlichen Licht, sich dort auszubreiten. Der Anblick war atemberaubend. Die kleine Asiatin, vielleicht 20 Jahre alt, stand an einen Stützpfeiler gebunden da und sah ihn mit wildem Blick an. Ihr Zustand war weitaus besser, als die Hilfeschreie vermuten ließen. In ihr steckten noch viel Kraft, Mut und Entschlossenheit … genau das, was er jetzt brauchte.

Ihre Augen brauchten einige Augenblicke, um sich an das Licht zu gewöhnen, und da er wie ein ganz normaler Mann aussah, besann sie sich und versuchte ein Lächeln. In relativ gutem Deutsch und mit hoffnungsvoller Stimme fragte sie leise: »Bist du von der Polizei?«

Er dagegen tat gar nichts. Unbewusst immer noch die Melodie pfeifend, stand er einfach nur da und musterte sie langsam von unten nach oben, wobei sein Blick am längsten auf ihrem Gesicht verharrte. Er war sich noch nicht ganz sicher, glaubte aber, einige Schweißperlen unter dem wild zerzausten pechschwarzen Haar auf ihrer Stirn zu erkennen.

Die beiden trennten nur wenige Schritte, die er nun so langsam, wie es ihm möglich war, überwand. Jetzt waren ihre Gesichter nur noch wenige Zentimeter voneinander entfernt, nahe genug, damit er ihren Atem spüren konnte. Beide Hände zu einer Faust geballt, schaffte er es, sich zurückzuhalten, und begann erst an ihrer Stirn, dann an ihrem Hals und ganz langsam bis hinunter bis zu ihrem Schritt zu riechen. Fluten kleiner Explosionen vereinten sich zu einem Feuerwerk in seinem Innersten.

Es dauerte etwas, bis die kleine Asiatin realisierte, dass es sich nicht um einen Polizisten handelte, da begann ihre Lunge schneller zu pumpen und ihr Körper riss mit der Kraft der Verzweiflung an den Seilen, die sie unnachgiebig an diese kalte Säule pressten. Er war wieder ein kleines Stück zurückgewichen. Geduldig wartete er, bis sich ihre Anstrengung als dunkle, nasse Stellen auf ihrer dünnen Kleidung abzeichnete. Wieder ging er in die Hocke, umgriff ihre schmale Taille und zog ihren Körper mit sanfter Gewalt an sein Gesicht. Ihre Angst war noch nicht vollständig ausgeprägt, das konnte er riechen. Doch er witterte auch, dass es noch sehr viel mehr davon in ihrem Innersten gab. Die Körperwärme, das leichte Zittern ihres Fleisches und der Geschmack ihres Schweißes auf seiner Zunge trieben ihn fast in den Wahnsinn. Als hätte es eine physische Verbindung zwischen ihnen gegeben, musste er sich regelrecht losreißen, taumelte einige Schritte zurück und rang nach Luft.

Nachdem er sich etwas abgekühlt hatte, war er sich sicher: Heute Nacht würde er das Letzte aus diesem Wesen herausholen und er hatte sogar eine Rechtfertigung dafür. Denn um sich bei seinem Auftrag beherrschen zu können, war es unabdingbar, seine Instinkte schon vorher ausreichend zu stimulieren.

– 4 –

Anja nahm dankbar zur Kenntnis, dass Dr. Grubers Vorlesung sich dem Ende näherte. Auch wenn bleierne Müdigkeit über ihr lag, war es einzig und alleine das Verdienst des Gerichtsmediziners, dass sie nicht eingeschlafen war. Ute, die neben ihr saß, schien der gestrige Abend ebenso in den Knochen zu stecken, denn auch ihre Augen waren nur noch zu Schlitzen verengt und es war deutlich zu erkennen, dass ihr Kopf immer wieder einmal wegsackte. Hob Dr. Gruber in einem solchen Augenblick die Stimme, schien Ute einen Stromstoß zu bekommen, was ihre Aufmerksamkeit aber immer nur für wenige Minuten wiederherstellte.

»So …«, die Stimme Dr. Grubers war nun so laut, dass auch der Letzte im Saal erwachte, »findet noch jemand eine Frage in seinem wolkenverhangenen Hirn oder habe ich die Eröffnung eines menschlichen Körpers so gut erklärt, dass es jetzt jeder von Ihnen könnte?«

Natürlich meldeten sich die üblichen Streber, was die Vorlesung eine weitere Viertelstunde in die Länge zog. Als endlich auch der Letzte Ruhe gab, drückte Dr. Gruber auf seine Fernbedienung, und die Ersten wollten sich schon erheben, doch der Doktor machte eine ermahnende Geste. »Bevor Sie

gehen, möchte ich Sie noch zu einer echten Sektion einladen.«
Dann schränkte er ein: »Natürlich nur diejenigen unter Ihnen,
die es sich schon zutrauen und den entsprechenden Schein
haben.« Nun ließ er seinen Blick durch das Halbrund der Bänke
gleiten. »Morgen, Punkt 10 Uhr bei mir in der Gerichtsmedizin.
Darf ich um Handzeichen bitten?«

Obwohl sich nur vier der anwesenden Studenten, aus-
nahmslos Männer, meldeten, schien Dr. Gruber zufrieden.
Anja, die es sich heute überhaupt nicht vorstellen konnte, morgen an der Eröffnung eines echten Menschen teilzunehmen,
bekam einen derben Rempler von der Seite.

»Hey, was soll das?«, beschwerte sie sich verärgert.

Statt sich zu entschuldigen, sah Ute sie jedoch mit ihrem
Dackelblick an, der nur eins bedeuten konnte. »Wir müssen da
auch hin«, sprach sie dann auch prompt aus.

»Ganz sicher nicht«, entgegnete Anja, jetzt etwas wacher.

»Bitte«, bettelte Ute, und als Anja ihrem Blick folgte,
erkannte sie den wahren Grund.

Fast schon empört sah sie nun wieder zu ihrer Freundin und
stellte ehrlich zweifelnd fest: »Du willst deine erste Obduktion
dazu nutzen, um dich an René ranzuschmeißen?«

Nun konnte sich Ute das überlegene Grinsen nicht verkneifen und fast singend sagte sie: »Einer der wenigen Momente, bei
denen er sich nicht verdrücken kann.«

Anja wusste, dass es Ute nicht gerade leicht bei Männern
hatte. Daher ließ sie sich noch ein wenig bitten. »Aber nur dir
zuliebe«, seufzte sie schließlich.

»Du bist ein Schatz«, hauchte Ute, sprang auf und
erreichte Dr. Gruber gerade noch rechtzeitig, bevor dieser den
Vortragssaal durch die Tür neben der großen Leinwand verlassen konnte.

Kurz darauf kam sie mit einem fröhlichen Gesichtsausdruck zurück. »Der Doktor hat zugestimmt, wir können morgen an der Obduktion teilnehmen.«

»Na, da bin ich aber froh«, war alles, was Anja murmelte. Dann packte sie ihre abgegriffene Ledertasche und verließ zusammen mit ihrer Freundin das Gebäude.

»Wer war eigentlich der Neue, hinten in der letzten Reihe?«, fragte Ute, als sie hinaus in das bereits dämmrige Licht traten.

»Welcher Neue?«, grummelte Anja, der heute sogar die Anwesenheit ihre Freundin zu viel war und die sich nur noch nach der Stille ihrer kleinen Studentenbude sehnte.

»Na, der etwas ältere Typ, der gleich neben dem Ausgang saß …« Ute stockte, hob dann die Hand und zeigte auf einen modisch angezogenen Mann, der in einiger Entfernung an einer Hauswand lehnte und auf etwas zu warten schien. »… den da drüben meine ich.«

»Keine Ahnung, den habe ich hier noch nie gesehen«, schwindelte Anja, da sie keine Lust auf weitere Fragen hatte, und stellte in einem Tonfall, den sie sofort selbst bereute, fest: »Meinst du, du findest einen Freund, wenn du nur genügend durchprobierst? Lässt du dich eigentlich auch einmal auf einen Menschen ein, oder muss es die große Liebe auf den ersten Blick sein?«

Ute, die gerade etwas sagen wollte, hielt inne und sah an Anjas durchaus ansehnlichem Körper herunter. »Was weißt du denn schon?«, zischte sie mit nassen Augen. Anschließend drehte sie sich um und stürmte davon.

»Auch das noch!«, fluchte Anja und startete den halbherzigen Versuch, ihrer Freundin hinterherzulaufen. Nach hundert Metern und zwei Abweisungen gab sie auf und machte sich auf den Weg zu Erlangens Busbahnhof. Sie würde die Sache später mit einem Telefonat aus der Welt schaffen. So schnell, wie Ute einschnappte, taute sie in aller Regel auch wieder auf.

»Bin ich so schrecklich, dass man mich verleugnen muss?«

Anja, die sich gerade die Kopfhörer ihres iPads ins Ohr stecken wollte, zuckte zusammen. Offenbar war sie dermaßen mit ihren Gedanken beschäftigt gewesen, dass sie überhaupt nicht mitbekommen hatte, wie Florian ihr gefolgt war. Dunkle Erinnerungsfetzen des gestrigen Abends tauchten in ihr auf … Die Musikkneipe, tolle Stimmung und viel zu viel Alkohol. Kurz vor der Sperrstunde hatte Florian sie draußen bei einer Zigarette angesprochen. Soweit sie sich noch erinnern konnte, war er gerade erst von Berlin nach Erlangen gezogen, um hier seinen Facharzt zu machen. Er war ihr sympathisch und sah noch dazu gut aus, aber bei Männerbekanntschaften schaltete Anja automatisch drei Gänge zurück. Dank seiner unaufdringlichen Art gestand sie ihm trotzdem ein letztes gemeinsames Bier zu, dann war jeder alleine nach Hause gegangen.

»Und, bin ich so schrecklich?«, wiederholte er.

Es war und blieb ein bescheidener Tag. Eigentlich wollte sie die Frage verneinen, doch stattdessen antwortete sie wieder viel zu barsch: »Wir kennen uns seit gestern und du fängst jetzt schon an, mich zu verfolgen. Glaubst du, ich riskiere die Eifersucht meiner Freundin für einen Mann, den ich noch gar nicht richtig kenne?«

Sein Lächeln erstarrte, dann trat er einen kleinen Schritt zurück und hob abwehrend die Hände. »Ist ja gut, ich wollte dich eigentlich bloß fragen, ob wir einmal zusammen einen Kaffee trinken gehen.«

Bei den meisten Typen hätte diese Reaktion wahrscheinlich einfach nur cool gewirkt, bei ihm hatte es den Anschein einer echten Enttäuschung. Genau im selben Augenblick hielt Anjas Bus und öffnete die Türen, was sie nun wiederum dazu zwang, eine Entscheidung zu treffen. Anja hatte schon dazu angesetzt, einzusteigen, als sie sich noch einmal zu ihm wandte. »Es tut mir leid, war nicht so gemeint. Lass uns ein anderes Mal darüber reden«, sagte sie wesentlich milder. Dann stieg sie ein und ließ sich bei der Abfahrt sogar zu einem kurzen Winken hinreißen. Trotz der schmutzigen Busscheibe glaubte sie, dieses unterschwellige Lächeln wiederzuerkennen, das ihr schon am Vorabend so gut an ihm gefallen hatte, und ohne, dass sie es wollte, musste sie ebenfalls lächeln.

– 5 –

Es war kurz vor zehn Uhr und Pathologe Dr. Gruber pendelte gerade einmal wieder zwischen Kaffeemaschine und seinem Büro, als er an der nicht ganz geschlossenen Schiebetür des Untersuchungsraumes vorbeikam und stutzte. Solange die bereits für die Obduktion vorbereitete Leiche nicht untersucht worden war, hatte dort drin niemand etwas zu suchen, und doch war die tote Frau nicht alleine. Ein Mann stand mit dem Rücken zur Tür vor dem Edelstahltisch, und soweit es Dr. Gruber beurteilen konnte, atmete dieser Mann ziemlich heftig.

Dr. Gruber betrat leise den Raum. »Was machen Sie hier?«, fragte er mit lauter Stimme. Eigentlich hatte er erwartet, dass der Mann zusammenzuckte oder sich in irgendeiner anderen Form ertappt fühlte, doch nichts davon geschah.

Als wäre es selbstverständlich und ohne sich vorher umzudrehen, zog dieser das weiße Laken wieder über den Kopf der Toten und blieb einfach noch zwei, drei Sekunden so stehen.

Dr. Gruber machte eigentlich nichts so schnell sprachlos, doch er vermochte die Situation nicht richtig einzuschätzen. War dieser Mann ein Student oder ein Angehöriger? Einem Studenten würde er den Marsch blasen, war es allerdings ein Angehöriger, musste er wenigstens etwas Einfühlungsvermögen zeigen. Da aber kein Angehöriger wissen konnte, dass die Tote hier lag, denn noch nicht einmal die Polizei wusste, wer sie eigentlich war, wiederholte er seine Frage in deutlich schärferem Ton.

Endlich drehte sich der Mann um und sah verlegen auf den Boden. »Bitte ... es tut mir leid ...«, stotterte er.

Auch jetzt, wo er in das Gesicht seines Gegenübers blickte, fiel es Dr. Gruber schwer, den Mann einzuschätzen. Einerseits wirkte dieser ehrlich verlegen, andererseits zeigten seine Gesichtszüge auch noch etwas anderes Undefinierbares.

»Also«, wiederholte der Arzt seine Frage zum dritten Mal, »was machen Sie hier? Da draußen hängt ein großes Schild mit dem Aufdruck ›Unbefugten ist der Zutritt strengstens untersagt‹, und das hängt dort nicht zum Spaß.«

»Ja nun, es ist so ...«, stammelte der andere erneut, »... ich arbeite drüben in der Verwaltung als Aushilfe und soll Ihnen diese Studentenakten vorbeibringen.« Mit diesen Worten zeigte er auf einen kleinen Stapel brauner Aktenumschläge, die er sich unter den Arm geklemmt hatte. »Und als ich an dieser Tür vorbeilief, sah ich die Tote hier liegen und konnte irgendwie nicht anders, als einen Blick darauf zu werfen.« Nun wurden seine Worte etwas sicherer. »Es ist nämlich so: Ich schreibe in meiner Freizeit Krimis, und um es besonders realistisch beschreiben zu können, ist es natürlich gut, die Dinge mit eigenen Augen gesehen zu haben.« Nun folgte eine Pause, bei der sein Blick wieder zum Boden wanderte. »Bekomme ich jetzt Ärger?«, erkundigte er sich kleinlaut.

Dr. Gruber dachte eine Sekunde über das Gehörte nach. Wenn es gelogen war, dann doch recht kreativ, und der junge Mann wirkte tatsächlich ziemlich verängstigt, außerdem würden in wenigen Minuten seine Studenten kommen. Er blickte dem Mann noch einmal in die Augen. »Wenn ich Sie hier drinnen noch einmal ohne Erlaubnis erwische, kommen Sie mir nicht so einfach davon. Jetzt geben Sie mir diese Akten und dann gehen

Sie …« Nun stockte Dr. Gruber. »… was soll ich überhaupt mit diesen Unterlagen? Die habe ich nicht angefordert.«

Der Mann war sichtbar erleichtert, zuckte aber mit den Schultern. »Keine Ahnung. Eine der Sekretärinnen, ich glaube, Frau Weisman, hat sie mir in die Hand gedrückt und gesagt, ich soll sie Ihnen geben.«

Dr. Gruber beließ es dabei, nahm ihm den Stapel aus der Hand und wies auf die Tür, durch die der Mann den Raum ohne ein weiteres Wort verließ. Der Arzt sah ihm noch hinterher, bis ihm etwas einfiel. »Wie heißen Sie eigentlich?«

Doch der Mann zeigte keine Reaktion, ging durch die Milchglastüren am Ende des Ganges und war endgültig verschwunden.

Unschlüssig, was er nun tun sollte, schlug Dr. Gruber die oberste Akte auf und blickte auf das Foto einer Studentin, die sich am Vortag noch kurzfristig zu der heutigen Obduktion angemeldet hatte. Doch weiter, als den Namen *Anja Lange* zu lesen, kam er nicht, da sich die Glastür erneut öffnete und die ersten Studenten lautstark diskutierend auf ihn zukamen.

Nach einem langen abendlichen Telefonat mit Ute, bei dem sie sich sogar getraut hatte, ihr von Florian zu erzählen, war Anjas Stimmung heute deutlich besser. Hinzu kam, dass nach der Obduktion das Wochenende vor der Tür stand und sie insgeheim hoffte, Florian zu begegnen. Ute hatte ungewohnt gönnerhaft reagiert, sodass ihr auch von dieser Seite kein Störfeuer drohte. Abgesehen von dieser Obduktion stand zwei potenziell schönen Tagen nichts im Weg.

Punkt zehn Uhr versammelte sich die ganze Gruppe im Obduktionssaal und alle blickten nervös auf Dr. Gruber, hinter dem die noch abgedeckte Leiche lag.

Anja stellte gerade mit einem Schmunzeln fest, dass sich Utes Unruhe weniger auf das Bevorstehende bezog, sondern wohl eher daher kam, dass sie so dicht neben René stand, als die Schiebetür erneut geöffnet wurde und Florian, eine Entschuldigung murmelnd, den Raum betrat. Obwohl sich alle sieben Studenten gleichzeitig zu ihm umdrehten, galt sein Blick einzig Anja, die diesen mit einem schüchternen Lächeln erwiderte.

Als endlich wieder etwas Ruhe eingekehrt war, begann Dr. Gruber mit gelassener Stimme: »Wenn ich richtig gezählt habe, sollten wir nun vollzählig sein. Wer von Ihnen hat schon einmal an einer gerichtsmedizinischen Obduktion teilgenommen?«

Obwohl jeder der Anwesenden bereits im letzten, dem sogenannten praktischen Jahr war, hob niemand die Hand.

»Schön«, stellte Dr. Gruber ironisch fest. »Dann hat Sie auch noch keiner meiner Kollegen versauen können.« Es folgte eine kurze Pause, nach der Dr. Gruber ein wenig ernster fortfuhr. »Natürlich möchte ich meinen Kollegen nichts unterstellen, aber ich halte es für sinnvoller, Sie von Anfang an einzubinden, als Sie nur zusehen zu lassen. Das heißt, Sie werden die Untersuchungen von Beginn an selbst durchführen, und ich passe nur auf, dass alles gesetzeskonform läuft. Sind Sie sich ab sofort bewusst, dass dies keine Übung ist und dass das Untersuchungsergebnis zur Aufklärung eines Verbrechens herangezogen wird?«

Nun hatte der Arzt die ungeteilte Aufmerksamkeit seiner Studenten und selbst dem sonst nur gelangweilt dreinschauende René schien die Ernsthaftigkeit dieses Vormittages gewahr zu werden. Wieder einmal begriff Anja nicht, warum es ihre beste Freundin gerade auf solche Typen abgesehen hatte, doch weiter als bis zu diesem Gedanken kam sie nicht, da Dr. Gruber Aufmerksamkeit einforderte.

Mit einer Geste zu der abgedeckten Leiche erklärte er: »Folgende Informationen haben wir …« Nun zog er das Tuch ein Stück zurück, wodurch das Gesicht einer jungen, asiatisch aussehenden Frau zum Vorschein kam, die auf den ersten Blick unverletzt aussah. »… diese junge Frau, möglicherweise asiatischer Herkunft, wurde vorgestern Morgen gegen acht Uhr von den Mitarbeitern einer Abrissfirma im Keller einer alten Fabrik gefunden. Die Frau, Name und Alter sind noch unbekannt, war an einen Betonpfeiler gefesselt und schien äußerlich unverletzt zu sein. Der Notarzt äußerte die Vermutung, dass die Frau an Dehydration gestorben ist. Das würde heißen, sie hing so lange an diesem Pfeiler, bis sie schließlich verdurstet ist. Und hier kommen Sie ins Spiel. Es ist jetzt Ihre Aufgabe herauszufinden, was mit dieser Frau geschehen ist.« Dr. Gruber wartete, bis sich das erste Entsetzen gelegt hatte. »Gibt es jemanden, der hier abbrechen möchte? Wer jetzt bleibt, muss bis zum Ende bleiben und mir unterschreiben, dass alles, was in diesem Raum passiert, streng vertraulich behandelt wird.«

Da alle, bis auf einen etwas blass wirkenden Studenten, den Anja nur vom Sehen kannte, mit dem Kopf schüttelten, sprach ihn Dr. Gruber direkt an. »Alles klar, Herr Janek?«

Der junge Mann warf noch einen Blick auf das leblose Gesicht der Toten. »Ich weiß auch nicht, mir ist ein wenig schlecht. Es ist vermutlich besser, wenn ich ein anderes Mal teilnehme.«

Der Doktor nickte und sagte ohne jeden Vorwurf in der Stimme: »Kein Problem, aber ich muss auch Sie bitten, über das bereits Gehörte Stillschweigen zu bewahren, da es sich um laufende Ermittlungen handelt.«

Um Janek war es offenbar schlechter bestellt, als es zunächst gewirkt hatte. Zwar schaffte er es noch, dem Doktor seine Verschwiegenheit zu bestätigen, dann verließ er den Sektionssaal allerdings fluchtartig und kurz darauf drang ein leises, würgendes Geräusch von draußen herein.

Dr. Gruber warf einen Blick auf die große Wanduhr, klatschte in die Hände und drängte seine Studenten zur Eile.

»Jetzt aber los, wir sind spät dran. Ich würde vorschlagen, Sie bilden so wie Sie jetzt zusammenstehen Zweiergruppen. Jede Gruppe begutachtet zuerst eigenständig unsere Unbekannte hier«, wieder folgte eine Geste in Richtung des bläulich blassen Kopfes der Toten, »und danach vergleichen wir alle Befunde. Wie wir es nachher mit dem Öffnen des Körpers machen, überlege ich mir noch. Vielleicht darf derjenige mit dem präzisesten äußeren Befund die Schnitte durchführen.«

»Was für eine Motivation!«, raunte Anja Florian zu, mit dem sie zusammen eingeteilt war.

»Ist der Doktor nicht bekannt für solche Späße? Ich hörte, dass er zwar eine Koryphäe auf seinem Gebiet ist, aber nicht jeder mit seiner Art zurechtkommt«, erwiderte er.

Anja nickte zustimmend, unterschrieb wie alle anderen die Verschwiegenheitserklärung und nahm sich anschließend eins der Klemmbretter, worauf sie ihre Beobachtungen dokumentieren konnten.

Als wäre es das Selbstverständlichste der Welt, zog der Doktor das Tuch komplett von der Toten und überließ den Studenten das Feld.

Anja schluckte. Natürlich hatte sie während der letzten Jahre schon mit Verstorbenen zu tun gehabt und nicht wirklich Schwierigkeiten damit, doch das hier war etwas anderes. Allem Anschein nach war die Frau etwa 20 Jahre alt und damit etwas jünger als sie selbst. Hinzu kam noch, dass sie keinem natürlichen Tod oder einem Unfall erlegen war, sondern offensichtlich ermordet worden war.

»Geht es?«, holte Florian sie aus ihren Gedanken. »Du siehst etwas blass aus.«

Anja rief sich zur Ordnung und versuchte, ihre professionelle Seite in den Vordergrund zu schieben. Nach einem tiefen Atemzug sah sie erst Florian und dann die Leiche an. »Alles klar, lass uns loslegen … Alter der Frau, was denkst du? Ich würde sie auf etwa zwanzig schätzen.« Florian stimmte ihr zu und Anja vermerkte es. Von nun an waren beide auf ihre Arbeit konzentriert und blendeten sogar aus, was die anderen beiden Gruppen miteinander redeten. Wie abgesprochen, zogen sie sich die bereitliegenden Handschuhe über und prüften abwechselnd, in welchem Zustand sich die Gliedmaßen befanden.

»Keine Totenstarre mehr«, Florian deutete auf die grünlich verfärbte Haut über dem eingefallenen Bauch der Asiatin, »und wenn ich mich richtig erinnere, müsste diese Verfärbung nach etwa sechs Tagen auftreten.«

Anja stimmte zu und ergänzte: »Könnte stimmen, länger aber nicht, oder siehst du irgendwo Auftreibungen, die auf Fäulnisgase hindeuten?« Florian verneinte, worauf Anja als ungefähren Zeitpunkt des Todes das Datum von vor sechs Tagen eintrug.

Nun arbeiteten sie sich Zentimeter für Zentimeter an dem toten Körper entlang. Tatsächlich gab es außer den Abdrücken und Hautabschürfungen, die von der Fesselung hervorgerufen wurden, keinerlei Anzeichen für eine äußere Verletzung.

Nachdem alle drei Gruppen ihre erste Begutachtung abgeschlossen hatten, wobei Ute sich mehr auf René konzentrierte und Anja sich fragte, wie ihre Freundin angesichts der Umstände noch immer an Sex denken konnte, ertönte die Stimme von Dr. Gruber. »Sehr schön. Ich werde mir jetzt die bisherigen Befunde ansehen und Sie können schon einmal mit dem nächsten Schritt beginnen.« Ohne jede Vorwarnung zeigte sein Finger auf René Köpler. »Was ist der nächste Schritt?«

Nun passierte etwas, das Anja niemals von diesem eingebildeten Typen erwartet hätte – er lief rot an. »Wir öffnen den Leichnam?«

»Ist das eine Frage oder eine Feststellung?«

»Wir begutachten alle Körperöffnungen«, mischte sich Ute ein, erntete dafür aber nur einen bösen Blick des Doktors, der nun wieder René im Visier hatte, aber zu allen Anwesenden sagte: »Beginnen Sie nacheinander beim Kopf, merken Sie sich, was Sie feststellen, und dann sprechen wir darüber.« Im nächsten Moment nahm er, ohne ein weiteres Wort zu verlieren, die Klemmbretter und setzte sich etwas abseits an einen kleinen Schreibtisch.

»Wer fängt an?«, fragte Ute in den Raum, und da sich sonst niemand rührte, fasste sich einer der Studenten ein Herz und trat vor den Kopf der Toten, kam aber nicht dazu, mit der Begutachtung zu beginnen.

Dr. Gruber hatte sich auf seinem Drehstuhl wieder der Gruppe zugewandt, hielt einen der Berichte hoch und fragte an Ute gewandt: »Frau Peters?«

Ute zuckte etwas zusammen. »Ja?«, gab sie fast schon genervt zurück.

Das Gesicht des Doktors hatte einen undefinierbaren Ausdruck angenommen. »Wie, um Himmels willen, kommen Sie jetzt schon darauf, dass Tod durch Gewalteinwirkung auszuschließen ist?« Ohne auf eine Antwort zu warten, entschied er, immer noch keine Emotion zeigend: »Ich würde vorschlagen, Sie beginnen mit dem nächsten Schritt.«

Etwas verunsichert trat der andere Student wieder einen Schritt zurück und überließ der sichtlich verärgerten Ute den Platz.

Diese warf noch einen kurzen Blick zu Dr. Gruber, griff in den Mund der Toten und zog den Kiefer beherzt auseinander. Erst dachten alle, Ute wäre erstarrt, doch nach wenigen Sekunden rief diese: »Ach du Scheiße!« Hektisch zog sie die Untersuchungslampe über den Mund und wurde blass. Nachdem bereits der dritte Student gefragt hatte, was denn los sei, blickte sie in die Runde. »Die halbe Zunge fehlt … und es sieht aus, als wäre diese abgebissen worden.«

Ungeachtet der Ansage, dass sie nacheinander untersuchen sollten, traten nun alle an den Tisch, um es mit eigenen Augen zu sehen.

»Aber wie?«, fragte Anja schockiert und erschrak, als Dr. Gruber direkt hinter ihrem Rücken antwortete. »Meiner Meinung nach hat sie sich die Zunge selbst abgebissen. Das passiert eigentlich nur bei Unfällen oder wenn jemand Angst und Schmerz nicht mehr anders kanalisieren kann. Wenn wir Glück haben, finden wir die zweite Hälfte im Magen der Toten.«

Als wäre das alles völlig normal, trat der Doktor nun wieder einen Schritt zurück und wies Ute an: »Fahren Sie fort, ein Kopf besteht ja nicht nur aus dem Mund.« Jetzt hatte er sein Ziel erreicht, denn alleine seine Wortwahl sorgte dafür, dass Utes Hände zu zittern begannen und sie ihre ganze Konzentration in die Untersuchung legte.

Dieses Mal begann sie bei den Haaren und arbeitete sich ergebnislos bis zur Stirn vor. Anschließend hob sie den Kopf ein wenig und schwenkte die Lampe so, dass sie in die typisch platte Nase der Asiatin blicken konnte, doch auch hier war nichts Auffälliges zu finden. Anja bewunderte, wie schnell sich ihre Freundin wieder unter Kontrolle hatte, denn deren Griffe wirkten jetzt fast schon routiniert.

Nun waren die noch geschlossenen Augen an der Reihe. Wieder platzierte Ute die Lampe, legte zwei Finger auf das rechte Augenlid und zog es nach oben. Utes Körper reagierte fast ohne Vorwarnung, und alleine die Tatsache, dass sich das große Spülbecken direkt neben ihr befand, bewahrte den Boden davor, etwas von ihrem Mageninhalt abzubekommen. Natürlich waren auch die Blicke der anderen Studenten Utes Händen gefolgt, hatten aber zumindest mit etwas Abstand gesehen, was sie gesehen hatte. Einige würgten, andere drehten sich einfach weg und gaben ihrer Fassungslosigkeit mit Worten Ausdruck. Sie alle hatten schon große, blutende Wunden gesehen, aber der durch einen feinen Schnitt zerstörte Augapfel eines Menschen war etwas anderes. Jedem im Raum war nun klar, warum ein Stück der Zunge fehlte, denn diese Prozedur hielt kein Mensch aus, ohne durchzudrehen. Nun stand nur noch eine einzige Frage im Raum: *Welcher Mensch tat so etwas einem anderen Menschen an?*

− 6 −

Anja, Florian und Ute war auch zwei Stunden nach der Obduktion noch immer nicht nach Lachen zumute. Dr. Gruber hatte ihnen allen zwar eine kurze Pause gegönnt, dann aber darauf bestanden, dass sie es zu Ende brachten.

Nun saßen die drei in der ruhigen Ecke eines Cafés und versuchten, das Erlebte aus medizinischer Sicht zu begreifen, kamen aber immer wieder auf das Verbrechen selbst zu sprechen. Nach einer halben Stunde verabschiedete sich Ute, die immer noch mit ihrem Magen kämpfte, und ließ Anja und Florian alleine zurück.

»Wo wohnst du eigentlich?«, fragte Anja, als ihr die Stille zu lange andauerte.

Florian schien einen Augenblick zu brauchen, um die Frage zu verstehen. »Ich ... entschuldige, ich war gerade in Gedanken ... Ich wohne bei einer älteren Frau, die eine kleine Einliegerwohnung im Keller ihres Hauses vermietet. Die Bude war ein Glücksfall und ist zu Fuß gerade einmal zehn Minuten von hier.« Es folgte eine kurze Pause, in der Anja ihm ansah, dass er versuchte, die düsteren Gedanken abzuschütteln. Anschließend schaffte er sogar dieses Lächeln, das sie so an ihm mochte. »Und du ... wohnst du noch bei deinen Eltern? Wenn ich mich recht erinnere, hast du mir vorgestern erzählt, dass deine Eltern ein Haus in der Gegend haben.«

Für einen Augenblick verfinsterte sich Anjas Gesichtsausdruck, doch auch sie schob die dunklen Wolken beiseite und antwortete scheinbar locker. »Nein. Es stimmt zwar, dass meine Mutter drüben in Dechsendorf ein Haus hat, aber irgendwann wurde es mir dort zu viel. Jetzt habe ich eine kleine gemütliche Einzimmerwohnung in einem der Hochhäuser, drüben an der Autobahn. Es ist zwar nicht luxuriös, aber ich habe meine Ruhe.« Anja wusste, dass ihm ihre Anspannung nicht entgangen war, senkte den Blick auf ihre Cola und beschloss, gleich alles zu erzählen. Sie mochte Florian und irgendwann musste sie damit anfangen, sich wieder zu öffnen. Hinzu kam, dass er nicht nachfragte, was es ihr leichter machte. Sie kniff kurz die Lippen zusammen, bevor sie erzählte. »Am Anfang gab es nur mich und meine ältere Schwester Nora. Zehn Jahre lang hatten wir eine glückliche Kindheit ... heile Familie und so ...«

Florian nickte verstehend.

»Unsere Eltern verstanden sich prima und auch zwischen Nora und mir war, bis auf die üblichen Zickereien, alles in Ordnung. Doch dann wurde meine Mutter wieder schwanger und brachte mit vielen Komplikationen Gerald auf die Welt. Ich glaube, das war auch der Augenblick, in dem ich beschloss, Ärztin zu werden. Meine Mutter wäre bei der Geburt fast gestorben und überlebte nur durch einen sehr fähigen Arzt, der sich nicht hinter Vorschriften versteckte, aber egal.« Anja nahm einen Schluck Cola. »Jedenfalls stellte sich recht schnell heraus, dass Gerald nicht ganz gesund war. Es folgten endlos viele Untersuchungen und Tests, doch am Ende waren sie sich sicher, dass unser Bruder an Autismus leidet. Nora und ich liebten unseren kleinen Bruder, doch bei unseren Eltern lief es anders. Unser Vater war immer unser Held gewesen. Er stand hinter uns, wo es auch nötig war, aber mit Gerald veränderte sich alles. Unser Vater zeigte sein wahres Gesicht … ein feiges Gesicht.« Anja hatte schon lange nicht mehr deswegen geweint, doch diese eine Träne konnte sie nicht zurückhalten.

Florian legte seine Hand in die Nähe der ihren, überließ es aber ihr, ob sie sie nehmen wollte.

Anja ließ es und versuchte, ihrer Stimme wieder einen festen Klang zu geben. »Ein halbes Jahr lang konnte unsere Mutter es noch hinauszögern, dann verschwand er über Nacht, kommunizierte nur noch über Anwälte mit ihr und ließ uns alle vier einfach zurück. Das Ganze ist jetzt ungefähr elf Jahre her und weder Nora noch ich haben ihn je wiedergesehen. Seit dieser Zeit kümmert sich hauptsächlich unsere Mutter um Geralds Pflege, was weiß Gott kein Zuckerschlecken ist.«

Anja blickte vom Tisch hoch in Florians Augen. »Ich mag dich. Aber du musst verstehen, dass es bei mir länger dauert, bis ich einem Mann vertraue. Es gab natürlich auch schon vor dir Freunde in meinem Leben, allerdings hatte keiner die Geduld, mir die nötige Zeit zuzugestehen.« Nun wurden ihre Gesichtszüge härter und ihr Körper versteifte sich etwas. »Du siehst, ich bin kein einfacher Mensch, also sieh zu, dass du noch schnell wegkommst.«

Florian wagte es und legte seine Hand auf die ihre. »Hast du am Wochenende schon etwas vor?«

Keiner von beiden wollte länger in der stickigen Luft des Cafés bleiben. Ohne weiter auf das Thema einzugehen, bezahlten sie ihre Getränke und traten hinaus auf die Straße.

Florian begleitete sie noch bis zu der Bushaltestelle, wo sie trotz des leichten Nieselregens abseits der anderen Fahrgäste neben dem Unterstand warteten. Da Anja seine Frage immer noch nicht beantwortet hatte, unternahm er einen weiteren Anlauf, indem er vorschlug: »Kann ich dir meine Handynummer geben? Vielleicht hast du ja doch Lust, etwas zu unternehmen.«

Anja überraschte diese Frage. Irgendwie war es ihr als selbstverständlich erschienen, dass sie Florian am Wochenende wiedersah, aber auf die Idee, dass man das auch organisieren musste, war sie nicht gekommen.

»Was ist eigentlich mit deiner Schwester, lebt sie noch bei euch zu Hause?«, fragte Florian scheinbar beiläufig, nachdem beide ihre Nummern getauscht hatten. »Entschuldige, ich wollte dich nicht mehr daran erinnern, es ist mir nur gerade so eingefallen. Deine Geschichte geht mir die ganze Zeit im Kopf herum«, sagte er verlegen.

Anja lächelte. »Kein Problem – und bitte kein Mitleid, eigentlich komme ich mit dem Thema ganz gut klar.« Und tatsächlich war nun keinerlei dunkler Schatten mehr in ihrer Mimik zu erkennen. »Nein, meine Schwester ist ausgezogen, als ihr eigenes Kind unterwegs war. Allerdings ist auch sie inzwischen alleinerziehend …« Mit einem Zwinkern fügte sie hinzu: »Männer eben. Scheint bei uns in der Familie zu liegen.«

Als der Bus einfuhr, mussten beide einen Satz nach hinten machen, um nicht von der Wasserfontäne getroffen zu werden. Lachend hielten sie sich aneinander fest, was Anja aber sofort wieder löste. Trotzdem gab sie Florian noch einen Kuss auf die Wange und sagte schon im Gehen: »Meine Nummer hast du ja jetzt.« Dann sprang sie in den Bus und fuhr irgendwie befreit nach Hause.

– 7 –

Trotz des trüben, kalten Herbstwetters hatte Anja schon lange kein so entspanntes Wochenende mehr verbracht. Abgesehen davon, dass sie sonst in der Klinik vorzugsweise als Wochenendbereitschaft eingeteilt wurde, tat ihr vor allem Florians Gesellschaft gut. Sie erkundeten Erlangens Botanischen Garten, gingen heißen Kakao trinken und gönnten sich abends einen etwas teureren Italiener.

Einzig Ute trübte am späten Sonntagvormittag etwas Anjas Stimmung, da es diese nach ihrem Missgeschick bei der Obduktion nicht mehr wagte, René anzurufen, und sich von Anja allein gelassen fühlte. Nichtsdestotrotz verbrachten Anja und Florian auch den Sonntagnachmittag zusammen, und als sie sich am Abend trennten, ließ Anja sogar den ersten Kuss zu.

Schon als Anja nach ihrem Treffen mit Florian die gläserne Haustür des Hochhauses ohne Schlüssel öffnen konnte und sich die Treppenhausbeleuchtung nur zögernd einschaltete, blitzte es auf, dieses diffuse Gefühl von Unbehagen. Sie hatte dieses Haus noch nie sonderlich gemocht, aber sowohl die Wohnungssituation in der Studentenstadt als auch ihr schmaler Geldbeutel hatten ihr keine Wahl gelassen.

Gleichzeitig mit dem Aufflammen der letzten Neonröhre verkündete ein leiser Signalton, dass auch der Aufzug das Erdgeschoss erreicht hatte. Mit dem gewohnt metallischen Scheppern fuhren die beiden Schiebetüren zur Seite und öffneten damit die kleine Kabine, auf deren Boden deutlich die Abdrücke zweier nasser Schuhe zu erkennen waren. Anja verdrängte den Gedanken an einige üble Filme, drückte den Knopf für das siebte Stockwerk und lehnte sich mit dem Rücken an die kalte Blechwand. Die Türen schlossen sich und der Aufzug begann träge zu steigen, machte aber schon nach drei Stockwerken einen Zwischenstopp. Wieder öffneten sich die Türen und gaben den Blick in einen langen, dunklen Hausflur frei. Anja stellte erleichtert fest, dass offenbar niemand zusteigen wollte, drückte die Taste zum schnellen Schließen der Türen und wollte sich gerade wieder an die Wand lehnen, als sich in der Mitte des dunklen Flurs ein großer Schatten von der Wand löste. Anja konnte nicht anders, als ihren Blick so lange auf diese Gestalt zu richten, bis ihr die beiden sich schließenden Türen die Sicht nahmen und der Aufzug wieder Fahrt aufnahm. Es war absolut unmöglich, in dem nur von einer Notlampe beleuchteten Flur irgendwelche Details zu erkennen, und doch hätte sie schwören können, dass die Gestalt ihren Blick stur auf sie gerichtet hatte.

Noch bevor sie einen klaren Gedanken fassen konnte, öffnete sich der Aufzug erneut. Mit einem schnellen Blick auf die Anzeige stellte sie erleichtert fest, dass sie ihre Etage erreicht hatte. Fast panisch traf ihre Faust den Lichtschalter neben dem Aufzugschacht, und noch bevor sie ihre Tür am Ende des Ganges erreicht hatte, hielt sie ihren Wohnungsschlüssel in der Hand. Obwohl hinter ihr kein Geräusch zu hören war, brauchte sie zwei Anläufe, um das Schloss zu treffen, dann endlich öffnete sich die Tür. Erleichtert, aber ein wenig außer Atem ließ sie ihre Tasche zu Boden sinken und schimpfte sich, schon während sie sich die Schuhe auszog, eine Närrin. Es gab mehr als einen seltsamen Bewohner in diesem Haus, aber keiner von denen war in irgendeiner Form gefährlich. Entweder sie hatte sich den Schatten nur eingebildet, oder jemand war aus seiner Wohnung gekommen, ohne gleich das Licht anzumachen.

Nach drei weiteren tiefen Atemzügen hängte sie ihre Jacke an die schmale Garderobe und blickte anschließend durch den Türspion. Wie erwartet lag der Hausflur still und verlassen da, nichts deutete darauf hin, dass da draußen jemand lauern könnte. Vermutlich hatte sie die beginnende Beziehung mit Florian einfach nur so aufgewühlt, dass sie ihre Gefühle nicht mehr auseinanderhalten konnte, denn dieses Gefühl im Magen machte keinen Unterschied zwischen Verliebtheit und Angst.

Erst als sie sich von der Wohnungstür abwandte, fiel ihr auf, dass sie noch immer den Schlüsselbund in der Hand hielt, und schon machte sich die nächste Unsicherheit in ihrem Kopf breit. Normalerweise verschloss sie die Tür stets mit zwei Umdrehungen, doch sie hätte schwören können, dass sie gerade eben nur eine halbe Umdrehung gebraucht hatte, um diese zu öffnen. Erneut krampfte sich ihr Magen zusammen. Der dunkle Wohnraum vor ihr wurde plötzlich zu etwas sehr Angsteinflößendem. »Ist da jemand?« Es war nur ein Flüstern und doch erschien es ihr wie ein Schrei. Es folgte nichts als Stille, lediglich die leisen Geräusche eines laufenden Fernsehers aus der Nachbarwohnung drangen an ihr Ohr. Was sollte sie tun? Im Film dachte man immer, *sei nicht so blöd und lauf aus der Wohnung*, doch in der Realität sah alles etwas anders aus. Außerdem bestand durchaus die Möglichkeit, dass sie vor lauter Vorfreude auf das Treffen mit Florian schlicht vergessen hatte, richtig abzuschließen. Noch einmal schimpfte sie sich eine Närrin, riss sich zusammen, ging die drei Schritte bis zu der offenen Tür des Wohnraums und drückte auf den Lichtschalter. Augenblicklich erwachte die gemütliche IKEA-Lampe zum Leben und tauchte alles in ein gedämpftes Licht. Wie erwartet war niemand da, der hinter dem Sofa hervorsprang und sich auf sie stürzte. Und nicht nur hier war niemand, auch das Schlafzimmer und das Bad waren leer. Alles war genauso, wie sie es mittags verlassen hatte.

Wie unkonzentriert sie im Augenblick war, wurde ihr eine halbe Stunde später erneut bewusst, als ihr einfiel, dass sie die Tür nicht wieder von innen verschlossen hatte, was sie sonst jeden Abend gewissenhaft tat.

Da im Fernsehen gerade nur Werbung lief, erhob sie sich mit sich selbst schimpfend vom Sofa und ging zur Wohnungstür. Automatisch nahm sie den Schlüsselbund vom Haken, verschloss die Tür und wollte sich gerade wieder abwenden, als ihr Blick auf den Spion fiel. Obwohl durch die sehr hellhörige Tür nicht das leiseste Geräusch zu hören war, schien im Hausflur Licht zu brennen. Kurz hin und her gerissen, drückte sie ihr Auge vor das kleine Loch und sah gerade noch, wie sich die Aufzugtüren am anderen Ende des Hausflurs schlossen, sonst war alles still und verlassen.

Waren das alles Zufälle oder folgte ihr jemand? Ihr Magen zog sich zum zweiten Mal an diesem Tag zusammen, jetzt allerdings nicht durch Florian verursacht. Einen Augenblick lang dachte sie daran, ihn anzurufen, aber für eine gemeinsame Nacht war es ihr deutlich zu früh und auf das Sofa wollte sie ihn nicht verweisen.

Das Licht im Hausflur erlosch und auch sonst blieb alles ruhig. Anja beschloss, sich geirrt zu haben, konnte sich aber den restlichen Abend nicht einmal mehr auf das Fernsehprogramm konzentrieren. Es war gerade einmal 21 Uhr, als sie sich umzog, in ihr Bett legte und versuchte, nur noch an Florian zu denken, was für ein leichtes Ziehen in ihrem Unterleib sorgte. Nach einigen weiteren ziemlich intensiven Gedanken schaffte sie es irgendwann, in einen unruhigen Schlaf zu finden, der jedoch absolut nichts mit irgendeinem Schrecken zu tun hatte.

– 8 –

Gerald saß wie so oft an dem Esstisch in der großen Wohnküche und deutete abwechselnd auf die beiden Fotos seiner Schwestern, die auf dem Fensterbrett standen. Mit jedem Fingerzeig murmelte er abwechselnd ihre Namen, wobei ihm bei Anja immer ein kleines Glucksen entfuhr und er bei Nora einen verzückten Gesichtsausdruck bekam. Den dünnen Speichelfaden, der ihm seitlich aus dem Mundwinkel herunterlief, schien er entweder nicht zu bemerken oder sein gefangener Geist hatte beschlossen, diesen zu ignorieren. Nachts, wenn er schlief, war Gerald optisch ein normaler 17-Jähriger, doch sobald die Sonne aufging, war sein Autismus nicht mehr zu leugnen.

Wie auch an diesem Montagnachmittag, er war gerade aus der Werkstatt für Behinderte zurückgekommen, stand seine Mutter häufig einfach nur da und versuchte, sich vorzustellen, was sich hinter seinen geistigen Mauern abspielen mochte. Doch wie so oft blieb er für sie verschlossen, eingetaucht in eine Welt jenseits des normalen Verstandes. Im Gegensatz zu ihm schaffte sie es, sich von den Bildern ihrer beiden Töchter loszureißen und einen Blick auf die Uhr zu werfen. Es half alles nichts, sie musste los, und auch wenn sie es nicht gerne tat, Gerald musste heute für eine Stunde alleine zu Hause bleiben. Bisher hatte ihre Rente immer einigermaßen gereicht, um das

Haus zu halten, doch die Preiserhöhungen der letzten Jahre zwangen sie nun dazu, sich etwas dazuzuverdienen.

»Gerald«, versuchte sie es zunächst in normaler Lautstärke, doch er wechselte nur zum anderen Foto und murmelte dabei den Namen seiner Schwester.

Ruth verdrehte innerlich die Augen, setzte sich neben ihren Sohn und nahm seinen Arm, worauf er kurz innehielt, den Kopf drehte und sie erstaunt ansah. Wie immer, wenn er es mit einem echten Menschen zu tun hatte, zeigte sich in seiner Mimik keinerlei Gefühlsregung. Es war völlig egal, wer vor ihm stand, er betrachtete Freund und Feind mit einem absolut identischen Gesichtsausdruck. Im Gegensatz dazu schienen Fotos wie eine Art Schlüssel zu wirken. Einmal hatte er ein Gruppenfoto seines Lehrjahres wutentbrannt gegen die Wand geschmissen, da darauf offensichtlich jemand zu sehen gewesen war, den er absolut nicht leiden konnte.

Ruth dachte natürlich nicht weiter darüber nach; sie wusste, dass sein Gesichtsausdruck auf keines seiner Gefühle schließen ließ. Mit fester Stimme sagte sie: »Weißt du noch, über was wir vorhin gesprochen haben? Ich muss dich heute kurz alleine lassen, um zu diesem Vorstellungsgespräch zu gehen.« Nun sah sie ihm in die Augen. »Glaubst du, das schaffst du? Es dauert wirklich nicht lange, und wenn ich den Job bekomme, kann ich immer zu Hause arbeiten.«

»Mama arbeiten«, bestätigte Gerald, schien dann kurz nachzudenken, bevor er weitersprach. »Gerald gerne alleine zu Hause … will Bild malen.«

Besser kann es nicht laufen, dachte Ruth. Sie erhob sich, holte die Malsachen aus dem Wohnzimmer, legte sie vor Gerald auf den Tisch. »Vielleicht ist das Bild ja schon fertig, wenn ich nach Hause komme«, sagte sie aufmunternd. Dann warf sie einen erneuten Blick auf die Uhr. »Jetzt muss ich aber wirklich los. Wenn etwas sein sollte, gehst du bitte zu Frau Haagen rüber.«

Gerald hob den Arm zum Abschied und schrie: »Jaaa, Mami!«

Nachdem Gerald weitere zehn Minuten abwechselnd auf die Fotos seiner Schwestern gedeutet hatte, entstand draußen am Himmel eine Wolkenlücke und ein gleißend heller Sonnenstrahl fiel genau durch die herbstlichen Blätter der Eiche, die draußen im Garten stand. Fasziniert hob Gerald den Blick und betrachtete das Spiel des Lichtes zwischen den Ästen, dann hellte sich auch seine Miene auf. »Gerald malen«, sagte er zu Noras Foto.

Da sie in dem letzten Haus der Straße wohnten, endete der Garten hinter dem Haus dort, wo der angrenzende Wald begann. Früher hatte es einmal zahlreiche Beete gegeben, doch seit Ruths Mann sie verlassen hatte und Gerald ihre komplette Zeit in Anspruch nahm, bestand der Garten nur noch aus einer pflegeleichten Wiese und einigen alten Bäumen. Die Grundstücksgrenze bildeten ein kleiner Bach und zahlreiche Beerensträucher, die jetzt genauso kahl wie die anderen Pflanzen dastanden.

Fast in der Mitte des Gartens thronte ein kleiner Pavillon, unter dem sich zwei rustikale hölzerne Sitzbänke sowie ein schwerer Tisch befanden, und genau dorthin wollte Gerald. Ohne darauf zu achten, dass er nur Socken anhatte und die Wiese nass war, öffnete er die Terrassentür und durchquerte den Garten.

Mit der Sicht auf die Eiche zufrieden, setzte er sich, öffnete seinen Block und begann zu malen. Ohne dass er groß nachdenken musste, flogen seine Hände über das Papier. Im Grunde hätte es gereicht, wenn er sich den Baum nur einmal angesehen hätte, denn in seinem Gedächtnis war das Bild für immer konserviert.

Nachdem er Stamm und Krone fertig hatte, folgte der Hintergrund. Erst zeichnete er den kaum sichtbaren Bachlauf, dann ein kleineres Gebüsch und schließlich den nebligen Waldrand, doch hier stutzte er, denn dort standen nicht nur Bäume. Neben der großen Tanne, die Gerald im Winter so gerne betrachtete, verharrte ein Mann mit grüner Jacke. Es schien, als würde ihm dieser beim Malen zusehen. Wie schon in der Küche hob Gerald den Arm und schrie: »Haaalllooo!« Doch beim nächsten Hinsehen war der Mann wieder verschwunden. Da Geralds Kopf das Motiv nun einmal mit dem Mann gespeichert hatte, musste dieser auch mit auf das Bild. Nach weiteren zehn Minuten waren alle Feinheiten auf dem Papier verewigt. Penibel packte er seine Malutensilien zurück in die kleine Kindergartentasche, stand auf und ging zurück zu der Terrassentür, hinter der erstaunlicherweise nasse Schuhabdrücke begannen.

»Mami ärgerlich«, stellte Gerald für sich selbst fest, nahm den Rest der Papiertücher, die er sonst für das Malen benutzte, und wischte die Abdrücke weg.

»Warst du etwa im Garten?« Ruth wusste, dass ihr Sohn kein Unrechtsbewusstsein haben würde, doch bei dem Gedanken, dass er alleine draußen herumlief, zog sich ihr Magen zusammen. Solche Situationen gewohnt, schaffte sie es, ruhig zu bleiben, und bewunderte das Bild noch einmal, indem sie es etwas besser ins Licht hielt. Gerade als sie anfing, sich über den gemalten Schatten neben der Tanne zu wundern, läutete das Telefon. Sie betonte noch einmal, wie toll das Bild gelungen war, gab es Gerald zurück und ging in den Flur, wo sich die Ladestation des Telefons befand.

Wie so oft wurden aus einem kurzen Plausch mit Nora fast eineinhalb Stunden. Als Ruth endlich auflegte, war der Garten hinter dem Küchenfenster bereits in den dunklen Schatten des Waldes getaucht, der den letzten Rest Tageslicht aufzusaugen schien. Ruth brachte das Telefon zurück in den Flur und wollte anschließend nach oben, um sich etwas Bequemeres anzuziehen. Automatisch betätigte sie den alten Kippschalter neben der Treppe, doch das Licht blieb aus. Ruth ging einen Schritt zurück und versuchte es erneut, wieder ohne Erfolg. Das Haus hatte so manche Renovierung nötig, und falls sie den Job als Schreibkraft bekommen sollte, wäre als Erstes die Elektrik an der Reihe.

Nachdem sie noch einen Blick in die Küche geworfen hatte, wo Gerald unbeeindruckt von der Dunkelheit wieder auf die beiden Fotos deutete, nahm sie die Taschenlampe vom Haken neben der Kellertür und öffnete diese. Von der Treppe, die hinunter in die vollkommene Schwärze führte, waren gerade einmal die ersten vier Stufen zu erkennen. Ohne länger darüber nachzudenken, knipste sie die Taschenlampe an und stieg vorsichtig die steilen Stufen hinab, was ihr seit einigen Jahren zunehmend schwerer fiel.

Bis zur Hälfte der Treppe, die man direkt an der Wand verankert hatte, leuchtete sie auf die Stufen vor sich. Bis hierher war der eigentliche Keller noch nicht einzusehen, dann knickte die Treppe ab und führte direkt in einen schmalen Gang, von dem aus man zu dem Heizungs- und dem Aufbewahrungsraum gelangte. Die Luft war trocken und kleine Staubpartikel erschienen im Schein ihrer Lampe. Irgendwo knackte es in den Mauern, doch Ruth wusste, dass das Haus permanent arbeitete, und machte sich nichts daraus. Nachdem sie den zweiten Teil der Treppe erreicht hatte, richtete sie den Lichtkegel auf den großen alten Sicherungskasten und versuchte, schon von hier aus zu erkennen, ob etwas durchgebrannt war. Ihr Fuß erreichte die nächste Stufe, und hätte sie keine Hausschuhe angehabt, wäre es ihr aufgefallen, doch die dicken Korksohlen machten es unmöglich, etwas zu spüren. Erst dachte sie, jemand hätte ihren Fuß gepackt und weggezogen, dann hatte sie keine Zeit mehr zum Denken. Sie fiel Stufe für Stufe, ohne jede Möglichkeit, ihren Fall zu bremsen. Sechs Mal ging alles gut, doch dann verdrängte der Schmerz jede andere Empfindung. Ausgehend vom rechten Bein schienen ihre Nervenbahnen zu explodieren, was ihr erst die Luft, dann das Bewusstsein nahm.

Als Ruth die Augen wieder öffnete, lag die Taschenlampe einen Meter neben ihr und beleuchtete eine von Geralds größten Tuben brauner Ölfarbe. *Warum*, dachte sie, *warum nur hat er die Stufe damit bemalt?* Dann versank sie erneut in einer kurzen Ohnmacht.

− 9 −

Obwohl Anja an diesem Montag Spätdienst hatte und bereits in der Klinik war, traf sie zeitgleich mit ihrer Schwester Nora im Wartebereich der Notaufnahme ein. Natürlich waren Handys während der Arbeit tabu und sie hatte es nur einem Mitstudenten, der bei dem Namen ihrer Mutter stutzig geworden war, zu verdanken, dass man sie überhaupt informiert hatte.

Trotz der Sorge um ihre Mutter fiel Anja schon von Weitem auf, wie erschöpft Nora wirkte. Anja bahnte sich einen Weg durch die anderen Wartenden, umarmte erst ihre Schwester mit einem leisen »Hallo«, dann beugte sie sich zu ihrem Neffen hinunter. »Na, du darfst heute aber lange wach bleiben.«

Lukas ignorierte den Satz und fragte stattdessen: »Wie geht es Oma?«

Anja erzwang ein Lächeln. »Das werde ich gleich herausfinden, aber es ist bestimmt nichts Schlimmes.« Anschließend erhob sie sich und wandte sich an Nora. »Weißt du schon etwas?«

Doch Nora schüttelte den Kopf. »Man sagte mir am Telefon nur, dass Mutter offenbar die Kellertreppe hinuntergestürzt ist und hierhergebracht wurde.«

»Und was ist mit Gerald?«, hakte Anja ein.

»Frau Haagen hat den Tumult vor unserem Haus mitbekommen und Gerald mit zu sich genommen.«

»Wenigstens etwas«, murmelte Anja und beschloss dann laut: »Am besten, ihr wartet hier und ich suche den behandelnden Kollegen.«

»Nicht nötig.« Anja erkannte die Stimme des Arztes sofort, da dieser schon mehrfach versucht hatte, sie von einem gemeinsamen Abendessen zu überzeugen. Dr. Karl war alt und arrogant, aber ein guter Arzt.

Ohne jede weitere Begrüßung versicherte sich Dr. Karl. »Sie sind die Töchter von Frau Lange?« Erst als beide genickt hatten, fuhr er fort: »Gut, dann darf ich Ihnen Auskunft erteilen. Frau Lange hat, neben einigen Prellungen, einen Oberschenkelhalsbruch, der aber, wenn man das so sagen kann, günstig gebrochen ist. Innere Verletzungen können wir ausschließen und Ihre Mutter ist den Umständen entsprechend in guter Verfassung.« Nun wandte er sich an Anja. »Wie Sie wissen, muss dieser Bruch operiert werden, daher wird es nötig sein, Ihre Mutter eine Weile hierzubehalten. Frau Lange wird gerade hinauf in die zuständige Station gebracht und natürlich können Sie gleich zu ihr.« Da Anja schon am Ende ihres Studiums war, hielt es Dr. Karl offenbar für unnötig, noch mehr zu erzählen. Stattdessen deutete er ein Nicken an. »Ich muss dann mal weitermachen.« Er verschwand durch die Milchglasscheibe der Notaufnahme.

»Wie sympathisch!«, stellte Nora kopfschüttelnd fest. »Weißt du, wo sie liegt?«

Zehn Minuten später betraten alle drei das kleine Krankenzimmer. Trotz der Umstände stieß Lukas ein erfreutes »Oma« aus, als er sie in einem der beiden Betten erkannte.

Es dauerte einige Sekunden, bis Ruth aus ihrem Dämmerschlaf erwachte, doch dann gelang ihr ein Lächeln und sie streckte ihren linken, nicht durch Infusionsnadeln behinderten Arm nach ihrem Enkel aus.

»Hallo, Mum«, begann Nora, »wie hast du das denn geschafft?«

»Hallo, ihr drei.« Ruths Stimme war leise.

Anja erkannte an ihrem Blick, dass sie unter dem Einfluss starker Schmerzmittel stand, daher fragte sie wissend: »Reicht die Dosis?«

Wieder lächelte ihre Mutter. »Ja, mein Kind. Ich spüre nur noch ein Ziehen in der Hüfte, aber das ist erträglich.« Dann wurde ihr Blick sorgenvoll. »Was ist mit Gerald? Ich kann mich nur noch erinnern, dass er mir das Telefon in den Keller gebracht hat.«

»Alles gut«, beruhigte sie Nora. »Ich habe gerade Frau Haagen angerufen. Gerald ist bei ihr und sie hat es tatsächlich fertiggebracht, ihn dazu zu bewegen, sich hinzulegen.« Es folgte eine kurze Pause, dann fragte Nora erneut: »Aber sag, was ist passiert?«

Ihre Mutter schien erst darüber nachdenken zu müssen, bis sie schließlich zögerlich ihr Erlebnis schilderte. »Nach unserem Telefonat wollte ich das Licht im Flur anmachen, doch es funktionierte nicht. Also dachte ich, dass wie so oft eine der alten Sicherungen durchgebrannt sei, und bin in den Keller gestiegen. Tja, und was soll ich sagen, auf einer der letzten Stufen habe ich wohl den Halt verloren und bin den Rest hinuntergestürzt.« Ruth machte eine Pause, und wie um zu unterstreichen, dass sie es nicht mehr wusste, betonte sie: »Mehr weiß ich leider nicht. Entweder bin ich auf den Kopf gefallen, oder der anschließende Schmerz war so stark, dass ich kurz ohnmächtig geworden bin. Irgendwann stand Gerald vor mir und brachte mir das Telefon.«

»Aber warum bist du denn ausgerutscht, Oma?«, fragte Lukas mit der noch dünnen Stimme eines Fünfjährigen.

Da Ruth nicht wollte, dass man Gerald Vorwürfe machte, versuchte sie ein Lächeln. »Ach, weißt du, ältere Leute stolpern schon einmal über ihre eigenen Füße.« Anschließend sah sie wieder zu ihren Töchtern und ihr Blick wurde ernster. »Wie machen wir das mit eurem Bruder?«

Mehr brauchte Ruth nicht zu sagen; alle wussten, was diese Umstände bedeuteten. Eine von beiden würde vorübergehend in ihr Elternhaus ziehen müssen.

Anja ergriff zuerst das Wort. »Mach dir jetzt darüber mal keine Sorgen, wir kriegen das schon hin. Viel wichtiger ist, dass du wieder auf die Beine kommst und die Operation morgen früh gut verläuft.«

Nora wollte noch etwas dazu sagen. Anja ahnte auch schon, was es war, doch sie arbeitete schon lange genug im Krankenhaus, um zu erkennen, dass ihre Mutter Mühe hatte, den Schmerz zu ignorieren. Daher fiel sie ihrer Schwester sofort ins Wort und sagte bestimmend: »Alles Weitere können wir nachher noch besprechen.«

Als ihre Mutter wenige Minuten später immer wieder in einen kurzen Dämmerzustand versank, verabschiedeten sich die drei und verließen das Krankenzimmer.

Nachdem sich Anja noch schnell in ihrer Abteilung abgemeldet hatte, traten sie in die Dunkelheit hinaus und Nora zündete sich eine Zigarette an. Sie drehte sich zu Lukas um. »Schau mal, da drüben ist ein Karussell, das macht nachts bestimmt doppelt so viel Spaß.«

Darauf fragte ihr Sohn, aufgrund der späten Stunde, erstaunt: »Darf ich?«

Nora bestätigte das mit einem Nicken in Richtung des kleinen Spielplatzes, sog noch einmal Rauch ein und begann dann fast schon aggressiv: »Also, wie stellst du dir das vor?«

Anja sah ihre Schwester bewusst nicht an, sondern starrte, ohne es richtig wahrzunehmen, auf einen Mann, der einige Schritte entfernt an einer Laterne lehnte und ebenfalls rauchte. Dass dieser sein Handy genau in diesem Moment etwas zu hoch und in ihre Richtung hielt, fiel ihr zwar auf, doch ihre Gedanken waren ganz bei dem Problem, das sie nun hatten.

»Mir war von vornherein klar, dass du Gerald nicht beaufsichtigen wirst, also lass uns diese Diskussion am besten gleich beenden.«

»Es geht ja auch nicht.« Nun klang Nora fast schon schnippisch. »Wie soll ich denn von da aus den Kindergarten, meinen Job und Gerald unter einen Hut bringen?«

Anja wusste, dass ihre Schwester recht hatte, doch Nora hatte sich nie groß um Gerald gekümmert, und dass sie sich auch dieses Mal wieder aus der Affäre zog, machte sie wütend. Schärfer und lauter als gewollt erwiderte sie zynisch: »Es fragt doch auch keiner, ob es bei mir geht. Aber es ist ja auch egal, wenn ich das Semester wiederholen muss, dann verlängert sich eben mein lustiges Studentenleben.« Anja blickte erneut zu dem Mann, der gerade eine Nachricht in sein Handy zu tippen schien. »Es ist besser, du nimmst jetzt Lukas und fährst nach Hause, der Junge muss ins Bett«, zischte sie mit unterdrückter Wut.

»Und Gerald?«, fragte Nora vorsichtig.

Anja hatte wirklich noch keine Ahnung, wie sie das machen sollte. »Ich kümmere mich um ihn.« Dann setzte sie noch ein bitteres »Wie immer« dahinter. Anschließend verabschiedete sie sich von ihrem Neffen und ging zurück an ihren Arbeitsplatz. Nach einem Anruf bei der Nachbarin ihrer Mutter brachte sie ihre Schicht zu Ende, sah noch einmal kurz nach ihrer schlafenden Mutter und fuhr dann nach Hause, wo sie erst kurz vor Mitternacht ankam.

– 10 –

Glücklicherweise gab es noch Nachbarn wie Frau Haagen. Sie ließ Gerald die ganze Nacht bei sich schlafen und setzte ihn am nächsten Morgen in den Kleinbus, der alle Lehrlinge der Behindertenwerkstatt einsammelte. So konnte Anja wenigstens noch in Ruhe einige Sachen packen und in der Uni die erschwerten Umstände erklären. Anschließend rief sie in Dr. Karls Abteilung an und erfuhr, dass ihre Mutter gerade operiert wurde und es keinen Sinn hatte, sie vor drei Uhr zu besuchen.

Obwohl alles recht zügig ging, stieg Anja erst gegen Mittag aus dem Bus, der unweit ihres Elternhauses hielt. Nach einem kurzen Besuch bei Frau Haagen durchquerte sie das kurze Waldstück und stand kurz vor ein Uhr endlich vor dem Haus am Ende der Sackgasse.

So oft sie hierherkam – heute wirkte das Gebäude irgendwie verändert. Die Stille in den Räumen erzeugte eine Beklemmung in ihr, die sie hier noch nie gespürt hatte. Vielleicht lag es auch an dem sich ständig verändernden Licht. Anja erinnerte sich daran, dass Gerald einmal zu einem typischen Herbsthimmel »Der ist ja ganz zerrissen« gesagt hatte. Auch heute jagten an diesem zerrissenen Himmel immer wieder große dunkle Wolken vorüber, und wenn es die Sonne überhaupt schaffte, sahen die vereinzelten Sonnenstrahlen aus wie die Laserstrahlen einer unbekannten Macht.

Gerade als Anja die Haustür hinter sich schloss, schob sich eine besonders große Wolke über das Haus und es war, als hätte jemand das Licht ausgeschaltet. Fast schon panisch griff sie nach dem Lichtschalter, doch nichts rührte sich. Da fiel ihr wieder ein, warum ihre Mutter in den Keller gegangen war, und eine erneute Welle der Beklemmung überkam sie. Auch wenn sie sonst keine Probleme damit hatte ... dieser Keller hatte ihr schon als Kind Angst gemacht und das hatte sich nicht geändert. Aber es half alles nichts, früher oder später musste sie diese verfluchte Sicherung austauschen, dann lieber jetzt am Tag.

Da sich hier in all den Jahren nichts geändert hatte, lag die alte Taschenlampe noch immer in der kleinen Kommode, die gleich neben der Haustür stand, und erstaunlicherweise waren auch die Batterien noch funktionstüchtig. Anja stellte die schwere Reisetasche ab, behielt aber ihre Jacke an und folgte den Stufen hinunter in die Dunkelheit. Weil sie sich nicht sicher war, ob ihre Mutter einfach nur gestolpert war oder doch etwas herumlag, leuchtete sie jede der Stufen an, bevor sie einen Schritt weiterging. Nach der Kehre hielt sie kurz inne und zog den Fuß wieder zurück. Zuerst dachte sie, auf dem Holz der nächsten Stufe etwas erkannt zu haben, aber es war einfach nur etwas heller als die anderen. Ohne weiter darauf zu achten, brachte sie noch die restlichen Stufen hinter sich, und endlich unten angekommen, versuchte sie, ihre Angst auszublenden. Zielstrebig ging sie auf den Sicherungskasten zu, öffnete ihn und tatsächlich, eine der alten Keramiksicherungen war eindeutig defekt. Allerdings war das kleine Sichtfenster, an dem man erkennen konnte, wenn etwas durchgebrannt war, nicht einfach dunkel. Fast sah es so aus, als hätte jemand einen Nagel hineingeschlagen. *War das Gerald*, fragte sie sich.

Ohne länger darüber nachzudenken, drehte sie die defekte Sicherung heraus und ersetzte sie durch eine neue, und als würde das Haus zum Leben erwachen, flammten drei Glühbirnen gleichzeitig auf. Anja zuckte kurz zusammen und musste sich die Hand vor die Augen halten, da ihr das grelle Licht schon fast wehtat. Dann entspannte sie sich und beeilte sich, so schnell wie möglich wieder aus dem Keller zu kommen.

Auch wenn sie das Rauchen sehr eingeschränkt hatte, jetzt brauchte sie eine Zigarette. Entschlossen kramte sie die Packung aus ihrer Reisetasche, durchquerte die zum Wohnzimmer hin halb offene Wohnküche und trat hinaus auf die Terrasse. Zum ersten Mal an diesem Tag hatte Anja etwas Ruhe. Sie lehnte sich gegen die Hauswand, nahm einen tiefen Zug und genoss das Gefühl, welches der warme Rauch in ihren Lungen auslöste.

Als sie die Zigarette zu Ende geraucht hatte, sah sie sich unschlüssig nach etwas um, worin sie die Kippe entsorgen konnte, und beschloss dann, diese in einer Ecke des Rosenbeetes zu verscharren. Nun fiel ihr Blick erneut auf eine Ansammlung kleiner Äste, die auf der Terrasse lagen und die sie bis jetzt für Überbleibsel von Mutters letzter Gartenpflege gehalten hatte. Von vorne schien es ein zufällig entstandenes Muster zu sein. Jetzt aber, da sie von der anderen Seite darauf blickte, bildeten die dünnen Äste das Wort »Willkommen«. Zeitgleich mit einem leichten Windstoß spürte Anja, wie ihr eine Gänsehaut über den Rücken lief. Gerald konnte zwar etwas schreiben und lesen, schrieb aber grundsätzlich alles in kleinen Buchstaben. Das »W« war allerdings eindeutig großgeschrieben. Verunsichert ließ sie ihren Blick über den nahen dunklen Waldrand schweifen, hastig ging sie hinein, verschloss die Terrassentür hinter sich und beschloss, ihren Bruder danach zu fragen.

Eine halbe Stunde später, Anja legte gerade die letzte ihrer mitgebrachten Hosen in den Schrank des Gästezimmers, klingelte ihr Handy. Ein Blick auf das Display veranlasste sie zu einem kurzen Fluch – die Verabredung mit Florian hatte sie völlig vergessen. Sie hob ab, entschuldigte sich tausend Mal und erklärte ihm dann, was geschehen war. Trotz ihres schlechten Gewissens wollte sie nicht, dass er heute noch vorbeikam. Gerald und sie brauchten einfach etwas Zeit, um sich aufeinander einzustellen, und außerdem stand noch der Besuch im Krankenhaus an. Nachdem sie Florian auf den nächsten Tag vertröstet hatte, legte sie auf und sah nach den vorhandenen Essensvorräten.

Da sich ihre Mutter einen Wecker in die Küche gestellt hatte, der jeden Tag um die Zeit klingelte, wenn der Bus zurückkam, holte dieser nun auch Anja aus ihren Gedanken.

Als sie wenig später gegenüber ihrem Bruder am Küchentisch saß und ihm erklärte, dass nun sie anstelle ihrer Mutter für einige Tage hier sein würde, war es ihr unmöglich, irgendeine Emotion in Geralds Gesicht zu erkennen. Erst als er »Mama tot?« fragte, glaubte sie, etwas Trauer in seiner Stimme zu hören. Da er danach allerdings feststellte: »Du bist schöner als Mama«, war Anja sich sicher, sich geirrt zu haben. Geduldig erklärte sie ihm noch einmal, was passiert war, und dass die Mutter nur einige Tage nicht hier sein würde. Als Gerald dies einigermaßen verstanden hatte, beschloss Anja, sich noch eine Zigarette zu gönnen.

Sie legte Gerald seine Malutensilien auf den Tisch und ging erneut auf die Terrasse.

Der Wind war in der Zwischenzeit wesentlich stärker geworden, doch das erklärte nicht, warum nun sämtliche kleinen Äste so unordentlich nebeneinanderlagen, als hätte es das Wort »Willkommen« nie gegeben. *Bestimmt irgendwelche Nachbarskinder,* ging es ihr durch den Kopf, doch so ganz überzeugte sie dieser Gedanke selbst nicht. Außerdem wurde sie das Gefühl nicht los, beobachtet zu werden, doch in dem dämmrigen Licht zwischen den Bäumen des nahen Waldes war niemand zu erkennen.

– 11 –

Der Besuch im Krankenhaus hatte nur wenige Minuten gedauert, denn auch wenn die Operation ihrer Mutter gut verlaufen war, wirkte die Narkose doch länger nach, als der behandelte Arzt dachte. Anja war sich nicht einmal sicher, ob ihre Mutter mitbekommen hatte, dass sie und Gerald anwesend waren, doch wenigstens ihr Bruder war jetzt ein wenig beruhigter und verstand halbwegs, warum seine Schwester auf ihn aufpasste.

Als der Bus oben an der Hauptstraße, von der aus die Sackgasse zu ihrem Haus abzweigte, anhielt, dämmerte es bereits, und obwohl sie während der letzten Stunden nicht mehr an das unbehagliche Gefühl vom Vormittag gedacht hatte, wirkte das diffuse Licht beunruhigend auf Anja. In die meisten Vorgärten der wenigen umliegenden Häuser drang jetzt schon kein Tageslicht mehr, sodass ständig weitere dunkle Ecken und Winkel entstanden. Immer wieder glaubte Anja, in der Dunkelheit eine Bewegung zu sehen, und sie fragte sich schon, was mit ihren Nerven nicht stimmte. Sie war sonst absolut kein ängstlicher Mensch, aber seit einigen Tagen schienen ihre Instinkte überzureagieren, was sie schreckhaft werden ließ.

Obwohl sie Gerald dauernd zur Eile antrieb, ließ sich dieser nicht davon abhalten, einzelne Blätter des herumwirbelnden bunten Laubs zu fangen. Hatte er ein Blatt erwischt, blieb er stehen und musterte es, als hätte er so etwas noch nie gesehen. Obwohl es vom Bus aus nur wenige Hundert Meter bis zu ihrem Elternhaus waren, hatten sie nach zehn Minuten gerade einmal den halben Weg geschafft. Ein Stück weiter, sie hatten gerade das letzte Nachbarhaus passiert, kamen sie schließlich überhaupt nicht mehr voran. Der letzte Abschnitt des Weges führte durch ein kleines Wäldchen, dessen Bäume offenbar beschlossen hatten, ausgerechnet heute alles Laub auf einmal abzuwerfen, was dazu führte, dass Gerald sich nicht mehr für ein Blatt entscheiden konnte. 20 Meter vor dem Haus gab Anja auf und ließ ihren Bruder einfach draußen stehen.

Nachdem sie den ganzen Weg lang mit Gerald beschäftigt gewesen war, zog sich ihr Magen nun beim Anblick des Hauses wieder etwas zusammen. Umgeben vom Wald stand es vor ihr und Anja fragte sich, wie es ihre Mutter hier alleine aushielt. Das Rauschen einer Windböe, die sich in den Baumwipfeln fing, verstärkte ihre innere Unruhe und Anja beeilte sich, die letzten Meter zu überwinden. An der Haustür angekommen, schloss sie auf, ging aber nicht hinein. Stattdessen drehte sie sich um und blickte den Weg zurück. Die inzwischen fortge-schrittene Dämmerung ließ sie alles nur noch schemenhaft erkennen. Gerade als sie nach Gerald rufen wollte, hielt sie inne. Dieser stand immer noch dort, wo sie ihn zurückgelassen hatte, allerdings schien er sich jetzt mit jemandem, der sich zwi-schen den Bäumen befinden musste, zu unterhalten. Im ersten Augenblick wusste sie nicht, was sie tun sollte, dann holte sie die Taschenlampe aus der Kommode neben der Tür, leuchtete erst den Weg entlang und dann neben ihrem Bruder in den Wald hinein. Durch die vielen Bäume kam aber kaum dort Licht an, wo sie es haben wollte. Die Bewegung im Unterholz dauerte nur einen Wimpernschlag, aber Anja war sich sicher, dass sich dort etwas geregt hatte. Fast schon hysterisch schrie sie: »Gerald, komm sofort hierher!« Dann ließ sie eine kurze Pause folgen, in der sie versuchte, etwas ruhiger zu werden, um anschließend mit möglichst fester Stimme zu rufen: »Und Sie, wer immer Sie sind, wenn ich Sie hier noch einmal sehe, rufe ich die Polizei.«

»Polizei« war Geralds Stichwort. Aus irgendeinem unerfindlichen Grund hatte er einen Heidenrespekt vor uniformierten Polizisten. Wie vom Teufel geritten, rannte er auf seine ungelenke Art los und stürmte kurz darauf an Anja vorbei, hinein ins Haus. Nachdem sie den Lichtschein noch einmal durch die Bäume wandern lassen hatte, betrat auch Anja das Haus, verschloss sorgfältig die Haustür und ließ alle Rollos herunter. Dann pfiff sie auf die zu erwartende Moralpredigt ihrer Mutter und zündete sich in der Küche eine Zigarette an. Nach drei, vier Zügen war sie endlich ruhig genug, um ihren Bruder in normalem Tonfall zu fragen: »Mit wem hast du da draußen gesprochen?«

Gerald saß an seinem Lieblingsplatz, und da ihm der Blick in den Garten durch das Rollo versperrt war, galt seine komplette Aufmerksamkeit wieder den Fotos seiner Schwestern.

»Gerald.« Dieses Mal war Anjas Ton wesentlich schärfer und tatsächlich hob dieser seinen Blick.

Sie wiederholte ihre Frage. »Mit wem hast du gerade gesprochen? Wer war da im Wald?«

Für einen Augenblick schien es, als würde Gerald erneut abgleiten, doch dann antwortete er. »Kein Gesicht, nur Stimme.«

»Und was sagte die Stimme?« Anja rang mit ihrer inneren Unruhe, denn seine Antwort bedeutete, dass sie sich tatsächlich nicht geirrt hatte und da draußen jemand um das Haus schlich.

»Die Stimme sagte, ich kann, soll, immer in den Wald kommen ...«, ihr Bruder suchte sichtbar nach Worten, »... und dort bekomme ich supertolle Pinsel zum ... für das Malen.«

Anja sparte sich jede Ermahnung, nicht in den Wald zu gehen, es würde sowieso nichts nützen. Stattdessen drückte sie ihre Zigarette auf einem Unterteller aus und schritt entschlossen zum Telefon. Als würde sie immer noch beobachtet werden, klingelte dieses genau in dem Augenblick, als sie es aus der Ladestation nehmen wollte. Sie drückte auf die grüne Taste, hielt sich das Gerät ans Ohr und erstarrte.

Der Mann sprach absolut ruhig, doch seine Stimmlage ließ keinen Zweifel daran, dass er es ernst meinte. Ohne jede Begrüßung sagte er: »Hör gut zu, Anja. Ab heute bin ich immer in eurer Nähe und das nächste Mal, wenn du deinen Bruder alleine lässt, könnte dieser einfach so verschwinden, wie ein Regentropfen in der Erde verschwindet.« Anja wollte gerade dazu ansetzen, etwas zu erwidern, als der Mann fortfuhr, wobei er dieses Mal eher wie ein Lehrer der alten Schule klang. »Psssst, du musst nichts fragen, hör einfach zu … ob du willst oder nicht, wir beide sind ab jetzt unzertrennlich miteinander verbunden. Ich weiß, dass dein Hirn gerade nach einem Grund dafür sucht, doch es wird keinen finden. Ich habe dich ausgesucht, mehr ist da nicht. Vielleicht hat mir deine kleine Blinddarmnarbe gefallen, vielleicht auch nur, wie du das R rollst. Nimm es einfach hin, ab jetzt gehen wir ein Stück des Weges gemeinsam.« Dann herrschte eine gefühlte Ewigkeit Stille in der Leitung, bis endlich das fast schon aggressiv klingende Freizeichen ertönte.

Ohne dass Anja darauf Einfluss nehmen konnte, hatte ihre Hand zu zittern begonnen, und nur mit Mühe schaffte sie es, den roten Knopf zu drücken. Ohne Erfolg versuchte ihr Verstand zu sortieren, was sie gerade gehört hatte, doch nichts ergab einen Sinn. Nach einem gejagten Blick zur nahen Haustür wählte sie die Notrufnummer der Polizei, erklärte, was passiert war, und setzte sich anschließend zu ihrem Bruder in die Küche.

Als einige Minuten später der tiefe Ton der Türglocke ertönte, hätte Anja fast aufgeschrien, so sehr war sie in Gedanken. Mit noch immer weichen Knien ging sie zur Haustür und fragte laut: »Wer ist da?«

Die Aussage »Polizei, Sie haben uns gerufen« sorgte nur kurz für Erleichterung, dann wurde ihr klar, dass das jeder sagen konnte. Erst als sich auch eine weibliche Stimme mit den Worten »Ist alles in Ordnung bei Ihnen? Bitte öffnen Sie die Tür« meldete, reichte Anjas Mut, um die Tür einen Spaltbreit zu öffnen. Ihr misstrauischer Blick fiel zunächst auf die beiden Beamten, dann musterte sie unbewusst auch noch den sichtbaren Bereich hinter ihnen.

»Ist alles in Ordnung?«, wiederholte die junge Polizistin, die zwei Schritte hinter ihrem älteren Kollegen stand und die Hand nahe an der Waffe hatte.

Anja entspannte sich etwas und nickte. »Danke, dass Sie so schnell gekommen sind. Bitte kommen Sie herein, es kann sein, dass wir beobachtet werden«, antwortete sie erschöpft.

Der ältere Beamte runzelte die Stirn, warf einen skeptischen Blick über die Schulter, signalisierte seiner Kollegin ein O. k. und trat ein.

Anja verschloss die Tür und wies den beiden mit den Worten »Die erste Tür rechts« den Weg in die Wohnküche, bereute dies aber umgehend.

Geralds Schrei ging durch Mark und Bein, dann folgten ein lautes Poltern und ein winselndes Geräusch.

»Scheiße!«, stieß Anja aus, schob sich an den kampfbereiten Beamten vorbei und sah sich suchend um. Ihr Bruder hatte seinen Stuhl umgeworfen und kauerte nun zitternd im angrenzenden Wohnzimmer zwischen Sessel und Sofa.

»Was ist mit ihm?«, fragte der Polizist, der Anja gefolgt war.

Anja drehte sich zu ihm um. »Tut mir leid. Mein Bruder ist Autist und ich hatte vergessen, dass er eine seltsame Beziehung zu uniformierten Polizisten hat.« Dann wies sie zum Küchentisch. »Bitte setzen Sie sich, ich bin gleich wieder da.«

Nachdem sie Gerald etwas beruhigen konnte und ihm den Fernseher angestellt hatte, kehrte sie in die Küche zurück und schilderte den beiden Polizisten, was sich in den letzten Stunden ereignet hatte.

Nachdem Anja geendet hatte, herrschte zunächst nachdenkliche Stille im Raum, nur das leise Ticken der Küchenuhr und das gedämpfte Geräusch des Fernsehers waren zu hören. Die junge Polizistin schien etwas sagen zu wollen, hielt es aber offenbar für besser, ihrem älteren Kollegen den Vortritt zu lassen. Dieser warf, wie so oft in den letzten Minuten, einen Blick auf Anjas dünne Bluse und sagte dann nur: »Das ist ein schwieriges Thema.«

Anja sah ihn verwirrt an. »Was meinen Sie damit? Es ist doch offensichtlich, dass wir bedroht werden.«

Wieder ließ der Beamte einige Zeit verstreichen, bevor er antwortete. »Natürlich ist das für Sie eine scheinbar bedrohliche Situation, aber im rechtlichen Sinne ist das alles so gut wie überhaupt nichts. Wir wüssten ja noch nicht einmal, wen wir verwarnen sollten, oder haben Sie diesen Mann schon einmal zu Gesicht bekommen?«

»Nein, aber …« Anja wollte ihrer aufkeimenden Wut Luft machen, doch der Polizist würgte sie sofort ab. »Also, wir machen jetzt Folgendes: Meine Kollegin und ich drehen eine Runde um das Haus, vielleicht finden wir ja tatsächlich einen Hinweis darauf, dass Sie von dort jemand beobachtet.« Nun änderte sich sein Tonfall ins Väterliche und er versuchte, beruhigend zu klingen: »Sie dürfen nicht glauben, dass wir solche Dinge nicht ernst nehmen, aber in fünfundneunzig Prozent der Fälle handelt es sich entweder um einen Streich oder die Betroffenen bilden sich bloß ein, verfolgt zu werden.«

»Und diesen Anruf habe ich mir auch nur eingebildet?«, platzte Anja heraus.

»Aber das behauptet doch keiner.« Nun war es die Polizistin, die beruhigen wollte, doch auch sie wurde von ihrem Kollegen unterbrochen.

»Nein, das behaupten wir nicht, und sollte sich das wiederholen, werden wir uns auch über eine Überwachung Ihres Telefons unterhalten können. Aber wie ich schon sagte, im Augenblick ist das alles noch zu dünn, um überhaupt tätig werden zu können. Seien Sie einfach etwas vorsichtiger und haben Sie ein Auge auf Ihren Bruder, dann, und da bin ich mir recht sicher, erledigt sich das von alleine.«

Als die beiden Beamten ihre Runde um das Haus erfolglos beendet hatten, sah Anja noch kurz dem Polizeiwagen hinterher, schloss die Haustür und stellte zur Sicherheit einen Stuhl unter die Klinke.

– 12 –

Obwohl es erst 20 Uhr war, sah Anja ihrem Bruder an, wie müde dieser war. Erst der Besuch im Krankenhaus und dann noch die beiden Polizisten hatten ihn geschafft. Da Anja den ungefähren Ablauf ihrer Mutter kannte, schaffte sie es, dass Gerald eine Viertelstunde später in seinem Bett lag und versprach, schlafen zu wollen.

Auch an Anja war dieser Tag nicht spurlos vorübergegangen, doch sie war noch viel zu aufgekratzt, um sich ins Bett zu legen. Nach einer weiteren Zigarette wollte sie sich einfach nur vor den Fernseher setzen und versuchen, etwas abzuschalten, als erneut die Türklingel ertönte und ihr Herz schneller schlagen ließ. Für einige Augenblicke schaffte es Anja nicht, einen klaren Gedanken zu fassen. Was sollte sie tun? Gleich die Polizei anrufen und damit eventuell ihre Glaubhaftigkeit aufs Spiel setzen, oder konnte sie es wagen, zur Tür zu gehen? Nachdem es ein weiteres Mal geläutet hatte, fasste sie einen Entschluss, begab sich zur Tür und versuchte betont selbstsicher zu klingen. »Wer ist da?«

»Ich bin es, Florian«, hörte sie seine gedämpfte, aber vertraute Stimme.

Trotz ihrer Erleichterung fragte sie durch die immer noch geschlossene Tür: »Warum bist du hier? Wir wollten uns doch erst morgen treffen.« Dann fiel ihr selbst auf, wie albern sie sich verhielt. Sie schob den Stuhl beiseite und öffnete die Tür.

Florian hatte damit begonnen, von einem Fuß auf den anderen zu wechseln, da die Temperatur inzwischen deutlich gesunken war. In einer Hand hielt er eine Flasche Rotwein und in der anderen drei große Pizzakartons. Als er Anjas Gesicht sah, hob er die Hand mit den Pizzen hoch. »Heiß sind die jetzt nicht mehr.«

Anja ging nicht darauf ein, sondern sagte etwas gehetzt: »Komm rein!« Dann schloss sie die Tür wieder und schob erneut den Stuhl unter die Klinke.

Florian beobachtete ihr Tun und stellte die Schachteln auf der Kommode ab. »Was ist denn hier los, warum dieser Aufwand?«

Anja drehte sich zu ihm um und versuchte ein Lächeln. »Das ist eine längere Geschichte. Ich habe schon versucht, dich auf dem Handy zu erreichen, aber dein Akku ist wohl leer.« Nach einem verlegenen Blick auf den Boden fügte sie noch hinzu: »Bitte entschuldige meine unfreundliche Begrüßung, es ist schön, dass du hier bist.«

Florian machte einen Schritt auf sie zu und gab ihr nach einer kurzen Umarmung einen vorsichtigen Kuss auf den Mund.

Eine halbe Stunde später hatte Anja ihre Geschichte erneut erzählt und Florian nahm die Sache wesentlich ernster als die beiden Polizisten. Trotzdem versuchte er, Anja etwas abzulenken. »Wenn du magst, bleibe ich heute Nacht hier.« Und bevor er Gefahr laufen konnte, zweideutig verstanden zu werden, schob er rasch hinterher: »Habt ihr ein Gästezimmer oder ein Sofa, auf das ich passe?«

Anja legte ihre Hand auf seine. »Haben wir, und es würde mir sehr helfen, wenn du bleiben könntest … Dieser Anrufer hat mir richtig Angst gemacht.«

»Gerne«, antwortete Florian mit einem Lächeln. »Jetzt wird aber erst einmal gegessen.«

Tatsächlich schaffte es Anja, während sie die aufgewärmten Pizzen aßen und den Wein dazu tranken, die ganze Sache etwas zu verdrängen. Nach dem Essen machten sie es sich im Wohnzimmer auf dem Sofa gemütlich. Florian achtete sehr darauf, dass sie nur über die Uni und andere Belanglosigkeiten redeten. Anja kam zwar immer wieder auf diesen mysteriösen Anrufer zurück, wurde aber nach dem dritten Glas Wein etwas lockerer. Irgendwann stellte sie mit schon nicht mehr ganz so deutlicher Aussprache fest: »Schade, der Wein ist schon alle.«

»Hat deine Mutter welchen im Haus?«, fragte Florian.

Anja nickte. »Ja, aber der ist im Keller, und da bringt mich heute keiner mehr hinunter.«

»Wo?« Entschlossen stand Florian auf.

»Erster Raum links. Aber du willst doch nicht wirklich da runter?«, erwiderte Anja, die schlagartig wieder nüchtern wirkte.

»Doch«, antwortete er selbstsicher, »dann kann ich mich auch gleich versichern, dass niemand mehr im Haus ist.« Ohne eine Reaktion abzuwarten, verließ Florian den Raum.

Anja hörte das Knarren der alten Holzstufen, dann herrschte einige Zeit Stille. Gerade als sie an sich selbst feststellte, dass sie die Luft angehalten hatte, wurde das Knarren lauter und sorgte dafür, dass sich die feinen Härchen in ihrem Nacken aufstellten.

»Hab noch einen Roten gefunden«, triumphierte Florian, als er den Raum betrat, und schwenkte dabei die etwas verstaubte Weinflasche.

Anja atmete aus.

Nachdem die Gläser gefüllt waren, setzte sich Anja näher an Florian heran, ließ ihren Kopf auf seine Schulter sinken und kam zum ersten Mal an diesem Tag etwas zur Ruhe. Irgendwann spürte sie seine Hand in ihrem Haar, und mit einem Mal war die Distanz, die sie sich selbst auferlegt hatte, wie verflogen.

Mit einem lautlosen Seufzer drückte sie sich noch etwas näher an ihn heran und genoss seine Berührungen. An der Art, wie er seine Hand bewegte, spürte sie deutlich, dass er nicht wusste, wie weit er gehen durfte. Mit einem Lächeln, das er nicht sehen konnte, hob sie ihren Arm, und als sie sein Gesicht ertastet hatte, zog sie ihn ein Stück zu sich herunter, wobei sie selbst ihren Kopf etwas anhob. Auch ohne ihn anzublicken, fand sie seine Lippen und genoss die sanfte Wärme seiner Haut. Doch dann hob er seine Hand hinter ihren Kopf, um sie nun etwas an sich heranzuziehen, und mit einem Mal war sie wieder da, die selbst auferlegte Distanz gegenüber allen Männern. Nur eines konnte die Situation noch retten. Florian schien dies zu spüren. Erleichtert nahm Anja wahr, wie er seine Hand wieder sinken ließ und ihr damit die Kontrolle über die Situation zurückgab. Trotz der Umstände schaffte sie es, ihrer Sehnsucht freien Lauf zu lassen. Jetzt war sie es, die seinen Kopf zwischen ihre Hände nahm und dem Drängen ihrer Sehnsüchte keine inneren Ängste mehr entgegenbrachte. Als hätte sie Jahre darauf warten müssen, ertasteten ihre Lippen jeden Winkel seines Mundes. Florian erwiderte den Kuss, hielt sich aber noch zurück.

Erst als sie ihre Hände unter sein T-Shirt schob, wagte auch er es, sie näher an sich heranzuziehen und nach ihrer nackten Haut zu tasten. Nun saß sie auf seinem Schoß, konnte seine Lust durch den dicken Stoff der Jeans aber nur erahnen.

Anja löste sich von seinem Mund, allerdings bloß, um Florian das T-Shirt über den Kopf zu ziehen. Beide blickten sich lange in die Augen, in ihnen schwelte das Verlangen nach dem anderen. Seine Finger waren nicht ungeschickt, trotzdem brauchte er eine Weile, um die vielen Knöpfe ihrer Bluse zu öffnen, dann löste er den Blickkontakt und musterte bewundernd ihren sportlichen Körper. Vorsichtig schob er ihr den dünnen Stoff nach hinten über die Schultern und öffnete danach ihren BH, den er ihr ebenfalls abstreifte. Wieder suchten und fanden sich ihre Lippen. Zusammen mit dem Spiel ihrer Zungen bewegte sich Anja leicht auf ihm, wobei sich ihre nackten Oberkörper immer enger aneinanderdrückten. Erst als Florian ein leises Stöhnen ausstieß und sie mit seinen Händen zwang innezuhalten, ließ sie von ihm ab und stand auf. Ohne sich aus den Augen zu lassen, entledigten sich beide ihrer übrigen Kleidung. Da Florian seine Hose im Sitzen heruntergeschoben hatte, setzte sich Anja wieder auf seinen Schoß, achtete aber darauf, seine empfindlichste Stelle noch nicht zu berühren. Zusammen mit seinen Lippen erkundeten seine warmen Hände jede Stelle ihres Körpers, was Anjas Spannung fast bis ins Schmerzhafte steigerte. Alles in ihr schrie danach, ihn endlich in sich zu spüren, doch dieses Mal war er derjenige, der sich Zeit ließ. Nachdem sie das zweite Mal versucht hatte, ihn ebenfalls zu berühren, bog er ihr sanft die Arme auf den Rücken und hielt dort ihre Hände mit seiner Hand zusammen. Bei jedem anderen Mann hätte dieser erneute Kontrollverlust dazu geführt, dass ihre Lust in Panik übergegangen wäre, jetzt aber stimulierte sie dieser Umstand sogar noch zusätzlich. Fast wehrlos fiel ihr Blick nach unten. Seine Männlichkeit stand nur wenige Zentimeter vor ihr und alleine dieser Anblick trieb sie fast in den Wahnsinn. Hinzu kam, dass Florians freie Hand sie überall zu berühren schien, den Bereich zwischen ihren Beinen aber immer sehr knapp ausließ.

Irgendwann konnte Anja nicht mehr anders und flehte leise: »Bitte, hör auf …« Im gleichen Augenblick berührte sein Handrücken ihren Hügel so sanft, dass sie nur noch ein schwaches »Bitte« stöhnen konnte.

Noch immer machte Florian keine Anstalten, sie endgültig zu sich heranzuziehen; erst als sich ein heißer Tropfen ihrer Lust löste und auf seinen Oberschenkel fiel, hatte er Erbarmen. Er gab ihre Hände frei, griff unter ihre Pobacken und hob sie auf sich, wo sie ihn tief in sich aufnahm. Zunächst wagte keiner von beiden eine Bewegung. Eng umschlungen saßen sie da und genossen das Gefühl, mit dem anderen vereint zu sein. Erst nach einer Weile begannen sie, sich erneut zu küssen und Anja konnte nicht anders, als ihr Becken langsam zu bewegen. Florian ließ sich mit einem lauten Stöhnen gegen die Rückenlehne des Sofas fallen und unterstützte ihre Bewegungen, indem er sie immer wieder am Hintern nach oben zog und damit für zusätzliche Reibung sorgte. Es brauchte nur wenige Bewegungen, bis beide Körper ein süßer Schauer durchlief. Schnell fanden beide einen gemeinsamen Rhythmus, der bald nicht mehr zu kontrollieren war. Gleichzeitig mit einem langen, intensiven Kuss wurden sie von einem Strudel aus Gefühlen erfasst, der unweigerlich in einem erlösenden Höhepunkt gipfelte, wobei sie sich noch tiefer vereinten und jeder die Lust des anderen auskostete.

Schwer atmend und immer noch miteinander verbunden, saßen sie eine ganze Weile da und genossen die Hitze ihrer Körper. Irgendwann löste sich Anja aus seiner Umarmung, sah ihm in die Augen und flüsterte zum ersten Mal: »Ich liebe dich.«

Florians entspannter Gesichtsausdruck wurde zu einem sanften Lächeln. Dann gab er ihr einen zärtlichen Kuss. »Ich liebe dich, Anja«, hauchte er.

Anja strich ihm gerade eine schweißnasse Strähne von der Stirn, als sie das laute Scheppern der geschlossenen Rollläden brutal in die Realität zurückriss. Ihr Körper verkrampfte sich und mit einem Mal hatte sie wieder den gleichen Pulsschlag wie eben gerade, als sie miteinander geschlafen hatten.

Florian war zwar ebenfalls leicht zusammengezuckt, wurde aber sofort wieder ruhiger und sagte beschwichtigend: »Keine Sorge, das war nur der Wind.«

Doch Anja starrte konzentriert zu dem großen Wohnzimmerfenster, hinter dem sich weiterhin die Lamellen des Rollos bewegten. Nach einer weiteren Windböe, die Florians Einschätzung bestätigte, schmiegte sich Anja an seine

Brust. »Ich habe Angst. Was, wenn sich da draußen wirklich ein Irrer herumtreibt?«

Florian streichelte ihren Kopf und versuchte, zuversichtlich zu klingen. »Das Haus ist verschlossen, ich bin hier und morgen hat der ganze Spuk bestimmt ein Ende.« Er ließ eine kurze Pause folgen und fügte dann mit enttäuschter Stimme hinzu: »Obwohl, das wäre eigentlich schade. Ich hätte nichts dagegen, dich noch öfter zu beschützen.«

Jetzt musste auch Anja lächeln, und da ihre Hand knapp unter seinem Nabel ruhte, entging ihr nicht, dass Florian offenbar doch nicht so entspannt war, wie es vorhin den Anschein hatte. Sie konnte einfach nicht anders, als ihn zu berühren, und was mit einem sanften Streicheln begann, wurde wenig später zu einer leidenschaftlichen Vereinigung, die dieses Mal um einiges länger dauerte.

Eine Stunde später schliefen beide fest umschlungen und trotz der Enge des Sofas miteinander ein.

Anja stieß einen spitzen Schrei aus, dann erst realisierte sie, wo sie war, und dass das scheppernde Geräusch aus der oberen Etage gekommen war. Als kurz nach dem Lärm Geralds schimpfende Stimme bis zu ihr herunterdrang, beruhigte sie sich wieder, doch nur, um sofort hektisch zu werden. Florian, der auch langsam aufwachte, lag ebenso nackt wie sie selbst neben ihr und sie wollte auf keinen Fall, dass ihr Bruder das hier sah. Ohne auf Florians murrenden Widerstand zu achten, schälte Anja sich aus der Decke und griff sofort nach ihrer Wäsche, die noch immer neben dem Sofa lag. Mit der anderen Hand warf sie Florian seine Unterhose und die Jeans zu und zischte: »Zieh dich bitte an, mein Bruder kommt jeden Augenblick herunter.«

Beide schafften es gerade noch rechtzeitig, das Nötigste überzustreifen, als Gerald auch schon in der Tür auftauchte, mit emotionsloser Mimik auf Florian zeigte und monoton erklärte: »Fremder Mann … Mama will das nicht.«

Florian wusste zwar, dass Anjas Bruder Autist war, dennoch hatte er keine Ahnung, wie er sich ihm gegenüber verhalten sollte.

Glücklicherweise erfasste Anja die Situation richtig. Sie ging erst zu Gerald und sagte betont locker: »Guten Morgen, Brüderchen.« Denn sie wusste, dass er diesen Satz warum auch immer liebte, dann nahm sie seine Hand und zog ihn sanft in Richtung Florian. Anschließend winkte sie Florian zu sich, nahm dessen Hand ebenfalls und drückte die beiden Hände zusammen. Nun trat sie einen Schritt zurück und sagte zufrieden in Richtung ihres Bruders: »So, nun seid ihr keine Fremden mehr. Das ist unser Freund Florian und Mama kennt ihn auch schon.« Die kleine Lüge zeigte sofort Wirkung.

Gerald zog Florian mit überraschender Kraft zu sich heran und umarmte ihn fast stürmisch, wobei er immer wieder »Unser Freund, unser Freund« wiederholte.

Nachdem diese Zeremonie überstanden war, bereitete Anja ein schnelles Frühstück und verabschiedete anschließend Gerald, der pünktlich um 7.30 Uhr von seinem Fahrdienst abgeholt wurde. Danach kehrte sie in die Küche zurück und umarmte Florian von hinten. »Kannst du bleiben?«

Er schüttelte leicht den Kopf. »Leider nein. Ich habe um halb neun einen Termin bei meinem Professor. Es geht um meine Praxisstelle, da kann ich unmöglich absagen.«

Enttäuscht drückte sich Anja noch ein wenig fester an ihn, warf einen Blick auf die Uhr und seufzte. »Dann solltest du jetzt los. Der nächste Bus fährt in einer Viertelstunde und danach kommt lange keiner mehr.«

Die anschließende Verabschiedung hätte den Anschein erwecken können, als würden sie sich eine Ewigkeit nicht mehr sehen, dabei versprach Florian, schon am Nachmittag wieder zurückzukommen.

Nachdem sich Anja eine weitere Tasse Kaffee gemacht hatte, zog sie sämtliche Rollläden nach oben und trat auf die Terrasse. Der gestrige Herbststurm hatte sich verzogen und einem stahlblauen Himmel Platz gemacht. In der nun vorherrschenden Morgensonne, die sich gerade über die Wipfel des nahen Waldes schob, kamen ihr ihre Ängste vom Vortag fast schon lächerlich vor. Der Garten lag friedlich vor ihr und die zurückgebliebenen Vogelarten lieferten sich kleine Kämpfe um die besten Würmer und Maden auf der nassen Wiese. Anja nahm einen Schluck des heißen Kaffees, zündete sich eine Zigarette an und dachte über ihr weiteres Vorgehen nach. Zuerst würde sie versuchen, den für ihre Mutter zuständigen Arzt zu erreichen, dann musste sie ihren eigenen Chefarzt anrufen und diesem beibringen, dass sie eine Weile ausfallen würde. Blieb nur zu hoffen, dass sie das Praxisjahr nicht wiederholen musste.

Nach der Zigarette ging sie schlecht gelaunt zurück ins Haus, doch als ihr Blick auf das zerwühlte Sofa fiel, konnte sie sich ein Lächeln nicht verkneifen. Die letzte Nacht war eine besondere Erfahrung gewesen. Es war das erste Mal in ihrem Leben gewesen, dass sie mit echter Hingabe Sex gehabt hatte, und sie hatte das Gefühl, dass alles, was sie bisher für andere Männer empfunden hatte, eine Lüge gewesen war. Florian war etwas Besonderes und selbst seine sanft dominierende Art stellte erstaunlicherweise kein Problem für sie dar.

– 13 –

Zwei Anrufe später war klar, dass sie noch mindestens zwei Wochen hierbleiben und Gerald versorgen musste. Glücklicherweise hatte auch ihr zuständiger Chefarzt Verständnis für die Situation. Anja versprach, so viel Theorie wie möglich zu lernen, was zwar nicht dem Sinn eines Praxisjahres entsprach, aber ihr Chef würde darüber hinwegsehen, wenn sie sich danach wieder richtig ins Zeug legte.

Erleichtert dachte Anja darüber nach, Ute anzurufen, und hatte auch schon deren Nummer gewählt, als ihr einfiel, dass es immer noch Vormittag war und ihre Freundin Tagschicht in der Klinik hatte. Etwas enttäuscht drückte sie die rote Taste und wollte das Telefon schon weglegen, als erst die Displaybeleuchtung anging und dann die nervige Melodie des Klingeltons ertönte. Anja zuckte zusammen. In der Anzeige stand nur »Anruf von extern«, folglich wurde keine Rufnummer übermittelt. Unsicher, was sie nun tun sollte, nahm sie das Gerät und starrte auf die nichtssagende Anzeige. Gerade als die Melodie wieder verstummte, fiel Anja ein, dass auch Krankenhäuser keine Rufnummer übermittelten. Hektisch drückte sie auf die grüne Taste, aber es kam nur das lang gezogene Pfeifen des Freizeichens. *Was, wenn mit Mutter etwas ist,* ging es ihr durch den Kopf, und sie schimpfte sich selbst eine

Närrin. Zu einem weiteren Gedanken kam sie nicht, erneut erwachte das Telefon zum Leben. Dieses Mal hob sie entschlossen ab, meldete sich mit »Anja Lange« und lauschte.

Nach einem kurzen Augenblick der Stille hörte sie dieselbe Männerstimme wie am Vortag tief und ruhig reden. »Hallo, meine Süße, ich dachte schon, du willst nicht mit mir sprechen.«

Nach einem kurzen Schock riss sich Anja zusammen und sagte entschlossen: »Das will ich auch nicht. Es war das letzte Mal, dass ich ans Telefon gehe. Außerdem wird dieser Apparat von der Polizei überwacht.«

Nach einem tiefen Lachen folgten Worte, die Anjas Knie weich werden ließen. »Ach, süße Anja, du solltest gar nicht erst anfangen, mich zu belügen, denn du musst wissen, dass ich ab heute jedes Fehlverhalten von dir bestrafen werde. Dein Telefon wird nicht überwacht, ganz im Gegenteil, die Polizei hat dich noch nicht einmal ernst genommen.«

»Was wollen Sie von mir?« Anja hatte kein anderes Gegenargument parat und wusste, dass sie dadurch, dass sie in den Hörer schrie, nur Schwäche zeigte.

Wieder war seine Stimme derart ruhig, dass dies alleine schon genügte, um sie wütend zu machen. »Ich habe dir doch schon gestern gesagt, was ich von dir will … Wir werden ein Stück unseres Weges gemeinsam gehen. Ich habe dich dazu auserkoren, mein Leben zu bereichern, das alleine sollte dir Ehre genug sein. Alleine dein nackter Anblick letzte Nacht hat mir viel gegeben. Du siehst wirklich anmutig aus, wenn du Sex machst, wusstest du das?«

Anja wurde schlagartig übel und alles, was sie noch herausbrachte, war: »Sie sind ja wahnsinnig«, dann legte sie auf, stürzte in die nahe Gästetoilette und übergab sich. Anschließend ließ sie sich neben die Schüssel auf den Boden sinken, zog die Knie an den Körper und blieb einfach dort sitzen. Es dauerte eine ganze Weile, bis sich das Chaos in ihrem Kopf etwas beruhigt hatte und sie einen halbwegs klaren Gedanken fassen konnte. Sie konnte es drehen und wenden, wie sie wollte, es fiel ihr nichts und niemand ein, dem sie so etwas zutraute. Nicht in der Klinik, nicht im Freundeskreis und auch nicht in ihrer Vergangenheit. Diese Anrufe ergaben keinen Sinn. Sicher war nur, dass er sie beobachtete und es nicht der Wind gewesen war, der letzte Nacht an den Rollos gezerrt hatte. Anja riss ein paar Blätter Toilettenpapier ab und putzte sich die Nase, als ihr ein schrecklicher Gedanke kam. Was, wenn dieser Irre auch jetzt hier war und sie die ganze Zeit beobachtet hatte?

Hatte sie die Terrassentür nach dem Rauchen wieder verschlossen? War der äußere Kellerzugang abgesperrt? Erneut durchlief ein Zittern ihren Körper, das sie nur sehr langsam unter Kontrolle bekam. Sie musste hier raus, musste zur Polizei – und dieses Mal mussten sie die Sache ernst nehmen.

Nach weiteren zehn Minuten nahm Anja ihren ganzen Mut zusammen. Sie stand auf, blickte vorsichtig den Flur entlang, und als sich nirgends etwas regte, holte sie sich ihre Jacke und die Schuhe in die Toilette und zog sich beides an.

Erneut stieg Panik in ihr auf. Fast schon rennend verließ sie das Haus und stürzte, ohne die Tür hinter sich extra abzuschließen, die Straße entlang. Erst als sie das erste Nachbarhaus erreicht hatte, wurde sie etwas langsamer und wagte einen Blick zurück. Nichts deutete in dem kurzen Waldstück darauf hin, dass sich dort irgendjemand herumtrieb. Es war wie heute Morgen auf der Terrasse: Je länger sie hier draußen im Licht der Herbstsonne lief, umso mehr verlor dieser Anruf seine Schärfe. Dennoch stand ihr Entschluss fest: Sie würde zur Polizei gehen.

Der Bus kam fast in dem Moment, als auch sie die Haltestelle erreichte. Erleichtert stieg sie ein und blieb sitzen, bis sie Erlangens Busbahnhof erreicht hatten.

Nach weiteren 20 Minuten, die sie zu Fuß quer durch Erlangen zurücklegte, war Anja nervlich wieder so weit erholt, dass sie sich den zweifelnden Fragen der Polizei stellen konnte. Sie atmete noch einmal tief durch, betrat die Hauptwache, wartete, bis ihr eine weitere Tür geöffnet wurde, und trat an den Tresen. Ihr gegenüber stand zufällig die junge Polizistin vom Vortag, die sie erst musterte und dann feststellte: »Frau Lange, wir waren doch gestern bei Ihnen, oder?«

Anja entspannte sich etwas. »Ja, genau … Sie und Ihr Kollege.«

»Und was kann ich für Sie tun?«

Anjas Hände spielten mit der Visitenkarte des älteren Polizisten, die sie nun nicht mehr brauchte. »Ich wurde wieder angerufen und dieses Mal hat mir der Mann konkret gedroht«, berichtete sie mit möglichst fester Stimme.

Die Polizistin zog erst eine Augenbraue hoch, dachte kurz über das Gehörte nach und beschloss: »Kommen Sie bitte mit. Mein Kollege hat oben sein Büro, dort können wir Ihre Aussage aufnehmen und die weiteren Schritte besprechen.«

Als Anja kurz darauf mit den beiden Beamten um einen alten Holztisch saß, hatte sie erneut das Gefühl, selbst die Angeklagte zu sein.

Der ältere Polizist, der sich mit Polizeihauptmeister Mayer vorgestellt hatte, ließ keine Möglichkeit aus, um die Ernsthaftigkeit von Anjas Aussagen abzuschwächen. Immer wieder stellte er Gegenfragen. »Und Sie haben dem Anrufer nicht das Gefühl gegeben, dass Ihnen etwas an ihm gefällt?«

Nach einer weiteren Viertelstunde unterschrieb sie ihre Aussage in dem sicheren Wissen, vorerst keine Hilfe zu bekommen. Man hatte ihr klargemacht, dass es selbst für die Überwachung des Telefons noch viel zu früh sei und dass andere so etwas schon ein Jahr und länger erdulden müssten, es aber nur sehr selten zu echten Übergriffen käme.

Frau Krämer, die junge Polizistin, begleitete sie zurück zum Hauptausgang, und Anja wollte sich schon verabschieden, als die Beamtin eine Visitenkarte aus ihrer Hose zog, ihr hinhielt und einfühlsam sagte: »Sie können auch mich anrufen, wenn noch etwas vorfallen sollte. Unsere älteren Kollegen wissen oft nicht, wie belastend eine solche Situation sein kann. Auch wenn sich alle streng nach Dienstvorschrift verhalten, heißt das noch lange nicht, dass sie sich auch menschlich verhalten.«

Erstaunt über diese ehrliche Aussage, nahm Anja das Kärtchen entgegen, bedankte sich mit einem Lächeln und verabschiedete sich anschließend. Dann warf sie einen Blick auf ihre Armbanduhr und stieß einen Fluch aus. Sie hatte völlig vergessen, dass Gerald heute schon früher nach Hause kam. Genauer gesagt bereits in zehn Minuten und er hatte noch nicht einmal einen Schlüssel dabei. Wieder kam ihr das Bild des gestrigen Abends in den Sinn, als ihr Bruder am Waldrand stand und sich scheinbar mit jemandem im Wald unterhielt. Was, wenn dieser Jemand auch heute auf seine Chance wartete und Gerald dort alleine antraf? Mit zitternden Fingern zog Anja ihr Handy aus der Tasche und wählte die Nummer von Frau Haagen, doch die Nachbarin war nicht zu Hause.

Fieberhaft überlegte Anja, was sie tun konnte. Die Polizei konnte sie wohl kaum bitten, sie rüber nach Dechsendorf zu fahren, und mit dem Bus würde es locker eine Stunde dauern. Dann fiel ihr Blick auf ein vorbeifahrendes Taxi, das gerade in einen nahen Taxistand einbog, und ihr Entschluss stand fest.

Am liebsten hätte sich Anja selbst hinter das Steuer gesetzt, denn offenbar hatte sie den langsamsten Fahrer der ganzen Stadt erwischt. Jeder normale Mensch fuhr wenigstens 5 km/h schneller als erlaubt, dieser nicht.

Irgendwann hatten sie es aber dennoch geschafft und bogen endlich in die Straße ein, an deren Ende ihr Elternhaus stand. Trotz des immer noch makellosen Himmels lag das kurze Waldstück fast schon dunkel vor ihnen und Anja war froh, nicht alleine zu sein. Der Taxifahrer, ein junger Grieche, sah zwar nicht so aus, als könne er jemanden in die Flucht schlagen, aber seine Anwesenheit bedeutete eine gewisse Sicherheit. Anja hatte sich abgeschnallt, war in die Mitte der Rückbank gerückt und versuchte verzweifelt, Gerald zu entdecken, doch der Weg bis zum Haus war völlig menschenleer. Hektisch umherblickend, stieg Anja aus dem Wagen und hatte keine Ahnung, was sie tun sollte. Gerald konnte überall sein, und wenn sie das Taxi warten ließ, würde auch das Taxameter weiterlaufen. Den jungen Griechen konnte sie ja wohl kaum bitten, mit ihr durch den Wald zu schleichen.

»Das macht dann 21 Euro.« Der Mann hatte sein Fenster heruntergelassen und streckte nun seine Hand heraus.

Noch einmal sah Anja sich um, kramte ihre Geldbörse heraus und zahlte.

Der Grieche sagte erst »Danke«, dann »Adios« und ein paar Sekunden später war das Auto nicht mehr zu sehen.

Für einige Augenblicke blieb Anja einfach nur stehen und lauschte, doch außer der Natur und ganz weit entfernten Straßengeräuschen war nichts zu hören. Ihr Blick tastete jede Stelle zwischen den nahen Bäumen ab, aber Geralds auffällig rote Jacke war nirgends zu erkennen. Ob er doch einen Schlüssel dabeihatte? Sie zog ihren eigenen heraus, ging durch den Vorgarten bis zur Tür und schloss auf. Im Gegensatz zu draußen wagte sie hier lauter »Gerald« zu rufen, erhielt aber keine Antwort. Sie versuchte es noch ein weiteres Mal, diesmal noch etwas lauter, jedoch wieder ohne Erfolg. Enttäuscht stieß sie einen Fluch aus und zog die Tür wieder von außen zu, um dem gepflasterten Weg, der um das Haus herum bis in den Garten führte, zu folgen. Mit jedem Schritt, der sie weiter von der Vorderseite und damit von der Straße wegführte, kamen ihr mehr Worte dieses irren Anrufers in den Sinn. Hatte dieser nicht gemeint, sie solle gut auf ihren Bruder aufpassen?

Plötzlich hörte sie ein Geräusch, das sich anhörte, als würde ein Ast brechen – und das nur wenige Meter neben ihr im Unterholz. Anja zuckte zusammen und schon der nächste Pulsschlag schien ihre Brust sprengen zu wollen, so stark pumpte ihr Herz. Sie nahm allen Mut zusammen und fragte, vermutlich viel zu leise: »Gerald?«

Doch statt einer Antwort fuhr eine kurze Windböe durch das Geäst und löste einige der noch verbliebenen Blätter.

Für einen Augenblick lang dachte sie, die Jacke ihres Bruders zwischen den dünnen, aber zahlreichen Stämmen des Dickichts erkannt zu haben, was sich aber nur als ein herbstlich rotes Blatt herausstellte, das in einer Astgabel hängen geblieben war. »Gerald?«, versuchte Anja es erneut, doch wieder antworteten ihr nur die Geräusche des Waldes.

Als ihr Puls sich wieder etwas beruhigt hatte, folgte sie weiter dem gepflasterten Weg bis zu dem schmalen Durchlass in der Hecke, der in den Garten führte. Mit einem schnellen Blick zur Terrasse, die links von ihr lag, versicherte sie sich, dass dort niemand war. Etwas unschlüssig, wo sie ihre Suche beginnen sollte, bewegte sie sich entlang der Hecke bis zu dem schmalen Bachlauf am Ende des Gartens, der die Grenze zum Wald bildete. Wieder hörte sie das Brechen eines Astes und war sich dieses Mal sicher, dass es auch so war. Anja nahm ihren Mut zusammen und rief laut und deutlich: »Gerald. Bist du hier?«

Ein weiteres Knacken half ihr, die Richtung zu bestimmen. Dort, wo der dichte Bewuchs des Waldrandes zu einem echten Wald wurde, erkannte sie eindeutig die rote Jacke ihres Bruders, doch nicht nur er war da. Eine zweite Person löste sich von der Stelle und verschwand, nur als Schatten sichtbar, zwischen den dicht stehenden Stämmen der hohen Fichten.

Panik stieg in Anja hoch und am liebsten wäre sie einfach weggerannt, aber sie konnte ihren Bruder nicht alleine dort sitzen lassen. Noch einmal rief sie seinen Namen, dann griff sie sich einen herumliegenden Ast und rannte los. Es waren nur wenige Meter, trotzdem konnte sie Gerald erst genauer erkennen, als sie nur noch wenige Schritte von ihm entfernt war. Er saß mit dem Rücken zu ihr und schien sich nicht bewegen zu können. Auch auf ihr wiederholtes Rufen erhielt sie keine Reaktion.

Erst, als sie ihn endlich erreicht hatte und vor ihm stand, hob er seinen Kopf, sah sie mit überraschtem Blick an und sagte emotionslos: »Hallo.«

Anja war zunächst erleichtert, dass ihm offenbar nichts weiter passiert war, dann fiel ihr Blick auf den Malblock, den er in seinen Händen hielt. Es war wie immer ein erstaunlich realistisch aussehendes Bild, doch was es zeigte, jagte ihr erneut einen Schauer über den Rücken. Die fein geschwungene Klinge des Dolches zeigte eine Maserung, wie man sie von gefaltetem Stahl kannte, und den Griff zierte ein Ornament aus dornigen Rosen.

Obwohl sie wusste, dass sie Gerald mit zu vielen Fragen überforderte, konnte sie nicht anders. »War da eben ein Mann bei dir? Hat er dir so einen Dolch gezeigt? Bist du verletzt?«, sprach sie ihn mit schriller Stimme an.

Gerald senkte erst den Blick, um sein eigenes Bild zu betrachten, dann hob er den Kopf und sagte einfach nur: »Netter Mann.«

Es gab oft Situationen, in denen es besonders schwer war, nicht aus der Haut zu fahren. Jetzt und hier aber hätte Anja ihren Bruder am liebsten gepackt und durchgeschüttelt. Nicht genug damit, dass es offenbar ein Psychopath auf sie abgesehen hatte und die Polizei keinerlei Anstalten machte, ihr zu helfen – nein, ihr Bruder hielt auch noch einen netten Plausch mit diesem

Irren. Wütend nahm sie ihm das Bild aus der Hand. »Los, wir gehen!«, sagte sie barsch.

Gerald erhob sich zwar, schaute aber derart wehmütig in den Wald, als hoffte er, dass der Mann zurückkäme.

Anja, die schon einige Schritte in Richtung Haus gemacht hatte, drehte sich noch einmal um, und dieses Mal war es der Befehl »Wir gehen jetzt«, worauf sich Gerald tatsächlich in Gang setzte und ihr lustlos bis zum Haus folgte.

Dort angekommen, holte Anja Mutters Dose Pfefferspray aus der Kommode im Flur und begann, das komplette Haus abzusuchen. Trotz ihrer Ängste ließ sie nicht einmal den Keller aus, wobei es ihr das durch einen Lichtschacht einfallende Tageslicht leichter machte, sich hier unten umzusehen. Als das getan war und sie nichts Auffälliges gefunden hatte, zündete sie sich eine Zigarette an und wählte die Nummer der jungen Polizistin. Es brauchte nur drei Freizeichen, dann wurde abgehoben.

»Polizeimeisterin Krämer, Hauptwache Erlangen, was kann ich für Sie tun?«

Anja nannte ihren Namen, woraufhin die Polizistin sagte: »Sie waren doch gerade erst bei uns – ist schon wieder etwas vorgefallen?«

Anja schilderte, was sich draußen zugetragen hatte, dann herrschte einige Augenblicke Stille in der Leitung, und als die Polizistin wieder zu reden begann, erkannte Anja schon am Tonfall des ersten Wortes, was sie nun zu hören bekommen würde.

»Frau Lange, ich weiß, dass diese Situation sehr belastend für Sie ist …«, begann die Polizistin. Anja vervollständigte den Satz mit zynischer Stimme: »Ich weiß schon … das ist alles noch nicht schlimm genug und Sie können nichts für mich tun. Richtig?«

Wieder herrschte einen Moment lang Schweigen, bis die Polizistin fragte: »Haben Sie wirklich keine Ahnung, wer dieser Mann sein könnte oder was er von Ihnen will? Wenn ich wenigstens einen Namen hätte, könnte ich zumindest Nachforschungen anstellen. Sie müssen mich verstehen, ein Schatten im Wald und zwei Anrufe sind eine sehr dünne Basis für Ermittlungen, dafür stellt mich mein Chef nicht ab.«

Anja brauchte nicht über die Frage nachzudenken, denn sie war jeden, den sie kannte, schon x-mal im Kopf durchgegangen. »Nein, wie ich Ihnen vorhin schon sagte, ich habe keine Ahnung, wer das sein könnte, und so, wie es der Anrufer angedeutet hat, gibt es auch keine frühere Verbindung zwischen uns.«

Nun klang auch die Polizistin etwas resigniert. »Dann kann ich Ihnen nur raten, weiterhin sehr wachsam zu sein. Und notieren Sie sich jedes Detail, falls es wieder zu einem Kontakt kommt. Schreiben Sie alles auf, was Ihnen auffällt. Hintergrundgeräusche, die genaue Uhrzeit, einen eventuellen Sprachfehler oder Dialekt ... einfach alles. Und bitte informieren Sie mich, wenn wieder etwas passiert. Ich weiß, Sie sind enttäuscht von uns, aber auch wenn es sich anders anhört, ich glaube Ihnen und ich nehme Sie ernst.«

Nachdem sich Anja etwas unterkühlt verabschiedet hatte, legte sie auf und machte Gerald ein kleines Mittagessen. Dass dieser durch das Küchenfenster hindurch Kontakt nach draußen hatte, bekam sie dabei nicht mit.

– 14 –

Eigentlich wollte Anja sich nach dem Mittagessen kurz aufs Sofa legen, doch als Gerald sich nicht davon abbringen ließ, sie schlafend malen zu wollen, gab sie dieses Unterfangen auf und holte sich stattdessen den aktuellen Lernstoff. Eine halbe Stunde lang schaffte sie es tatsächlich, sich auf ihre Arbeit zu konzentrieren, dann klingelte das Telefon. Im Kopf noch mit dem Aufbau einer Tumorzelle beschäftigt, hob sie ab und meldete sich mit »Anja Lange«.

»Ich mag es, wenn du so konzentriert bist und dir diese eine Haarsträhne ins Gesicht fällt.«

Anja brauchte zwei Sekunden, um das Gehörte zu begreifen, dann drehte sie sich hektisch zum Fenster und versuchte, trotz der tief stehenden Sonne etwas zu erkennen. Doch wenn dieser Scheißtyp wirklich da draußen stand, war er in den tausend Schatten, die der Waldrand bildete, nicht zu erkennen. Das Gefühl, beobachtet zu werden, wurde mit jeder Sekunde unerträglicher. Ohne darauf zu achten, dass ihr Stuhl umfiel, stand sie auf und ging in den Flur, wo sie zumindest nicht mehr zu sehen war, dann erst fragte sie hörbar sauer: »Ist Ihnen wirklich so langweilig, dass Sie den ganzen Tag im Wald herumschleichen müssen?«

Nun bekam seine Stimme wieder den Klang, auf den ihre Nackenhärchen reagierten. Er war zugleich einfühlsam und bedrohlich. »Schön, dass du langsam über mich nachdenkst, süße Anja. Siehst du, auf diese Weise entstehen Beziehungen.«

»Sie können sich Ihre Beziehung sonst wohin stecken.« Dieses Mal begann sie nicht zu schreien. Anja hatte sich fest vorgenommen, keine Schwächen mehr zu zeigen, und außerdem waren ihr die Worte der Polizistin wieder eingefallen. Sie griff sich den Stift, der immer neben der Basisstation des Telefons lag, und wartete auf die nächsten Worte, die nicht lange auf sich warten ließen.

»Aber Anja, das war doch keine Bitte«, säuselte der Mann, »wenn ich eine Beziehung zu dir möchte, nehme ich mir diese. Glaubst du wirklich, dazu ist dein Einverständnis nötig? Noch führen wir eine Fernbeziehung, aber glaube mir, sehr bald schon werden wir uns nahe sein … sehr, sehr nahe.«

Da war etwas im Klang seiner Stimme, das ihr vertraut vorkam. Nichts Persönliches, eher der Hauch eines Dialektes, den sie einmal auf dem Annafest gehört hatte. Mit kantigen Buchstaben notierte sie *Bamberg* auf dem Notizblock ihrer Mutter.

»Bist du noch dran, süße Anja?«

Anja konzentrierte sich wieder auf das Gespräch. »Ja, aber ich werde jetzt auflegen.«

»Ich sagte dir bereits, dass ich ab jetzt alles bestrafen werde, was du gegen meinen Willen tust«, beeilte sich der Mann zu sagen. »Und wenn du auflegst, ohne dass ich es will, wirst du mit einer Strafe rechnen müssen. Aber ich weiß ja, wie aufmüpfig du sein kannst. Hast du nicht sogar schon einmal fast einen Patienten getötet, weil du die Anweisung deines Oberarztes angezweifelt hast?«

Erst zog sich Anjas Magen zusammen, dann kochte Wut in ihr hoch. Alles, was sie noch herausbrachte, war: »Leck mich,

Arschloch!« Angewidert drückte sie ihn weg und schmiss das Telefon auf die Ladestation. Für einen Moment lang hasste sie sich selbst. Wieso schaffte es dieser Typ, sie immer wieder aus der Reserve zu locken? Eigentlich hätte sie Angst haben sollen, doch ihre Wut überdeckte diese und ließ sie zunächst keinen strategischen Gedanken fassen. Erst als sie sich wieder ein wenig beruhigt hatte, fiel ihr auf, was an seiner Aussage nicht gestimmt hatte. Der Behandlungsfehler war zwar schon zwei Jahre her und sie hatte damals tatsächlich ein falsches Medikament verabreicht. Was an seiner Aussage nicht stimmte, war die Tatsache, dass ihr damaliger Oberarzt es zwar als Notiz in ihrer Akte vermerkt, aber sonst niemanden darüber informiert hatte. Wer auch immer dieser Irre war, er musste irgendwie an die Studentenakte gelangt sein, und diese wurde normalerweise unter Verschluss gehalten.

Eigentlich wollte sie bis zum nächsten Tag warten, da es aber erst früher Nachmittag war, beschloss sie, noch einmal nach Erlangen zu fahren. Sie sagte Gerald Bescheid, der es liebte, durch die Gegend zu fahren, und zog sich dann selbst noch etwas anderes an. Anschließend versicherte sie sich, dass wirklich jede Tür und jedes Fenster fest verschlossen war, dann verließen die beiden das Haus.

Anja hatte Glück, es war nur ein Student vor ihr dran und sie erwischte eine der freundlicheren Damen in der Studentenverwaltung. Nachdem sie um ihre Akte gebeten hatte, verschwand diese in einem Nebenraum, kam aber bereits nach zwei Minuten wieder mit leeren Händen zurück. »Tut mir leid, die Akte ist im Moment nicht bei uns.«

Wie so oft in den letzten Tagen spürte Anja, wie sich ihr Magen verkrampfte. »Und wissen Sie, wo sie ist?«, fragte sie dennoch gefasst.

Das Lächeln der Angestellten wich einem gespielt empörten Gesichtsausdruck, dann sagte sie unangemessen ernst: »Nein, aber das ist normal, hier verschwinden ständig wichtige Unterlagen.« Offenbar hatte die Frau einen Clown gefrühstückt, was Anja an einem anderen Tag nicht gestört hätte, doch jetzt war ihr absolut nicht nach Scherzen zumute.

Auch wenn es ihr augenblicklich leidtat, war ihr Tonfall viel zu scharf. »Hören Sie, ich habe wirklich keine Zeit für Scherze. Wissen Sie nun, wo meine Akte ist oder nicht?«

Die Angestellte, kaum älter als Anja selbst, hob beide Hände. »Ja. In Ihrem Fach liegt ein Laufzettel, der besagt, dass Ihre Akte letzten Freitag zum Professor der Rechtsmedizin gebracht wurde. Normalerweise kommen die Unterlagen schneller wieder zurück, aber bei Dr. Gruber dauert das öfter etwas länger, der hat wohl andere Prioritäten.«

Nun konnte sich auch Anja ein Schmunzeln nicht verkneifen, da der Mann tatsächlich etwas kauzig war. Sie bedankte sich, nahm Gerald, der vor einer für ihn völlig sinnlosen Pinnwand stand und die Zeiten der einzelnen Vorlesungen studierte, an die Hand und verließ das Verwaltungsgebäude.

In der Gerichtsmedizin hatte Anja zum zweiten Mal Glück an diesem Tag, da Dr. Gruber sich nur mit einem anderen Mann unterhielt und nicht mitten in einer Obduktion war. Sie setzte Gerald auf einen der wenigen Stühle, auf denen sonst Angehörige darauf warteten, Opfer zu identifizieren, und klopfte an die halb offen stehende Tür des Doktors. Das Gespräch, welches sich offenbar um die kürzlich gefundene Asiatin drehte, erstarb augenblicklich und Anja wurde hereingerufen.

Der zweite Mann im Raum, dessen Augenränder ihn auf den ersten Blick älter machten, als er war, sah etwas empört zu Dr. Gruber, doch dieser winkte ab. »Kein Grund zur Sorge, selbst wenn sie etwas gehört hat: Frau Lange ist zum Schweigen verpflichtet. Sie ist eine der Studentinnen, die bei der Obduktion dabei war.«

Der junge Mann wirkte erleichtert, erhob sich von der Tischkante, auf der er gesessen hatte, und stellte sich fast schon schüchtern Anja vor. »Bitte entschuldigen Sie meine Unhöflichkeit, wir hätten die Tür schließen sollen. Ich bin Kriminalkommissar Jänke … Mordkommission.«

Anja gab dem Mann die Hand, stellte sich ebenfalls vor und wollte sich anschließend an Dr. Gruber wenden. Erst wusste sie nicht, warum ihr der Kommissar so bekannt vorkam, doch nach einem weiteren Blick fiel ihr etwas ein. »Kann es sein, dass ich Sie schon einmal in der Zeitung gesehen habe?«

Auf dem Gesicht des vielleicht 30-Jährigen zeichnete sich eine leichte Rötung ab. »Möglich, aber das ist schon eine ganze Weile her. Es ging damals um diese Mordserie in Nürnberg, bei der einige hochgestellte Herrschaften ermordet wurden.«

Anja nahm den Faden auf. »Ja, genau. Sie waren es doch, der letztlich den Täter ermittelte, oder?«

Die Rötung in Jänkes Gesicht wurde noch eine Stufe intensiver und mit einem relativierenden Tonfall erwiderte er: »Stimmt, aber ich hatte nur Glück.«

Anja gefiel dieser Polizist. Diese zurückhaltende Art passte zwar überhaupt nicht zu einem Kommissar der Mordkommission, aber genau das machte ihn sympathisch.

»Was kann ich denn für Sie tun?«, erkundigte sich Dr. Gruber, nachdem keiner mehr etwas sagte, und holte Anja damit aus ihren Gedanken. Diese brauchte zwei Sekunden, um ihr Anliegen zu formulieren. »Ich suche meine Studentenakte. In der Verwaltung liegt ein Laufzettel, dass man diese zu Ihnen gebracht hat.«

Dr. Gruber kniff kurz die Augen zusammen, entrunzelte dann aber seine Stirn und drehte sich zu einem flachen Regal, auf dem sich ein Berg von diversen Unterlagen stapelte, und begann zu suchen. Noch während dieser Tätigkeit murmelte er mehr zu sich selbst und gerade noch verständlich: »Ach ja, die Akten. Seltsame Sache.«

Anja wurde hellhörig. »Was haben Sie gerade gesagt, Herr Doktor?«

Dr. Gruber hielt kurz inne, zog dann aber einen kleinen Stapel brauner Pappumschläge aus dem Haufen und drehte sich um. »Ich sagte, seltsame Sache. An dem Tag, als ich mit Ihnen und Ihren Kollegen die Obduktion durchgeführt habe, brachte mir ein jüngerer Mann die Unterlagen.«

»Und was ist daran seltsam?«, hakte Anja nach.

Der Doktor zuckte mit den Schultern. »Ich habe die Akten nie angefordert ... wozu auch?«

»Können Sie den Mann beschreiben?« Anja witterte eine Spur.

»Nun ja ...«, erwiderte der Doktor etwas gedehnt, »... das war ebenfalls seltsam, denn ich habe ihn dabei erwischt, wie er die Leiche der Asiatin begutachtet hat. Als ich ihn darauf ansprach, meinte er nur, er schreibe Krimis und wolle einfach einmal eine Leiche sehen.«

Nun wurde auch Jänke hellhörig. »Dieser Mann hat sich eine Leiche angesehen? Von diesem Vorfall haben Sie mir gar nichts erzählt.«

In Dr. Grubers Gesicht tauchte dieser typische, leicht verwirrt wirkende Ausdruck auf, weswegen er oft nicht ganz ernst genommen wurde. Er starrte etwas unschlüssig auf die Akten in seiner Hand. »Da ich die Unterlagen nicht angefordert hatte, habe ich sie einfach weggelegt und nicht mehr an den Vorfall gedacht.« Dann begann er jede einzelne zu begutachten, fragte aber, bevor er Anja ihre Mappe aushändigte: »Anja Lange, oder?«

Anja nickte und nahm die Akte entgegen und steckte sie in ihre Umhängetasche.

»Und, können Sie den Mann beschreiben?« Jänke war Anjas nervöser Zustand nicht entgangen. Jetzt wollte auch er wissen, was es mit alldem auf sich hatte.

Dr. Gruber schloss kurz die Augen. »Wie gesagt, es war ein Mann, jünger als Sie, Herr Kommissar, Anfang zwanzig, würde ich sagen. Er hatte dichtes, lockiges Haar, das irgendwie komisch aussah, und einen ungepflegt wirkenden Dreitagebart.«

»Und die Statur?« Jänke wurde durch die langsame Sprechweise des Arztes ungeduldig.

Wieder schloss Dr. Gruber die Augen, musterte anschließend den Kommissar und sagte unverblümt: »Ein bisschen kleiner als Sie, aber nicht so schlaksig ... er wirkte durchaus trainiert.«

Anja konnte sich trotz ihrer Lage das Schmunzeln nicht verkneifen. Erst recht nicht, als der Kommissar murmelte: »So genau wollte ich es gar nicht wissen«, und wieder diese leichte Rötung bekam. Dann sagte er laut und etwas schärfer als gewollt: »Wenn Sie den Mann noch einmal sehen, rufen Sie mich bitte an.« Mit leicht verärgertem Unterton ergänzte er: »Ich interessiere mich grundsätzlich für Menschen, die sich Mordopfer ansehen.«

Dr. Gruber nickte und schaute zu Anja. »Brauchen Sie sonst noch etwas? Ich habe noch einiges zu tun.«

Anja verneinte die Frage, verabschiedete sich und verließ das Büro des Gerichtsmediziners. Draußen saß Gerald natürlich nicht mehr auf seinem Platz und war auch sonst nirgends zu sehen. Anja wollte in dem Bewusstsein, dass nebenan ein paar Leichen lagen, nicht laut rufen, daher begann sie, in jede der offen stehenden Türen entlang des langen Flurs zu blicken, doch von ihrem Bruder war weit und breit nichts zu sehen. Einen Augenblick lang überlegte sie auch, die schwere Metalltür, die zu den Untersuchungsräumen führte, zu öffnen, entschied sich aber dagegen. Stattdessen verließ sie das

Gebäude in der Hoffnung, dass Gerald nach draußen gegangen war, doch auch vor dem Gebäude war nichts von ihm zu sehen. Als letzte Idee blieb nur noch der Parkplatz neben dem Haus, von dem sie wusste, dass sich dahinter eine kleine Grünfläche befand, und Gerald liebte Natur. Fast rennend erreichte sie die Hausecke, blieb stehen und schaute sich um. Er war nicht gleich zu erkennen, aber es war wieder seine auffällige Jacke, die ihn verriet. Gerald stand tatsächlich auf der Grünfläche zwischen zwei Büschen und redete … mit wem, war allerdings nicht zu erkennen.

Dass ihr Bruder oft und gerne Selbstgespräche führte oder auch schon einmal einem Baum etwas erzählte, war nichts Neues, aber wie bereits mittags im Wald erkannte Anja eine Bewegung hinter einem der Büsche.

Hier mitten in der Stadt fühlte sich Anja sicher genug für eine Begegnung mit dem Unbekannten. Ohne lange darüber nachzudenken und ohne ein weiteres Mal zu rufen, rannte sie los. Gerald und der Unbekannte bemerkten sie erst, als sie bereits den halben Parkplatz hinter sich gelassen hatte. Der Mann löste sich wie ein Schatten von dem Busch und lief in die andere Richtung davon. Wenige Sekunden später erreichte Anja ihren Bruder, blieb aber nicht stehen, sondern raste weiter hinter dem Mann her. Erst als sie einen schmalen Durchgang, der zwischen zwei angrenzenden Häusern hindurchführte, erreichte, blieb sie stehen und sah sich schwer atmend um. Vor ihr lag eine stark befahrene Straße und auch auf den Gehsteigen waren zahlreiche Menschen unterwegs. Von dem Mann fehlte dagegen jede Spur.

Enttäuscht kehrte sie zu Gerald zurück, der schon wieder nicht alleine war. Neben ihm stand Kommissar Jänke und versuchte, ihren völlig aufgebrachten Bruder zu beruhigen.

»Lassen Sie es gut sein«, rief Anja schon von Weitem, worauf Jänke einen Schritt zurücktrat. Bei den beiden angekommen, erklärte Anja: »Das ist mein Bruder.« Und etwas leiser, dass

Gerald es nicht hören konnte, raunte sie ihm zu: »Er ist Autist, da kommen Sie mit normaler Logik nicht weiter.« Anschließend wandte sie sich an Gerald. »Es ist alles gut, der Mann hier hat sich nur Sorgen um dich gemacht. Geht es dir gut? Hat der andere Mann dir etwas getan?«, fragte sie. Gerald schüttelte heftig den Kopf und sagte stammelnd, aber viel zu laut: »Nein, anderer Mann gut.« Nun zeigte er auf den Kommissar. »Der Mann ist böse, er hat Gerald angefasst, anderer Mann fasst niemals Gerald an.«

Anja warf einen Blick zu Jänke, der abwehrend die Hände hob und sich gerade verteidigen wollte, doch Anja sagte beschwichtigend: »Ist schon gut, er mag es einfach nicht.«

Als das geklärt war, gingen alle drei zurück zum Parkplatz der Gerichtsmedizin. »Warum sind Sie eigentlich gerade weggerannt?«, erkundigte sich der Kommissar.

Zunächst setzte Anja zu einer Notlüge an, doch dann wurde ihr bewusst, dass es vielleicht kein Schaden wäre, Jänke von ihren Erlebnissen zu erzählen. Erstens war er Polizist und zweitens machte er keinen so ignoranten Eindruck wie seine Kollegen von der Erlangener Hauptwache. »Das ist eine längere Geschichte.«

Jänke blickte auf die Uhr. »Wenn Sie es nur grob schildern, sollten zehn Minuten reichen. Verstehen Sie mich bitte nicht falsch. Ihre Probleme gehen mich wirklich nichts an, aber ich hatte schon da drinnen bei Dr. Gruber den Eindruck, dass Sie sehr angespannt wirkten, und vielleicht kann ich Ihnen ja helfen.«

Anja dachte kurz darüber nach und begann in kurzen Sätzen zu berichten, was sich in den letzten Tagen zugetragen hatte. Als sie schließlich zum Ende kam, musste sie allerdings selbst feststellen, dass ihre Bedenken etwas weit hergeholt waren, daher sagte sie zum Abschluss: »Sie sehen, ich bin vermutlich paranoid und Ihr Kollege hat völlig recht damit, mich nicht ernst zu nehmen.«

Eine ganze Zeit lang sagte Jänke überhaupt nichts und starrte scheinbar gedankenverloren den nächsten Baum an. Anja wollte schon fragen, ob alles in Ordnung sei, als er einmal tief einatmete und sie ansah. »Sie sind ganz sicher nicht paranoid und Sie haben völlig recht damit, diese Sache ernst zu nehmen.« Er atmete noch einmal durch, was aber seinen entspannten Gesichtsausdruck auch nicht wiederherstellte. »Ich weiß nur nicht, wie ich Ihnen helfen könnte. In meine Zuständigkeit fällt es nicht, und was den Kollegen von der hiesigen Wache angeht, so sollte er Sie zwar ernster nehmen, letztlich sind ihm aber tatsächlich die Hände gebunden. Die Anrufe lassen sich nicht beweisen und eine echte Bedrohung liegt nicht vor. Wenn Ihr Bruder im Wald mit einem Mann spricht, ist das leider kein Fall für die Polizei.«

Anja spürte, wie das Fünkchen Hoffnung in ihr erlosch und aus dem erst so sympathischen Kommissar ebenfalls ein unfähiger Polizist wurde. Sie blinzelte ihn an und sagte scharf: »Euch braucht wirklich kein Mensch.« Dann wandte sie sich Gerald zu. »Komm, Bruderherz, wir gehen. Unsere Probleme können wir auch alleine lösen.«

»Warten Sie.« Jetzt war Jänke ganz der Polizist und seine Aufforderung war keine Bitte, sondern ein Befehl.

Anja und sogar Gerald zuckten etwas zusammen, blieben aber tatsächlich stehen.

Der Kommissar umrundete sie, sodass er wieder vor Anja stand, und sagte nun deutlich milder: »Sie haben mich falsch verstanden. Alles, was ich damit gemeint habe, ist, dass Ihnen im Moment niemand über den Dienstweg helfen kann, so sind unsere Gesetze nun einmal. Das heißt aber noch lange nicht, dass ich Ihnen nicht helfen will.« Jetzt zog er seine Geldbörse aus der Jackentasche und überreichte Anja erst seine eigene Visitenkarte, dann eine weitere.

Anja nahm sie widerwillig entgegen, warf einen Blick darauf und hielt ihm die zweite Karte wieder hin. »Was soll ich damit, wer ist das?«

Jänke antwortete, ohne den Blickkontakt zu unterbrechen: »Das ist ein ehemaliger Kollege von mir. Er war ein wirklich guter Polizist, hat sich aber genau wegen solcher Dinge, wie sie Ihnen gerade passieren, aus dem Dienst zurückgezogen. Auch er hatte es satt, dass in diesem Land die Opfer allein gelassen und die Täter geschützt werden.« Jänke ließ seine Worte kurz wirken und sprach dann weiter. »Natürlich würde es Sie ein paar Euro kosten, aber ich kann Ihnen nur raten, sich wenigstens einmal mit ihm zu unterhalten. Die Anrufe müssen nichts bedeuten, es kann jedoch durchaus sein, dass dieser Typ es ernst meint.« Nachdem Anja keine Anstalten machte, etwas zu erwidern, redete er weiter. »Ich möchte nicht, dass Ihnen oder Ihrem Bruder etwas passiert.«

Anja war immer noch wütend, sagte aber ein wenig versöhnlicher: »Ich werde sehen.« Dann nahm sie ihren Bruder, der Jänke die ganze Zeit über missbilligend betrachtet hatte, an die Hand und ging davon.

Und auch in den Schatten eines nahen Kellerabganges kam Bewegung. Erst in Form des Auslösers einer hochauflösenden Kamera, dann trat die Gestalt ebenfalls auf die Straße und ging den beiden hinterher.

– 15 –

So sehr Anja auch an Gerald zog, er lief nicht schneller. Nachdem sie ihrer Mutter im Krankenhaus noch einen Besuch abgestattet hatten, waren beide in Richtung Busbahnhof unterwegs, doch für ihren Bruder war das alles ein lustiger Ausflug und den genoss er sichtlich. Wie ein kleines Kind bewunderte er alles, was in sein Blickfeld kam, und machte es Anja damit unmöglich, rascher voranzukommen. Als seine Schwester dann auch noch beschloss, kurz in einen Drogeriemarkt zu gehen, zeigten sich sogar Regungen der Freude in seinen Augen.

Einen Augenblick lang beneidete Anja ihren Bruder, für den es keine echten Sorgen zu geben schien. Für ihn war alles ein Abenteuerspielplatz, und wenn es ihm zu viel wurde, zog er sich einfach in sich selbst zurück. Wie eine Schnecke in ihr Haus, dachte Anja, hatte aber ob dieser Gedanken augenblicklich ein schlechtes Gewissen. Gerald war immerhin behindert und so durfte man nicht über einen Behinderten denken.

Anja benötigte eigentlich nur ein paar Hygieneartikel, blieb aber aus Gewohnheit vor dem schmalen Aufsteller stehen, in dem die aktuellen Buchbestseller präsentiert wurden. Da sie im Augenblick alles andere als Krimis oder Thriller brauchen konnte, nahm sie einen Liebesroman heraus, schob ihre Umhängetasche etwas nach hinten und begann die ersten Zeilen zu lesen. Gerald war mit einer ziemlich futuristisch aufgemachten Comiczeitschrift beschäftigt, was Anja die Möglichkeit gab, ihre Kaufentscheidung noch ein wenig abzuwägen. Tatsächlich erinnerte sie der Beginn des Buches an ihr Kennenlernen mit Florian und schaffte es damit, dass Anja ihre Umwelt für einen kurzen Moment ausblendete und auch noch die zweite Seite las.

»Ich muss hier durch.« Anja schreckte hoch und brauchte eine Sekunde, um zurück in die Realität zu finden. Neben ihr stand eine ausgedörrte, in der Farbe eines welken Blattes gebräunte Frau im weißen Kittel, die eine winzige Schachtel Katzenfutter in Händen hielt und damit locker an ihr vorbeigekommen wäre. Da heute nicht der Tag für Gutmütigkeit war, blickte Anja sich demonstrativ um. »Na, dann gehen Sie doch durch, oder soll ich Ihnen tragen helfen?«, bemerkte sie schnippisch.

Nun nahmen die Gesichtszüge der Verkäuferin raubtierartige Konturen an. Sie nickte zu dem Buch in Anjas Händen. »Möchten Sie das kaufen oder gleich hier lesen?«

Anjas erster Reflex war, das Buch einfach zurück in den Aufsteller zu feuern und die anderen Artikel, die Gerald in einem kleinen Körbchen trug, einfach stehen zu lassen. Doch stattdessen besann sie sich, legte das Buch auf den Karton, den die Verkäuferin in Händen hielt, und sagte mit süßer Stimme: »Ich möchte es kaufen. Wenn Sie so freundlich wären, es mir zur Kasse zu tragen.«

Das Gesicht der Dame, die laut ihrem Namensschild Frau Heinrich hieß, verfärbte sich ins Rotbraune und es war nicht schwer zu erkennen, dass sie kurz vor einem Ausbruch stand, als ein Herr im dunklen Anzug in die Regalreihe einbog. »Frau Heinrich, haben Sie schon die Wochenberichte fertig? Ich muss dann langsam los.«

Anja beobachtete fasziniert, wie die Raubkatze zum Stubentiger wurde und dem Mann süßlich antwortete: »Einen

Moment noch, Herr Klein, wenn ich die Dame bedient habe, komme ich ins Büro.« Dummerweise machte der offenbar höhergestellte Mann keinerlei Anstalten, die Regalreihe wieder zu verlassen, und so blieb dieser Frau Heinrich nichts anderes übrig, als Anja das Buch bis zur Kasse zu tragen. Ohne jedes weitere Wort ließ sie es dort von ihrem Karton auf das Laufband rutschen und verschwand anschließend in der Tiefe des Ladens.

Nachdem Gerald die restlichen Artikel aufgelegt und eine wesentlich freundlichere Mitarbeiterin alles über ihren Scanner gezogen hatte, bezahlte Anja und wollte gerade damit beginnen, alles in ihre Tasche zu räumen, als sie eine Hand auf ihrer Schulter spürte. Sie wandte sich instinktiv zur Seite. »Gerald, was soll denn das?«

Doch eine tiefe Männerstimme antwortete: »Einen Moment noch, bitte. Darf ich einen Blick in Ihre Tasche werfen?«

Anja drehte sich um. Hinter ihr stand ein eigentlich recht unscheinbarer Mann und hielt ihr ein Messingschild mit dem Aufdruck *Kaufhausdetektei Bockschmidt* unter die Nase. Ohne auf ihre Antwort zu warten, erklärte der Mann: »Ich habe leider den Verdacht, dass Sie nicht alles bezahlt haben. Würden Sie mir bitte ins Büro folgen, oder möchten Sie das hier klären?« Mit diesen Worten sah er demonstrativ zu einigen anderen Kunden, die Anja bereits musterten.

Zuerst wollte Anja protestieren, sah dann aber ein, dass es keinen Sinn hatte, und da sie sich sicher war, nichts gestohlen zu haben, nahm sie Gerald an die Hand und folgte dem Detektiv in das Büro der Drogerie.

»Ach, sieh an«, war alles, was die wasserstoffgebleichte Filialleiterin von sich gab, als Anja ihr Büro betrat, dann musterte sie abfällig ihren Bruder, der gerade einige nervöse Zuckungen bekam.

Der Detektiv schloss die Tür und klärte sie darüber auf, dass sie ihn nicht in ihre Taschen sehen lassen musste, er in diesem Fall aber die Polizei rufen müsste.

Mit den Worten »Hier, bitte« hielt Anja ihm ihre Tasche hin und sah ihm anschließend dabei zu, wie er den Inhalt auf den Tisch entleerte. Nachdem er eine Weile in ihren Dingen gewühlt hatte, sagte sie in überlegenem Tonfall: »Und sind Sie jetzt zufrieden?« Doch genau in diesem Moment schob der Detektiv Anjas Studentenakte beiseite und hob, beinahe triumphierend, eine kleine, aber hochpreisige Tube Hautcreme in die Höhe. »Hierfür haben Sie doch bestimmt einen Kaufbeleg, oder?«

Anja starrte fassungslos auf die Creme und stotterte: »Die … die habe ich da nicht reingetan. Ich verwende so etwas überhaupt nicht.« Anschließend drehte sie sich zu Gerald, dessen Hand immer wieder nach oben zuckte. »Gerald, warst du das?«

Gerald erstarrte kurz, schüttelte dann wild den Kopf. »Neeiiinnn, Gerald nichts in Tasche gesteckt … Gerald nicht.«

»Er war es auch nicht«, stellte der Detektiv selbstsicher fest, »es war Ihr anderer Komplize. Ich kenne diese Masche, man kommt mit möglichst vielen Leuten und der Unauffälligste schleppt dann die Ware hinaus.«

»Ich habe keinen Komplizen, wie kommen Sie denn auf so einen Blödsinn?«, protestierte Anja.

Langsam wurde der Detektiv etwas ungehaltener. »Ich komme nicht auf irgendeinen Blödsinn, ich habe es gesehen. Ihr Komplize ist schnell, das muss ich zugeben, aber ich habe genau beobachtet, wie Sie am Bücherregal Ihre Tasche für ihn nach hinten geschoben haben und er die Creme hineingeschmissen hat.«

Es war nur ein Gedanke, und doch ließ er Anja erstarren. Sie hatte während des Lesens tatsächlich gespürt, wie sie kurz angerempelt wurde, und alleine die Möglichkeit, dass es vielleicht dieser Irre gewesen war, ließ ihren Magen verkrampfen.

Alles Weitere zog wie in Trance an ihr vorüber, und als Gerald auch noch begann, von einem netten Mann zu reden, gab sie ihren Widerstand auf. Die Polizei wurde gerufen und nahm ihre Daten auf. Nachdem sie 50 Euro Strafe bezahlt hatte, durften sie den Laden wieder verlassen.

An der Bushaltestelle öffnete sie erneut ihre Tasche und begann, nach dem Geldbeutel zu suchen, zog aber stattdessen einen schmalen Zettel heraus. Verwundert drehte sie das Papier, das eindeutig nicht von ihrem Notizblock stammte, in den Händen und traute ihren Augen nicht. Auf der Rückseite stand in gedruckten Buchstaben:

> Unsere Gespräche beende ich, nicht du. Lege nie wieder einfach auf. Merke dir das gut, denn das gerade war nur eine Warnung und noch keine Strafe.

Damit wurde aus ihrer Vermutung Gewissheit, dieser Typ hatte sie ständig im Auge. Wütend zerknüllte sie den Zettel und warf ihn auf den Boden, besann sich allerdings, hob ihn wieder auf und steckte ihn zurück in die Tasche. Dann fiel ihr Blick auf ihren Bruder. Gerald stand einfach nur da und starrte in eine Richtung, doch irgendetwas störte sie an seinem sonst so starren Gesichtsausdruck. Es schien fast, als würde er lächeln. Irritiert folgte sie seinem Blick, sah aber nur noch, wie jemand um eine ziemlich weit entfernte Häuserecke verschwand. Was sie allerdings noch zu erkennen glaubte, war die Jacke, denn zumindest die Farbe stimmte mit der von Florian überein. Ihr erster Impuls war hinterherzurennen, was aber ziemlich sinnlos gewesen wäre. Stattdessen zog sie ihr Handy aus der Tasche und wählte Florians Nummer.

Es brauchte nur zwei Freizeichen, bis er abhob und flüsternd fragte: »Ist etwas passiert? Ich bin gerade in einer Besprechung.«

Seine Stimme klang ehrlich und bereits beim ersten Wort hatte Anja das Gefühl, ihn verraten zu haben. Wie konnte sie ihn nur verdächtigen? »Bitte entschuldige, ich wollte dich nicht stören. Kannst du mich später zurückrufen?«

Nun klang es, als würde Florian lächeln. »Na klar, hätte ich doch eh gemacht.« Dann folgte ein Augenblick der Stille. »Darf ich dich heute Nacht wieder beschützen?«

Anjas Zweifel waren verflogen, das mit der Jacke musste Zufall gewesen sein. »Ich bestehe darauf.«

»Ich freue mich. Bis gleich.« Dann legte Florian auf und ließ Anja in einem Wechselbad der Gefühle zurück. Einerseits passten die Umstände ganz und gar nicht zu dem Gefühl der Verliebtheit, andererseits wollte sie sich das mit Florian nicht kaputt machen lassen. Er war der erste Mann, der es geschafft hatte, die Distanz zu überwinden, die ihr Verstand zwischen all den anderen Männern aufrechterhalten hatte.

Etwas ruhiger sah sie dabei zu, wie der Bus in die Haltestelle einfuhr, nahm Gerald an die Hand und stieg ein. Da es der Lieblingsplatz ihres Bruders war, setzten sie sich ganz nach hinten, und als der Bus losfuhr, fragte sie vorsichtig: »Warum magst du denn diesen Mann eigentlich so?«

Gerald schlang die Arme um seinen Körper, sah demonstrativ in die andere Richtung und sagte bockig: »Gerald schweigt.«

»Aber der Mann ist böse zu mir … willst du das?«, hakte Anja nach.

Gerald wendete den Kopf, sah sie an und sagte völlig überzeugt: »Der Mann will mit dir spielen und Anja mag Spiele.«

Sie gab es auf, blickte eine Weile aus dem Fenster und verabredete sich per SMS mit Ute zu einem Telefonat am Abend.

– 16 –

Eigentlich wollte Tom Jänke nach Hause fahren, doch die Begegnung mit Anja Lange und ihrem Bruder war ihm den ganzen restlichen Tag nicht mehr aus dem Kopf gegangen. Er wendete an der nächsten Kreuzung und parkte zehn Minuten später neben dem rostigen Opel seines Ex-Kollegen mit dem schlecht angebrachten Aufkleber *Detektei Köstner*.

Entgegen seinen Erwartungen öffnete ihm Mike in völlig nüchternem Zustand die Tür und sah dazu auch noch so frisch aus wie lange nicht mehr. Tom trat ein. »Was hast du gemacht, hast du dir einen neuen Körper gesucht?«, staunte er.

Mike stellte die Wasserflasche, die er in den Händen hielt, auf einem kleinen Regal ab und gab seinem Nachfolger bei der Mordkommission die Hand. Statt auf die Frage zu antworten, erwiderte er: »Pass du lieber auf …, wenn man zu lange bei dem Verein ist, sieht man irgendwann selbst aus wie eine Leiche.«

Tom hängte lachend seine Jacke an den einzig freien Haken und folgte Mike in das ebenfalls unglaublich saubere Wohnzimmer. »Und sagst du mir jetzt, was es mit deiner Verwandlung auf sich hat? Hast du dir eine Geliebte zugelegt?«

Mike deutete mit dem Zeigefinger auf ihn. »Vorsicht, mein Freund, wenn Jenni das hört, ist der Teufel los.« Tom sah erleichtert dabei zu, wie Mike sich wenigstens noch eine Zigarette anzündete, alle Laster hatte er folglich nicht abgelegt.

Mike nahm einen tiefen Zug. »Nach meinem Absturz vor zwei Monaten war ich einige Male bei einer Heilpraktikerin, die Hypnose anbietet. Erst war es eine Katastrophe, doch die letzten beiden Male bin ich tatsächlich in Trance gefallen, und was soll ich sagen ...«, Mike drehte sich wie ein Model einmal um die eigene Achse, »... ich fühle mich wie ein anderer Mensch. Heute Morgen war ich sogar der Erste in der Schwimmhalle.«

Tom zog die Augenbrauen hoch. »Du gehst schwimmen?«

Mike setzte sich und nickte. »Ja, jeden zweiten Tag.« Dann sah er Tom auffordernd an. »Aber du bist bestimmt nicht hier, um dir Gymnastiktipps von mir zu holen. Also, was ist passiert?«

»Hast du ein Bier für mich?«, fragte Tom und begann schon, während Mike nach nebenan in Küche ging, zu erzählen.

Zusammen mit dem letzten Schluck aus der Flasche endeten einige Minuten später auch Toms Ausführungen. Mike ließ sich tiefer in seinen Sessel sinken, hob die Hände hinter seinen Kopf und dachte eine Weile über das Gehörte nach. Anschließend holte er zwei weitere Flaschen Bier und stieß mit Tom an. »Und du glaubst, diese Anja Lange könnte etwas mit dieser toten Asiatin zu tun haben und in Gefahr sein?«

»Möglich wäre es«, bestätigte Tom. »Eigentlich wollte ich dir auch nur grob mitteilen, um was es geht, da ich Frau Lange deine Karte gegeben habe.«

Mike atmete hörbar aus. »Eigentlich habe ich mich von der Mordkommission verabschiedet, um von solchen Sachen wegzukommen. Allerdings könnte ich wirklich einen Auftrag gebrauchen. Der Zustand meines Autos ist dir sicher nicht entgangen.«

Da Tom nicht recht wusste, was er darauf erwidern sollte, sagte er schlicht: »Vielleicht ruft sie ja an.«

»Ja, vielleicht.« Auch Mike wollte nicht unbedingt weiter über seine finanzielle Lage reden und fragte stattdessen: »Wie kommst du mit deinem Fall voran?«

Tom seufzte. »Überhaupt nicht. Außer einem Schuhabdruck und ein paar Stofffasern haben wir nichts. Sie wurde nicht vergewaltigt und hat nur sehr wenige Verletzungen. Sie ist eindeutig nicht durch direkte Fremdeinwirkung gestorben.«

Die beiden unterhielten sich noch eine Weile über den Fall und den neuesten Tratsch im Präsidium, was Mike immer noch kleine Stiche versetzte. Natürlich war er es, der den Job hingeworfen hatte, aber das hatte nichts mit der Arbeit selbst zu tun gehabt. Vielmehr hatte er sich immer mehr wie ein Spielball der Obrigkeiten gefühlt, denen ihre Machtpositionen wichtiger waren als Gerechtigkeit. Gegen 23 Uhr verabschiedete sich Tom. Mike telefonierte noch kurz mit Jenni, die für zwei Tage in Berlin bei dem Hersteller von Videospielen war, und ging dann ins Bett. Früher hätte er es nicht für möglich gehalten, doch er schlief tatsächlich ein, obwohl er nur zwei Bier getrunken hatte.

– 17 –

Menzel saß vor dem kleinen Haufen getragener Wäsche, nahm Stück für Stück in die Hand und drückte seine Nase hinein. Neben Schweiß, Deo und Rauch dominierte noch ein anderer Geruch, den er schon oft gerochen hatte. Sie musste kurz davor sein, ihre Tage zu bekommen, die süßliche Note ließ keinen Zweifel daran. Wütend warf er das letzte Kleidungsstück zurück auf den Haufen in Anjas ehemaligem Kinderzimmer. Trotz all dem, was er bisher arrangiert hatte – es fehlte ein entscheidendes Aroma, das er selbst als feinste Nuance gerochen hätte … Es fehlte der Geruch von Angst, der durch verschiedene Botenstoffe erzeugt wurde, die allerdings nur dann ausgeschüttet wurden, wenn das Gefühl stark genug war.

Er sog ein letztes Mal die Luft über dem Wäschehaufen ein, stieß einen fast dämonisch klingenden Schrei aus und verstreute die Kleidungsstücke mit einer wütenden Handbewegung im ganzen Zimmer. Dann sprang er auf die Beine und begann in dem kleinen Raum auf und ab zu laufen. Sein ureigener Dämon schrie nach Nahrung und er wusste, dass dieser mächtiger war als er selbst. Dieser Bestie war es egal, was D. sehen wollte, war es egal, dass es möglichst lange dauern sollte, und auch der Lohn für dieses Spiel konnte sie nicht stoppen. Kalter Schweiß rann ihm den Rücken hinunter und Zorn ließ seine Finger zur Faust verkrampfen. Er brauchte diesen Geruch, die Schreie, welche ihn meist begleiteten, und das unterwürfige Winseln seiner Opfer, wenn sie vor Angst urinierten ... Er brauchte es, und zwar schnell. Ein weiterer Schrei verließ seine Kehle, bevor er seinen letzten Widerstand mobilisierte und das Zimmer verließ. Sein einziger noch klarer Gedanke war, dass er schleunigst dieses Haus verlassen musste, sonst würde er alles zunichtemachen. Er folgte der Treppe hinunter in den dunklen Flur, dann weiter in den Keller, wo er die Verkleidung des alten Sicherungskastens entfernte, um an seine eigene Technik zu kommen.

Nachdem er das Nötige getan hatte, stieg er wieder hinauf und wollte das Haus verlassen. In dem Moment, als er den Flur erreicht hatte, wurde von außen ein Schlüssel in das Schloss gesteckt und ihm blieb gerade noch genug Zeit, hinter die Kellertür zu schlüpfen. Dann ging auch schon das Licht an und Anjas Stimme sagte etwas Unverständliches zu ihrem Bruder. Es folgte das Schlagen der Haustür. Schritte kamen näher. Schwer atmend lehnte er sich gegen die geschlossene Kellertür. Sein Kampf hatte genau in dem Augenblick begonnen, in dem er ihre Stimme gehört hatte. Wie einfach wäre es jetzt, ihr die Angst zu entlocken, nach der er sich so sehr sehnte. Er müsste nur diese Tür öffnen, ihr hinauf ins Badezimmer folgen und warten, bis sie sich ausgezogen hatte. Es war eine seiner vielfältigen Erfahrungen auf diesem Gebiet, dass nackte Menschen nur halb so viel Widerstand leisteten wie bekleidete. In dieser unserer angeblich so zivilisierten Gesellschaft war Nacktheit gleichgesetzt mit Verletzlichkeit, und wenn man das verinnerlicht hatte, wurde man automatisch schwach. Für ihn dagegen war Nacktheit etwas Stärkendes, etwas, das ihn noch intensiver mit der Angst seiner Opfer verband. Gab es etwas Intimeres, als Haut an Haut dem Sterben eines anderen Menschen beizuwohnen?

Er musste handeln, und zwar schnell, bevor es zu spät war. Leise, aber trotzdem entschlossen, öffnete er die Kellertür, warf noch einen Blick die Treppe hinauf, drehte sich dann aber um und verließ das Haus. Im dämmrigen Licht des Abends rannte er gebückt bis zu den ersten Bäumen, dann tiefer in den Wald hinein. Als er weit genug entfernt war, stieß er einen weiteren Schrei aus, der die Natur augenblicklich verstummen ließ.

Es dauerte noch eine ganze Weile, bis er sich wieder so weit unter Kontrolle hatte, dass er in seine kleine Wohnung fahren konnte, wo er sich auszog und einige der kalten Metallklammern an sich befestigte. Der Schmerz half ihm, seine Konzentration zu steigern, mehr aber auch nicht. Einerseits wollte er den Job sauber zu Ende bringen, denn die Entlohnung würde ihn eine lange Zeit über Wasser halten. Auf der anderen Seite wusste er, dass er es ohne Ausgleich nicht schaffen würde. Die Asiatin war fantastisch gewesen, konnte die Jahre im Gefängnis aber bei Weitem nicht kompensieren. Und bei dieser Studentin würde es noch eine ganze Weile dauern, bis er ihre Angst genießen durfte.

Fast beiläufig nahm er die Klammer, welche seine linke Brustwarze umschloss, zwischen zwei Finger und drückte zu. Kleine Zacken bohrten sich in sein empfindliches Fleisch und mit einem Mal war alles klar. Natürlich gab es noch jemanden, der ihm geben konnte, nach was sich sein Dämon sehnte. Er zog sich wieder an, packte einige Dinge zusammen und verließ seine Wohnung.

Auf der Autobahn hatte er Mühe, seine Aufmerksamkeit dem Verkehr zu widmen. Immer wieder fügten sich Bilder vor seinem inneren Auge zusammen und erzeugten so eine Vorfreude, die ihn fast schon fiebern ließ. Doch irgendwie schaffte er die knapp 150 Kilometer ohne einen Unfall, und das, obwohl sich seine Vorfreude von Kilometer zu Kilometer steigerte.

Leider besaß der gebrauchte Mercedes, den ihm D. zur Verfügung gestellt hatte, kein Navi, doch nach kurzem Suchen hielt er schließlich vor dem richtigen Haus. Ein großes Messingschild bestätigte, dass sich hier die Praxis von Frau Dr. Bernau befand, und zu seiner Zufriedenheit waren die Fenster noch hell erleuchtet. Er fuhr einige Meter weiter, machte den Motor aus und schloss kurz die Augen.

Eine halbe Stunde später und wie zur Bestätigung der Sprechzeiten, die auf dem Schild standen, ging um 18.30 Uhr das Licht in den Praxisräumen aus und Frau Doktor verließ das Gebäude. Ohne sich weiter umzusehen, stieg sie in ihr Auto, fuhr an ihm vorbei und reihte sich an der nächsten Hauptstraße in den abendlichen Verkehr ein. Er ließ ebenfalls den Motor an und folgte ihr in genügend großem Abstand. Die Fahrt dauerte nicht lange und endete vor einem aufwendig sanierten Altbau in einer der besseren Wohngegenden Straubings.

Nach der Treppenhausbeleuchtung gingen auch hinter einigen Fenstern im obersten Stockwerk einige Lichter an. Das war die Wohnung, in der sein Dämon in den nächsten Stunden seine Befriedigung finden würde.

Er suchte die wenigen Dinge, die er benötigte, aus seinem Rucksack und steckte sie in die Jackentaschen, dann verließ er den Mercedes und stellte sich, scheinbar auf jemanden wartend, in die Nähe der Haustür. Es dauerte nicht lange, bis die Treppenhausbeleuchtung erneut aufflammte und eine offensichtlich ziemlich pubertierende junge Frau das Haus verließ. Er wartete fast zu lange, brachte seinen Fuß aber gerade noch in die selbstschließende Tür und stand kurz darauf im Dunkel des Hausflurs der obersten Etage vor der massiven Tür mit dem Klingelschild *Dr. Bernau.*

So wie er diese Frau im Gefängnis kennengelernt hatte, ging er nicht davon aus, dass sie in einer Beziehung lebte. Trotzdem stellte er sich erst eine Weile neben die Tür und lauschte, doch außer der gedämpften Stimme eines Radiosprechers und klassischer Musik war nichts zu hören.

Noch war er unschlüssig, wie er vorgehen sollte. Einfach läuten oder das Schloss öffnen und sie überrumpeln? Während er darüber nachdachte, wurde ihm die Entscheidung abgenommen, da nun das leise Rauschen von Wasser einsetzte, wobei es sich vom Klang her um das Befüllen einer Badewanne handelte. Er wartete weitere fünf Minuten und hatte Glück, dass hinter der Nachbartür alles ruhig blieb. Anschließend zog er das kleine Täschchen mit dem Werkzeug aus der Tasche, streifte sich dünne Latexhandschuhe über und stand wenige Sekunden später auf der anderen Seite der Wohnungstür.

Die Einrichtung entsprach dem, was er sich vorgestellt hatte. Alte Möbel, Vasen mit Trockenblumen und ökologisch einwandfreie Teppiche aus dicker Schafswolle dominierten die Räume. *Die tut nicht nur bieder, die ist es auch,* ging es ihm durch den Kopf, als er einen vorsichtigen Blick in das schummrig beleuchtete Wohnzimmer warf. Rechts von ihm war ein offener Durchgang, der in eine kleine Küche führte, links gab es einen weiteren kurzen Flur mit zwei Türen. Von dort kamen auch die Geräusche des Wassers, die jetzt von dem leisen Summen einer Melodie begleitet wurden – noch fühlte sich die Psychiaterin sicher.

So leise wie möglich, aber fast, als würde er hier wohnen, zog er seine Jacke aus und hängte diese an die Garderobe. Anschließend nahm er das kleine Gerät aus einer der Taschen und schlich leise in Richtung des Badezimmers. Ein Blick durch die nicht ganz geschlossene Tür zeigte sie in einem der Wandspiegel. Auch bezüglich ihres Körpers hatte er sich nicht getäuscht: Ihr schlechter Kleidungsstil diente nur dazu, die Häftlinge auf Distanz zu halten. In Wirklichkeit hatte sie eine durchaus ansehnliche Figur. Frau Dr. Bernau saß völlig entspannt in ihrer Badewanne, wo sie sich, umhüllt von leichtem Wasserdampf, ihre schlanken Beine rasierte. Immer wieder tauchten dabei auch ihre Brüste in dem rosa Schaum auf, was ihn aber in dieser Form noch nicht erregte.

Obwohl alles in ihm danach drängte, endlich zu beginnen, zwang er sich zu warten, bis sie mit ihrer Rasur fertig war, was fast schiefgegangen wäre, da sie einmal zum Spiegel blickte und ihn beinahe gesehen hätte. Dann endlich war es so weit: Sie legte den Rasierer beiseite, ließ noch etwas heißes Wasser nachlaufen, bettete den Kopf auf eine Art Gummikissen und schloss die Augen.

Er öffnete geräuschlos die Tür, betrat das kleine Badezimmer und setzte sich auf den Rand der Wanne. Vermutlich war es ein schwacher Luftzug, der dafür sorgte, dass sie ihre Augen öffnete. Mit einer ersten Welle der Erregung sah er dabei zu, wie sich ihr Körper versteifte und sich die erste Angst in ihrem Blick zeigte. Dann dauerte es ungewöhnlich lange, bis sie begriff und zu einem Schrei ansetzte. Natürlich war er darauf vorbereitet, hatte den Elektroschocker aber auf eine relativ schwache Stufe eingestellt. Ein kurzer Tastendruck, Funken sprangen auf das Wasser über, worauf die Psychiaterin ihre Augen verdrehte, aber nicht ohnmächtig wurde.

Zufrieden tauchte er seine Hand in das Wasser, fuhr ihr mit zwei Fingern über die weiche Haut und sagte dabei: »Ich hoffe, du kannst Schmerz ertragen.«

Da die Schockwirkung des Stroms langsam nachließ, versuchte sie, sich von seiner Hand zurückzuziehen und erneut einen Schrei auszustoßen, doch wieder war er schneller und brachte das Gerät erneut zum Einsatz, dieses Mal jedoch direkt auf der nassen Haut ihrer Schulter. Es folgte eine kurze Ohnmacht.

Als sie wieder erwachte, hatte sie einen Knebel im Mund und ihre Hände waren hinter ihrem Rücken zusammengebunden, was es ihr schwer machte, den Kopf über Wasser zu halten. Mit weit aufgerissenen Augen starrte sie ihn an und versuchte, etwas zu sagen, doch mehr als gedämpftes Gemurmel ließ der Knebel nicht zu.

Er erhob sich, zog sich langsam aus und empfahl ihr: »Du solltest versuchen, dich zu entspannen, so lässt sich der Schmerz leichter ertragen.« Es folgte eine kurze Pause, in der er seine Kleidungsstücke fein säuberlich zusammenlegte und hinaus in den kurzen Flur brachte. Anschließend kam er zurück und sah, wie sie ihre Schenkel zusammenpresste. Ein kurzes Lächeln huschte über sein Gesicht, bevor er fast beiläufig feststellte: »Oh, keine Sorge, ich vergewaltige dich nicht. Wir zwei werden eine ganz andere Art von Spaß miteinander haben.« Dann zeigte er ihr, was er zuvor in der rechten Hand versteckt gehalten hatte. Wäre der Knebel nicht gewesen, hätte man ihre Schreie sicher noch draußen auf der Straße gehört, so aber war es nur ein dumpfes Geräusch, welches ihn ungemein erregte. Als Frau Dr. Bernau merkte, dass ihr Schreien nichts brachte, versuchte sie, aus der Wanne zu kommen, was die nach hinten gebundenen Hände jedoch unmöglich machten. Immer und immer wieder verloren ihre Füße in dem Seifenwasser den Halt und jedes Mal rutschte ihr Kopf ein Stück unter Wasser, welches ihr hektischer Atem ansaugte.

Er wartete ab, bis sie hustend ihren Widerstand aufgegeben hatte, stieg zu ihr in die Wanne und setzte sich auf ihre Füße. Jetzt, fast völlig fixiert, starrte sie ihn aus weit aufgerissenen Augen an und schüttelte fassungslos den Kopf. Doch er kauerte einfach nur da, genoss das Gefühl der Macht und freute sich auf den Augenblick, wenn ihre nackte Haut unter der seinen langsam kalt werden würde. Dann warf er einen Blick auf seine Uhr. »Jetzt haben wir nur noch 90 Minuten für etwas Spaß miteinander«, erklärte er scheinbar emotionslos. Dann nahm er das Skalpell und begann mit seinem Werk.

– 18 –

Schon während der Heimfahrt fühlte sich Anja irgendwie beschmutzt. Dieser Irre war ihr in der Drogerie so nahe gekommen, dass er ihr etwas zustecken konnte, und vielleicht hatte er sie sogar berührt. Als sie mit Gerald endlich zurück im Haus war, konnte sie nicht anders, sie musste so schnell wie möglich unter die Dusche.

»Kommst du kurz alleine klar?«, fragte sie ihren Bruder, kaum dass sie die Haustür geschlossen hatte. »Falls etwas sein sollte, ich bin jetzt eine Weile im Badezimmer.«

Bevor Anja die Treppe hochstieg, warf sie noch einen Blick ins Wohnzimmer und in die Küche, aber alles sah normal aus. Es gab keinerlei Anzeichen dafür, dass sich jemand Zugang verschafft haben könnte. Dann dachte sie eine Sekunde darüber nach, auch den Keller zu kontrollieren, beschloss aber, es bleiben zu lassen. Anschließend ging sie hinauf ins Bad, zog sich aus und wollte gerade unter die Dusche steigen, als lautstark eine Tür ins Schloss fiel.

»Gerald?«, fragte sie laut durch die geschlossene Tür, bekam aber keine Antwort. Statt sich wieder anzuziehen, wickelte sie das große Badehandtuch um ihren Körper, schloss die Tür auf und steckte den Kopf hinaus. Rechts von ihr klapperte Gerald mit irgendetwas in seinem Zimmer herum und der untere Flur lag im Dunkeln. Wieder rief sie den Namen ihres Bruders, der kurz darauf aus seinem Zimmer kam, angesichts ihrer knappen Verhüllung aber sofort genant zur Seite blickte.

»Hast du eben eine Tür zugeschmissen?«

Gerald vermied es immer noch, sie anzusehen, schüttelte aber hektisch den Kopf. »Nein, nein, nein … Gerald ganz leise.«

Anja kannte ihn gut genug, um das zu glauben, bekam allerdings augenblicklich weiche Knie. Mit dem Versuch, ruhig zu klingen, wies sie ihn an, zurück in sein Zimmer zu gehen, und folgte dann selbst den Stufen, die hinunterführten. Schon auf der halben Treppe sah sie die Kellertür ein Stück offen stehen, war sich aber hundertprozentig sicher, dass diese vorher geschlossen gewesen war.

Der Lichtschalter für den Flur war nur knapp neben der Kellertür angebracht, aber sie musste es wagen. So leise wie möglich überwand sie die letzten Stufen, betätigte den Schalter und ging fast gleichzeitig wieder zwei Stufen rückwärts nach oben. Geräuschlos flammten die etwas zu schwachen Glühbirnen in den beiden Deckenleuchten auf, doch es war niemand zu sehen. Nun stand Anja vor der Wahl, entweder erst den Keller oder noch einmal das Wohnzimmer zu inspizieren. Um im Zweifelsfall etwas Vorsprung zu haben, drückte sie die Kellertür leise in ihr Schloss zurück. Abschließen konnte sie diese leider nicht, da der Schlüssel schon vor Ewigkeiten verschwunden war. Anschließend überwand sie die zwei Schritte bis zu der offenen Küchentür, stellte sich seitlich davon an die Wand und warf einen schnellen Blick hinein. Nichts. Sie betrat die Küche, wiederholte das Spiel an dem Durchgang zum Wohnzimmer, doch auch hier sah alles wie immer aus.

Immer noch schleichend durchquerte sie den Raum, zog leise das Schüreisen aus seiner Halterung neben dem offenen Kamin und huschte zurück zum Flur. Nachdem sie einige Sekunden innegehalten hatte, aber absolut nichts, außer den

Geräuschen, die das Haus machte, gehört hatte, riss sie die Kellertür auf, machte einen Schritt zurück und blickte die Treppe hinunter. Auch hier war nichts als Dunkelheit. Anja betätigte den Lichtschalter und stieg langsam die alte Holztreppe hinunter, durchsuchte jeden der drei Kellerräume und zweifelte langsam daran, dass es dieses Geräusch überhaupt gegeben hatte. Auf ihre eigenen Nerven schimpfend, ging sie wieder hinauf, trat aus der Kellertür und sah etwas im Augenwinkel. Ein Reflex sorgte dafür, dass ihre Hand mit dem Schüreisen einen Bogen beschrieb und am Ende ihr Ziel traf. Es folgte erst ein Schrei, dann ein Fluch und endlich sah sie ihn. Florian war an die nächste Wand zurückgewichen und hielt sich seinen blutenden Unterarm. Ein Stück hinter ihm stand Gerald und sah sie mit seinem gewohnt ausdruckslosen Gesichtsausdruck an.

Anja brauchte einige Sekunden, um zu begreifen, konnte den hysterischen Anfall aber nicht aufhalten. Statt Florian zu helfen, begann sie die beiden anzuschreien.

Florian wartete, bis ihre Wut etwas abgeflaut war, ging dann zu ihr, legte seinen gesunden Arm um ihren Hals und zog sie vorsichtig an seine Brust. Nachdem ihre Aufregung weniger wurde, fragte er leise: »Was ist denn passiert?«

Anja ließ die Eisenstange fallen, umklammerte ihren Freund und schluchzte. »Ich dachte … ich dachte, dieser Irre ist im Haus.«

Dann löste sie sich von ihm, wischte sich mit dem Handrücken die Tränen aus dem Gesicht. »Das mit deinem Arm tut mir leid. Komm mit in die Küche, ich mache dir einen Verband drüber.« Anschließend sah sie ihren Bruder an und wiederholte noch einmal ruhiger das, was sie ihm während ihres Anfalls entgegengebrüllt hatte: »Gerald, du darfst niemanden ins Haus lassen, auch nicht, wenn du denjenigen kennst. Hast du das jetzt begriffen?«

Gerald machte einige letzte Zuckungen, die er immer hatte, wenn er beschuldigt wurde, sagte dann aber tatsächlich: »Gerald macht jetzt nichts mehr Schlimmes.«

Nun schaffte Anja sogar ein Lächeln, ging zu ihm und nahm ihn kurz in den Arm. »Ist o. k., du bist der beste Bruder, den man haben kann.«

Auch wenn Florians Wunde stark blutete, stellte sie sich nur als ein Kratzer heraus, für den ein großes Pflaster genügte. Nachdem Anja ihn versorgt hatte, kontrollierte Florian noch einmal das ganze Haus, fand aber nur Anjas verstreute Klamotten und keinen Hinweis darauf, dass jemand hier gewesen sein könnte. Da er der Annahme war, dass Gerald die Kleidungsstücke in Anjas Zimmer herumgeworfen hatte, und er nicht wollte, dass dieser schon wieder Ärger bekam, sammelte er alles ein und legte es zurück auf den Haufen Schmutzwäsche.

Wieder unten angekommen, hatte sich Anja etwas angezogen und bereits den Tisch gedeckt. Während sie das Abendbrot zu sich nahmen, erzählte sie ihm, was in der Gerichtsmedizin und der Drogerie vorgefallen war.

Florian kaute zu Ende. »Und das alles reicht nicht, damit man dir glaubt?«

Anja schüttelte den Kopf. »Nein, ganz im Gegenteil. Jetzt glaubt mir keiner mehr, da ich ja eine böse Taschendiebin bin.«

»Und was ist mit diesem Privatdetektiv, von dem du mir erzählt hast? Hast du vor, ihn anzurufen?«

Anja sah einige Sekunden in den dunklen Garten hinaus, schüttelte abermals den Kopf. »Nein, ich warte noch ab. Vielleicht hat dieser Irre ja irgendwann genug und hört einfach wieder auf.« Nun legte sie ihre Hand auf die von Florian und lächelte ihn an. »Außerdem habe ich einen starken Beschützer, der einen Grund braucht, um die Nächte hier zu verbringen.«

Gerald sah zwar kurz von seinem Teller auf, schien aber nicht begriffen zu haben, was seine Schwester mit dieser Andeutung gemeint hatte.

Um Florians Mund legte sich dagegen ein sanftes Lächeln. Statt einer Antwort strich er sanft über ihren Handrücken, was in Anja ein leichtes Ziehen auslöste.

Zwei Stunden später schickte Anja ihren Bruder ins Bett, trank noch ein Glas Wein mit Florian und bat ihn dann, sich mit ihr oben ins Bett zu legen.

»War dir das Sofa zu eng?«, fragte er.

Sie wusste, worauf er anspielte, antwortete aber ernst und müde: »Ich brauche einfach etwas Schlaf und deine Nähe. Dieser Irre, der Unfall meiner Mutter und dann noch Gerald, es ist alles ganz schön viel im Moment.« Sie schwieg eine Weile. »Ich wünschte, wir hätten uns zu einer anderen Zeit kennengelernt. Ich würde das mit uns gerne unbeschwert genießen«, sagte sie wehmütig.

Florian erhob sich vom Sofa, zog Anja ebenfalls hoch und führte sie hinauf zu ihrem Zimmer. Während er noch einmal ins Badezimmer ging, zog sich Anja ihr Schlaf-T-Shirt an und legte sich in ihr Bett. Als er sich wenig später neben sie kuschelte, schaffte es Anja gerade noch, »Gute Nacht« zu murmeln, bevor der Schlaf sie übermannte und alle Sorgen von ihr abfallen ließ.

Trotz ihrer Müdigkeit wachte Anja in dieser Nacht immer wieder auf, doch nur, um nach Florian zu tasten, sich an ihn zu drücken und dann wieder einzuschlafen.

Es war früher Morgen und zuerst dachte sie, Gerald würde sie wecken, doch dann spürte sie, dass die Hand auf ihrem Bauch Florian gehörte. Etwas verwirrt blinzelte sie auf den albernen Mickymaus-Wecker neben ihrem Bett, der gerade auf 6 Uhr sprang, und freute sich, noch etwas liegen bleiben zu können.

Florian lag hinter ihr, und als er spürte, dass sie wach war, drückte er sich noch enger an sie heran. Anja streckte sich ein wenig, bevor sie sich ebenfalls wieder an ihn drückte und dabei seinen Arm um sich zog. Obwohl noch etwas Stoff zwischen ihnen war, konnte Florian sein Verlangen nicht leugnen, und das sanfte Streicheln seiner Hand sprach ebenfalls eine eindeutige Sprache. Anja spürte, was er wollte, und auch, dass er sich nicht ganz traute. Sie nahm seine Hand, schob sie unter ihr weites Schlaf-T-Shirt und genoss es, seine Hand auf ihrer Haut zu spüren. Ohne etwas zu sagen, suchte sein Mund ihren Hals und begann sie dort zärtlich zu küssen, was Anja einige sanfte Schauer durch den Körper jagte, die ihren Unterleib dazu brachten, sich noch fester an Florian zu drücken. Sein Mund wanderte ein Stück nach unten, wurde aber von dem T-Shirt gestoppt. Widerwillig löste sich Anja aus seiner Umarmung, zog sich mit einer einzigen Bewegung den Stoff über den Kopf und sank zurück auf das warme Bett, wo sie Florians Mund erneut in Empfang nahm und seine Erkundungstour fortsetzte. Schon die Berührung mit dem Hof ihrer Brustwarzen entlockte ihr einen leisen Seufzer; als er dort aber nicht verharrte und sich weiter hinab über ihren Bauch küsste, konnte Anja kaum noch ruhig liegen bleiben. Alles um sich herum vergessend, spürte sie, wie er ihre empfindlichste Stelle erreichte und sie dort viel zu langsam quälte. Ihre Hände krallten sich erst in seine Schultern, dann umschlossen sie seinen Kopf und zogen ihn sanft zu sich herauf. Florian, der spürte, wie empfänglich sie nun für ihn war, brachte sie noch einmal bis kurz vor den Höhepunkt, ließ dann von ihr ab und drehte sie auf die Seite. Anja wollte sich erst dagegen wehren, da sie ihn gerne auf sich gespürt hätte, doch als er sie von hinten umschlang und damit eine unbeschreibliche Nähe erzeugte, begann auch sie, diese Stellung zu genießen, und drückte ihm ihren Hintern auffordernd entgegen. Irgendwann hatte sich Florian seiner Shorts entledigt und war nun bereit, sie auszufüllen. Unendlich langsam schwebten beide auf ihren gemeinsamen Höhepunkt zu und genossen dabei die Hitze des anderen. Es bedurfte keiner Absprache für den Zeitpunkt, an dem weder sie noch er sich noch länger zurückhalten konnte. Schnell und tief versanken sie gleichzeitig in dem süßen Strudel aus Lust und Anja konnte nicht anders, als ihre Gefühle hinauszuschreien.

Nachdem sich ihre Körper wieder ein wenig beruhigt hatten, lagen sie eine ganze Weile eng umschlungen zusammen. Es bedurfte keiner Worte, nur einiger zärtlicher Küsse, um dem anderen zu zeigen, wie sehr man es genossen hatte. Erst als sie der Wecker brutal in die Realität zurückholte, sagte Anja mit einem Lächeln: »So, so, und du meinst, das ist der Schutz, den ich brauche.«

Florian löste sich etwas von ihr und sah ihr lange mit einem ernsten Gesichtsausdruck in die Augen. »Ich würde dich mit meinem Leben beschützen ...« Er gab ihr einen sanften Kuss. »Ich liebe dich, Anja.«

Als sie eine halbe Stunde später hinunter in die Küche kamen, saß Gerald bereits am Küchentisch und versuchte, sich mit der Griffseite eines Messers Nutella auf eine viel zu dick abgeschnittene Scheibe Brot zu schmieren. Gleichzeitig starrte er wie gebannt aus dem Fenster zu dem noch dunklen Wald hinüber. Wenn er Anjas Schreie gehört hatte, dann ließ er sich davon nichts anmerken. Er sagte »Guten Morgen«, wie immer ohne jede sichtbare Emotion, konzentrierte sich dann auf das Brot und schaffte es tatsächlich, das Nutella halbwegs gleichmäßig zu verteilen.

»Was hast du heute vor?«, erkundigte sich Florian, als Anja zwei dampfende Tassen Kaffee auf den Tisch stellte und sich ihm gegenüber hinsetzte.

Sie nahm einen Schluck. »Ich muss erst in meine Wohnung, einige Dinge holen, und dann will ich noch meine Mutter besuchen. Langsam müsste es ihr eigentlich wieder besser gehen.«

»Das heißt, wir hätten bald mehr Zeit und müssten nicht mehr so aufpassen?«, warf Florian mit einem süffisanten Grinsen und einem Seitenblick zu Gerald ein.

Anja zog gespielt empört eine Augenbraue hoch, musste allerdings selbst lächeln. »Wieso, was hast du denn vor?«

Da Florian wegen Gerald nicht antworten konnte, ließ er seinen Blick zu dem V-Ausschnitt ihres Oberteiles wandern. »Oh, nichts weiter, nur laut singen.«

Anja lachte, wurde anschließend etwas ernster. »Bist du heute in der Klinik? Vielleicht könnten wir uns dort treffen, wenn ich sie besuche?«

»Bin ich …«, dann musste Florian erneut grinsen, »… zurzeit stehen auch einige Zimmer leer.«

Anja warf ein Zuckerstück nach ihm, stand auf und packte Geralds Tasche. Anschließend half sie ihrem Bruder beim Anziehen und sah ihm hinterher, bis er in den Bus der Behindertenwerkstatt gestiegen war.

Florian war hinter sie an die offene Tür getreten und schlang seine Arme um sie. »Das war sehr schön heute Morgen … schade, dass ich auch losmuss«, flüsterte er.

Sie drehte sich zu ihm um, gab ihm einen Kuss und erwiderte sehr ernst: »Dann sei bitte immer ehrlich zu mir.« Florian wollte etwas entgegnen, doch sie drückte ihm ihren Finger auf die Lippen. »Das war keine Anspielung auf irgendetwas, das war nur eine Bitte.«

Zehn Minuten später sah sie auch ihm hinterher, schloss die Haustür und ging nach oben, um ihre Schmutzwäsche einzupacken.

– 19 –

Mit etwas Rennen schaffte Anja den Bus, der kurz vor halb neun fuhr, und öffnete eine Dreiviertelstunde später die Tür zu ihrem Wohnhaus. Um diese Zeit herrschte ein reges Kommen und Gehen in der Wohnanlage, und da sie heute ziemlich entspannt war, dachte sie nicht mehr an irgendwelche Männer, die sie verfolgen könnten.

Vor ihr öffnete sich der Fahrstuhl, zwei Studentinnen stiegen grüßend aus. Anja stieg ein und drückte auf die abgegriffene Taste mit der Nummer 7. Nach einer kurzen Fahrt glitten die Türen wieder auseinander und Anja betrat den langen Flur, an dessen Ende sich ihre Wohnungstür befand. Schon von Weitem sah sie, dass etwas auf dem Fußabstreifer lag, dachte sich aber nichts dabei, da hier oft Werbeflyer einfach vor die Türen geworfen wurden. Erst als sie schon fast ihre Tür erreicht hatte, erkannte sie, dass es sich um keine Werbung, sondern um eine fein säuberlich zusammengerollte Zeitung handelte. Etwas irritiert, aber noch immer an nichts Schlimmes denkend, stellte sie ihre Sporttasche auf den Boden, schloss die Tür auf und nahm anschließend Tasche und Zeitungsrolle mit hinein.

Ihre kleine Wohnung war noch so, wie sie sie vor ein paar Tagen das letzte Mal verlassen hatte, brauchte aber dringend eine Lüftung. Sie öffnete die Fenster, warf die erste Ladung

Schmutzwäsche in die Maschine und kochte sich noch nebenbei einen Kaffee. Anschließend setzte sie sich an den winzigen Esstisch und zündete sich eine Zigarette an, wobei ihr auffiel, dass sie in letzter Zeit ziemlich viel rauchte. Unschlüssig, was sie nun tun sollte, fiel ihr Blick auf die Zeitung. Sie nahm die Rolle, machte den Haushaltsgummi ab und entfaltete sie.

Über dem Bild einer nicht sehr alten, irgendwie unscheinbaren Frau stand in dicken Buchstaben »Straubinger Tagblatt«, was Anja stutzig machte, aber ihre Neugierde befeuerte. Wozu sollte man hier in Erlangen Probeexemplare einer Straubinger Zeitung verteilen?

Ihr Blick rutschte unter das Bild, wo sich die Überschrift der Schlagzeile befand, die lautete: »Erfolgreiche Psychiaterin tot in Badewanne gefunden – war es Mord oder Selbstmord?« Anja überflog den nicht sehr ausgiebigen Artikel, an dessen Ende stand, dass der Reporter dieser Zeitung kurz vor Redaktionsschluss einen Tipp bekommen hatte und die Frau nur deshalb so schnell gefunden wurde. Die Psychiaterin war offenbar erst gestorben, als der Notarzt schon bei ihr gewesen war. Über die genauen Umstände und neuesten Erkenntnisse wolle man in der nächsten Ausgabe berichten, da sonst keine Zeit mehr geblieben wäre, um die Zeitung rechtzeitig zu drucken.

Anja blätterte weiter, fand aber wenig Interessantes, da sich die meisten Inhalte auf die Region Niederbayern bezogen. Anschließend legte sie die Blätter beiseite, nahm einen letzten Zug von ihrer Zigarette und trank einen Schluck Kaffee. Im selben Augenblick, in dem sie ihre Tasse wieder abstellte, begann ihr Telefon die Melodie zu spielen, welche sie für unbekannte Rufnummern eingestellt hatte. Noch immer ziemlich entspannt, drehte sie sich um, nahm das Gerät aus seiner Basisstation und meldete sich förmlich mit »Anja Lange«.

Es genügten die ersten Worte des Mannes, um ihr die Bedrohung wieder vor Augen zu führen. Wie in Trance hörte sie seine fröhliche Stimme sagen: »Aber mein Schatz, ich weiß doch, dass du Anja heißt.« Dann folgte etwas, was sie nicht sofort begriff, was ihr dann aber schlagartig zeigte, in welcher Gefahr sie sich befand. Unvermindert freundlich bemerkte er: »Ich wollte dich erst deinen Kaffee und die Zigarette genießen lassen. Nichts soll dich von mir ablenken.« Anjas Körper erstarrte und für einen Augenblick überlegte sie, sich unter dem Tisch zu verstecken. Wie konnte es sein, dass dieser Irre sah, was sie gerade tat? Anja versuchte, sich zur Ruhe zu zwingen und unauffällig nach draußen zu blicken. Die umliegenden Hochhäuser standen in jedem Fall nahe genug, um sie mit einem Feldstecher beobachten zu können. »Du hältst dich wohl für besonders schlau«, schrie sie wütend.

Das Telefon noch immer an ihr Ohr haltend, stand sie auf, schloss das große Wohnzimmerfenster und zog die dichte Gardine davor, dann sagte sie zynisch: »Oh, bist du jetzt blind?«

Die Antwort kam ohne jede Veränderung in der Stimmlage. »Das war eine gute Idee. Ich hoffe, du fühlst dich jetzt besser, mein Schatz.«

»Dein Schatz legt jetzt auf und geht nie mehr ans Telefon«, keifte Anja zurück, wartete aber aus irgendeinem Grund noch seine Reaktion ab. Fast glaubte sie, ein Kopfschütteln zu hören, als er sagte: »Da möchte ich dir endlich die Chance geben, mir ein Stück näherzukommen, und du sagst so etwas. Eigentlich rufe ich dich nur an, um mich mit dir über diesen Zeitungsartikel zu unterhalten. Ich dachte, dass es dich als angehende Medizinerin vielleicht interessiert, wie sich ein Mensch fühlt, wenn er langsam ausblutet.«

Es dauerte zwei, drei Sekunden, dann erkannte Anja ihre Chance. Wenn sie der Polizei Insiderwissen präsentieren konnte, würde sie selbst dieser alte ignorante Streifenpolizist ernster nehmen. Sie führte das Telefon zurück ans Ohr und versuchte, möglichst genervt zu klingen: »Also, was willst du mir denn Tolles erzählen … Arschloch?«

Nun hörte sie ihn wieder, diesen ernsten, bedrohlichen Unterton in seiner Stimme. »Anja, du solltest dich zügeln. Ich fürchte, du unterschätzt mich noch immer. Das in dem Drogeriemarkt war eine Sache – seine Freunde und die Familie zu verlieren ist eine ganz andere.« Nun schwoll seine Stimme an. »Und glaube mir, ich kenne jeden Einzelnen, und mir ist es scheißegal, wen ich töten muss, damit du mich ernst nimmst.«

Trotz der nun eingetretenen Stille schienen seine Worte nachzuhallen, und irgendetwas sagte Anja, dass es sich nicht um eine leere Drohung handelte. Nach einer kleinen Ewigkeit erklang ein Räuspern in der Leitung, dann folgte die emotionslos gesprochene Schilderung des letzten Abends, welche mit den Worten endete: »Schade, dass ihr die Frau nicht in eure Gerichtsmedizin bekommt, sonst hättest du dir ansehen können, wie kunstvoll mein Zeichen ihre Brustwarzen ziert – es sind wirklich ungewöhnlich saubere Schnitte geworden. Und das, wenn man bedenkt, wie sie sich erst dagegen gesträubt hat. Ruhiger wurde sie erst, als ihr der langsame Blutverlust durch ihre offenen Pulsadern langsam die Kraft raubte.« Bei seinem letzten Satz wurde sein Tonfall fast wieder fröhlich, und nachdem er geendet hatte, beschlich Anja das Gefühl, er wartete nun auf ihren Beifall. Doch nach Beifall war ihr ganz und gar nicht zumute. Vielleicht lag es an der Art, wie detailliert er alles geschildert hatte. Bilder zogen in ihrem Kopf vorbei, ließen ihren Magen verkrampfen und erzeugten einen Reiz, den sie nicht mehr zurückhalten konnte. Auf halbem Weg zu ihrem Badezimmer ging es nicht mehr und sie erbrach sich lautlos auf einen kleinen Teppich, der dort lag. Kniend gab sie sich den Schüben hin, und erst als ihr Magen restlos geleert war, schaffte sie es, sich aufzurappeln und die letzten Meter zu überwinden.

Im Badezimmer würgte sie ein letztes Mal, dann drehte sie den Wasserhahn auf und schöpfte sich minutenlang kaltes Wasser ins Gesicht. Mit dem Versuch, die Badewanne zu ignorieren, verließ sie das Bad wieder, drückte auf die rote Taste ihres Telefons und machte sich daran, den Teppich in eine große Tüte zu stopfen. Anschließend setzte sie sich an den Tisch, nahm ihre Hände vors Gesicht und begann hemmungslos zu weinen.

Irgendwann stand sie kraftlos auf, holte die Visitenkarte der jungen Polizeibeamtin aus ihrem Geldbeutel und wählte deren Nummer.

− 20 −

Eine halbe Stunde nach ihrem Anruf stieg Anja in den Streifenwagen, der sie in nur fünf Minuten zu Erlangens Hauptwache brachte, wo sie bereits die junge Polizeibeamtin erwartete. Nach einer knappen Begrüßung betraten sie gemeinsam einen kleinen Raum, in dem sich nur ein Tisch mit vier Stühlen sowie einem kleinen Mikrofon befand.

»Bitte, setzen Sie sich«, bot ihr die Beamtin an. »Möchten Sie einen Kaffee? Wir müssen noch auf Kriminalkommissar Jänke warten, aber er müsste gleich hier sein.«

Anja lehnte ab, worauf die Beamtin trotzdem den Raum verließ und sie alleine mit ihren Gedanken zurückließ. *Jänke, den Namen habe ich schon gehört,* kam es Anja in den Sinn, und nach kurzem Suchen in ihrer Tasche fand sie auch dessen Visitenkarte. Es war dieser Polizist, den sie am Vortag in der Gerichtsmedizin kennengelernt hatte und der ihr einen früheren Kollegen von sich empfohlen hatte. Noch bevor sie den Gedanken weiterverfolgen konnte, öffnete sich die Tür und gleich drei Beamte betraten den Raum, wobei Jänke als Letzter erschien und seine Augenbrauen nach oben zog, als er sie sah. Die beiden Streifenpolizisten, denen sie nun schon zum dritten Mal begegnete, nahmen links und rechts von ihr Platz.

Jänke beugte sich über den Tisch und streckte ihr die Hand entgegen. »Ich hoffe, Ihnen und Ihrem Bruder geht es gut?«

Anja schaffte ein Lächeln. »Es geht so. Danke.«

Nachdem sich auch Jänke gesetzt hatte, bat er Anja, alles zu erzählen, und sie schilderte die Ereignisse in der Wohnung. Anschließend zog sie die Rolle aus ihrer Umhängetasche und legte diese mit den Worten »Das ist die Zeitung, die vor meiner Wohnung lag« auf den Tisch.

Der ältere Polizist zog fast augenblicklich eine Tüte aus seiner Tasche, umgriff die Zeitung damit und ließ sie in eine zweite Tüte fallen. Natürlich nicht, ohne von oben herab festzustellen, dass das ein Beweismittel sei und man es deswegen nicht einfach in eine Tasche stecken durfte.

Jänke überging die Anspielung seines Kollegen, blickte Anja in die Augen und sah sie einfach nur prüfend an. Nach einigen Sekunden fühlte sich Anja wie eine Angeklagte und fragte etwas zu scharf: »Was ist?«

Jänke entspannte sich etwas, hielt aber den Blickkontakt aufrecht. »Als meine Kollegin mich anrief …«, er nickte leicht zu Polizeimeisterin Krämer, »… habe ich mich natürlich bei den Straubinger Kollegen nach dem Fall erkundigt und mir auch diese Schlagzeile im Internet angesehen. Ihre Ausführungen bis dahin sind auch alle richtig, aber …«, Jänke beugte sich etwas nach vorne und verschränkte dabei seine beiden Hände miteinander, »… aber dann wird es, vorsichtig gesagt, spekulativ. Das, was dieser angebliche Mann Ihnen erzählt hat, entspricht schlicht nicht der Wahrheit. Es gibt keine Wunden auf der Brust der Toten, und bis jetzt ist noch nicht einmal bewiesen, dass es Mord war.«

»Aber …« Irgendetwas stürzte in Anja zusammen. Als hätte jemand einen Schalter umgelegt, schien jede Kraft aus ihr zu entweichen. Die folgenden Worte hätte es nicht mehr gebraucht, sie wusste auch so, was hier gerade passierte.

Trotzdem konnte es der ältere Polizist nicht lassen. Mit triumphierender Stimme sagte er: »Frau Lange, Ihren ersten Anruf habe ich noch ernst genommen und wirklich geglaubt, dass jemand um Ihr Haus schleicht, aber so langsam begeben Sie sich auf dünnes Eis. Es gibt den Tatbestand der Irreführung, und das, was Sie uns hier auftischen, geht stark in diese Richtung. Vielleicht befinden Sie sich in einer seelischen Krise und sollten einmal einen entsprechenden Arzt aufsuchen. Nichts von dem, was Sie uns erzählen, lässt sich beweisen oder begründen. Sie können diesen angeblichen Mann weder beschreiben noch irgendeinen Beweis für seine Existenz beibringen. Hinzu kommt dann noch Ihr Diebstahl in der Drogerie.«

Anja sah ihn wütend an, doch der Polizist klopfte nur auf eine braune Mappe, die vor ihm lag und ihren Namen trug. »Hatten Sie geglaubt, bei uns fällt so etwas unter den Tisch? Jetzt sind Sie es, die hier eine Akte hat«, sagte er barsch.

Anja hasste es, konnte die Tränen aber nicht zurückhalten. Trotzdem schaffte sie es wenigstens, ein wenig angriffslustig zu klingen und diesem ignoranten Beamten dabei in die Augen zu sehen. »Wollen oder können Sie es nicht verstehen? Das alles ist geplant. Dieser Irre will, dass Sie mich für eine Lügnerin halten. Er war es, der mir in dem Laden etwas zusteckte, und er war es, der mir absichtlich falsche Informationen zu diesem Mord erzählte.« Nun brach ihre Fassade zusammen und sie weinte. »Er tut das alles nur, damit er mich in Ruhe fertigmachen kann.« Anja konnte nicht mehr, sie verbarg ihr Gesicht hinter den Händen und ließ ihren Tränen freien Lauf.

»Und wir verschwenden hier nur unsere Zeit.« Offenbar kannte der Polizist kein Mitleid. Mit einem wütenden Schnaufen stand er auf und drehte sich ein letztes Mal zu Anja. »Ich hätte gute Lust, Sie persönlich zu einem psychiatrischen Gutachter zu bringen, und das nächste Mal werde ich das auch beantragen. Wir haben weiß Gott Wichtigeres zu tun, als uns mit Ladendieben herumzuschlagen, die uns irgendwelche Verschwörungstheorien auftischen wollen.«

Fassungslos schüttelte Anja ihren Kopf. Sie hatte immer eine hohe Meinung von der Polizei gehabt, dass man hier aber so vorgeführt wurde, damit hätte sie nicht gerechnet. Als sie die Hände von den Augen nahm, verließ der alte Beamte gerade den Raum und seine jüngere Kollegin folgte ihm. Nur Jänke war sitzen geblieben und sah sie mit einem undefinierbaren Gesichtsausdruck an.

Wieder gingen mit Anja die Nerven durch und sie fuhr ihn an: »Was ist? Gibt Ihnen das etwas, eine Frau heulen zu sehen?«

Er überhörte ihre Anklage. »Kommen Sie, wir unterhalten uns woanders weiter. Polizeihauptmeister Mayer ist wahrscheinlich nicht der richtige Ansprechpartner, er hat gerade ein Disziplinarverfahren hinter sich und ist nicht besonders gut auf junge Studentinnen zu sprechen.«

Anja war der Zorn noch anzusehen, trotzdem fragte sie etwas ruhiger: »Was ist passiert?«

Kommissar Jänke nickte nur kurz zur Tür. »Das erzähle ich Ihnen auf dem Weg. Haben Sie noch etwas Zeit … ich meine, wegen Ihres Bruders?«

Anja warf einen Blick auf ihre Armbanduhr, die erst 11 Uhr zeigte. »Zwei Stunden habe ich noch, bevor Gerald nach Hause kommt.«

Auf dem Weg aus dem Präsidium redete keiner von beiden ein Wort. Erst als sich die Türen von Jänkes Dienst-BMW geschlossen hatten und er den Wagen startete, wollte Anja wissen: »Wohin fahren wir? Und was meinten Sie vorhin mit diesem Disziplinarverfahren?«

Wieder bekam sie keine Antwort, stattdessen drückte Jänke ein paarmal auf sein Smartphone. »Köstner hat Zeit, mit dem werden wir uns jetzt unterhalten. Wenn jemand Verständnis für Ihre Situation hat, dann er.«

Die Antwort auf Anjas zweite Frage bekam sie erst, als sich der BMW in den Verkehr auf der Stadtautobahn eingereiht hatte und Jänke sich nicht mehr so konzentrieren musste. Er warf einen kurzen Blick auf das Profil seiner Beifahrerin. »Polizeihauptmeister Mayer und ein jüngerer Kollege wurden im Sommer zu einer Studentenparty gerufen, bei der es angeblich eine Schlägerei gegeben haben sollte. Als sie bei der besagten Adresse ankamen, fanden sie allerdings nur drei junge Frauen in leichter Bekleidung vor, die scheinbar verängstigt und alkoholisiert waren. Eine von ihnen schloss die Wohnungstür und die anderen beiden warfen sich den Beamten an den Hals und küssten sie. Diejenige, die die Tür geschlossen hatte, machte erst einige Fotos mit ihrem Handy, und als sie damit fertig war, begannen dann die anderen beiden, wie irre etwas von Vergewaltigung zu brüllen, was natürlich andere Bewohner des Hauses auf den Plan rief. Zwei Männer brachen von außen die Wohnungstür auf und sahen, wie die beiden Damen so taten, als wollten sie sich von Mayer und seinem Kollegen losreißen. Die beiden Beamten wurden sofort vom Dienst suspendiert.« Jänke machte eine Pause und versicherte sich, dass er Anjas Aufmerksamkeit hatte.

»Und wie ging es weiter?«, fragte diese dann auch nach.

»Zwei Monate lang sah es so aus, als wären die beiden tatsächlich schuldig, dann tauchten die Fotos und einige eindeutige Kommentare dazu bei Facebook auf. Es stellte sich heraus, dass eine Ex-Freundin des jüngeren Polizisten dies als Racheaktion eingefädelt hatte. Die Beamten sind erst seit einem Monat wieder im Dienst und entsprechend vorsichtig, was junge Studentinnen angeht.«

Anja dachte einige Augenblicke über das Gehörte nach. »Insofern ist Mayer vermutlich wirklich nicht der richtige

Ansprechpartner.« Sie ließ eine Pause folgen. »Glauben Sie mir denn?«, fragte sie leise.

Tom Jänke hatte es sich angewöhnt, Klartext zu reden, auch auf die Gefahr hin, jemanden damit zu kränken. Er warf noch einmal einen Blick auf Anjas hübsches Profil und antwortete sachlich: »Das wird sich noch herausstellen. Bitte verstehen Sie mich nicht falsch, aber es gibt doch einige Ungereimtheiten.«

Anja sah zu dem wolkenverhangenen Himmel hinauf. »Ich verstehe ja, dass sich alles etwas seltsam anhört, aber ich habe Angst. Und ich habe keine Ahnung, warum das alles passiert.«

Den Rest der Fahrt hing jeder seinen eigenen Gedanken nach. Irgendwann parkte Tom den Wagen vor Mike Köstners Haus, der sie bereits erwartete.

Nachdem sie sich auf das Sofa gesetzt hatten, verschwand Mike kurz in der Küche und kam anschließend mit drei Tassen zurück. Tom Jänke dankte ihm, nahm die Tasse und wollte gerade einen Schluck trinken, als ihm ein seltsamer Geruch in die Nase stieg. Angewidert fragte er: »Was zum Teufel ist das?«

Mike trank einen großen Schluck und lehnte sich zurück. »Das, mein Freund, ist Yogi-Tee. Der wird dich etwas runterbringen.«

Tom musterte seinen früheren Kollegen, als hätte dieser nicht mehr alle Tassen im Schrank. Was auch immer bei dieser Heilhypnose passiert war, es konnte nicht gut sein. »Kann ich mir einen Kaffee machen?«

»Wenn du meinst«, lautete Mikes verständnislose Antwort.

Da mischte sich Anja ein: »Wenn die Herren dann langsam fertig werden könnten – mein Bruder kommt bald nach Hause, und solange sich dieser Irre bei uns herumtreibt, sollte Gerald nicht alleine vor dem Haus warten müssen.«

Tom ging in die Küche.

Mike griff sich seinen Notizblock, der noch aus seiner Dienstzeit stammte. »Sie haben recht. Am besten fangen Sie ganz von vorne an. Wann begann dieser Mann, Sie zu belästigen?«

Während Anja von ihrer Tasse nippte, dachte sie kurz über die letzten Tage nach und fing schließlich mit dem Tag an, als sie die Asiatin obduzierten. Sie erzählte von dem Unfall ihrer Mutter, dem Mann, der sich in ihrer Wohnanlage herumtrieb, und selbst die vorsätzlich hingelegten Holzstöckchen auf der Terrasse ihrer Mutter fielen ihr wieder ein. Nur bezüglich der Anrufe war sie sich nicht mehr ganz sicher und bereute, dass sie sich keine Notizen gemacht hatte. Von Florian erzählte sie nur das Nötigste, da es ihr zu intim war. Es folgten die Geschehnisse in Erlangen, ihr erstes Zusammentreffen mit Kommissar Jänke, der angebliche Ladendiebstahl und der letzte Anruf in ihrer eigenen Wohnung.

Mike Köstner ließ sie reden, ohne auch nur eine Zwischenfrage zu stellen, und erst als Anja geendet hatte, erkundigte er sich über das eine oder andere Detail. Vor allem die Sache mit Geralds Zutraulichkeit konnte er nicht ganz nachvollziehen, da er bisher noch nie mit einem Autisten zu tun hatte.

»Und was denken Sie?«, fragte Anja am Ende des Gesprächs. »Glauben Sie auch, dass ich verrückt werde und mir alles nur zusammenreime?«

Mike sagte eine Weile nichts. Irgendwann blickte er von seinem Notizblock auf. »Nein, das glaube ich nicht«, dann nickte er zu Jänke, »er übrigens auch nicht, sonst hätte er Sie nicht zu mir gebracht.«

»Auch nicht, weil er Ihnen einen Job verschaffen will?«, fragte Anja etwas bissig nach.

Mike sah ihr mit stechendem Blick in die Augen, antwortete aber mild: »Nein. Tom weiß, dass ich nie einen Fall nur wegen des Geldes annehmen würde. Genau das ist der Grund, warum ich kein Polizist mehr bin. Dort wurde ich dafür bezahlt, für oder gegen jemanden zu ermitteln, egal, ob ich von etwas überzeugt war.« Er suchte kurz nach den richtigen Worten. »Man könnte sagen, ich möchte den Richtigen helfen, ohne Rücksicht auf politische Hintergründe nehmen zu müssen. Verstehen Sie, was ich meine?«

Anja deutete ein Nicken an. »Ja, ich glaube schon. Allerdings muss ich trotzdem auf die Frage Ihrer Bezahlung zurückkommen.«

Mike hasste das Thema. Er hatte nach seiner Kündigung zunächst lernen müssen, dass seine Arbeit einen gewissen Wert hatte, den er auch verlangen konnte. Inzwischen war er diesbezüglich etwas abgeklärter, nannte ihr seinen Stundensatz und was er dafür tun würde.

Anja atmete hörbar aus, rechnete es im Kopf durch und kam zu einem Entschluss. »O. k., und wo fangen wir an?«

Da Mike schlecht sagen konnte, wie sehr er diesen Job brauchte, entspannte er sich etwas, nahm noch einen Schluck von seinem Yogi-Tee. »Ich würde vorschlagen, dass ich Sie jetzt zum Haus Ihrer Mutter fahre und mich dort ein wenig umsehe. Würde Ihnen das passen?«

»Ja, klar. Ich muss sowieso langsam los, Gerald kommt bald heim.«

– 21 –

Zwei kurze Staus und einige rote Ampeln sorgten dafür, dass Köstner und Anja erst zehn Minuten nach Gerald ankamen. Anjas Bruder saß auf der Stufe zur Haustür und spielte mit einem kleinen glänzenden Gegenstand, mit dem er ein Blatt Papier in winzige Schnipsel zerschnitt. Anja wartete, bis Köstner sein Fahrzeug verschlossen hatte, und ging dann gemeinsam mit ihm zu ihrem Bruder, der scheinbar keine Notiz von seiner Umwelt nahm, da er nicht einmal aufblickte. Als sie nur noch drei Schritte von ihm entfernt waren und Anja ihn gerade ansprechen wollte, erkannte sie, was Gerald da in seiner Hand hielt, doch es war zu spät.

Mike kam ihr zuvor. »Hallo, junger Mann«, begrüßte er ihn und riss Gerald damit aus seinem Spiel.

Erschrocken über die fremde Männerstimme, zuckte der zusammen, und statt das Papier zu durchtrennen, traf die kleine Rasierklinge seinen Zeigefinger.

Mike reagierte mehr instinktiv, als darüber nachzudenken. Er überwand die kurze Entfernung, griff das Handgelenk der Hand, in der er die Rasierklinge hielt, und wendete einen Griff an, durch den man die Finger öffnen musste. Als die Klinge zu Boden gefallen war, stellte er erst seinen Fuß darauf und löste dann seinen Griff.

Gerald heulte wie eine Sirene, schlug zwei, drei Mal um sich und rutschte anschließend auf dem Hintern zurück, bis ihn die Haustür stoppte.

Eigentlich wollte Anja gleich zu ihm, doch ihre Erfahrung mit seiner Krankheit ließ sie noch ein wenig warten, dann erst kniete sie sich vor ihn hin und begann beruhigend auf ihn einzureden. Irgendwann wurde sein Zittern weniger.

Er hob den Kopf, warf Mike einen feindseligen Blick zu und ließ sich von seiner Schwester auf die Beine helfen. Kaum dass er stand, drückte er sich wieder mit dem Rücken an die Tür, zeigte auf Mike und wiederholte immer wieder: »Böser Mann … böser Mann …«

»Der Mann wollte nur, dass du dich nicht noch mehr verletzt«, erklärte Anja und forderte: »Zeig mir mal deinen Finger.«

Widerwillig streckte Gerald ihr seine Hand hin und Anja inspizierte mit fachlichem Blick die Wunde. »Der Schnitt ist nicht tief, ein kleines Pflaster genügt.«

»Aber Gerald will mit Totenkopf.« Nun war Geralds Tonlage wieder, als wäre nichts geschehen.

Anja schloss auf und versorgte seine Wunde mit einem der Pflaster, auf die für kleine Kinder bunte Motive gedruckt waren. »Wo hattest du die Rasierklinge eigentlich her?«

»Von Freund«, lautete seine knappe Antwort, und Anja spürte sofort, dass ihr Bruder sich gleich verschließen würde.

Mike, der sich in eine Ecke gestellt hatte und alles aus dem Hintergrund beobachtete, wollte gerade dazu ansetzen, etwas zu sagen, doch Anja hob abwehrend die Hand.

Scheinbar beiläufig fragte sie nun: »Von deinem Freund aus dem Wald? Wann hat er dir denn dieses tolle Geschenk gemacht?«

Für einen Augenblick sah es so aus, als wollte Gerald sich abwenden, doch er verharrte in der Bewegung und erklärte mit einem Gesichtsausdruck, der fast einem Lächeln gleichkam: »Ja, neuer Freund aus dem Wald, hat mir das nach der Arbeit geschenkt. Warum kommst du nie zu der Werkstatt?«

»Er war bei deiner Werkstatt?« Mit dieser Antwort hatte Anja nicht gerechnet. Wie weit würde dieser Irre noch gehen?

»Hat mit mir auf den Bus gewartet«, bestätigte Gerald stolz.

Anja beließ es dabei, machte ihrem Bruder zwei Brote und setzte ihn vor den Fernseher, um in Ruhe mit Köstner reden zu können.

»Wissen Sie jetzt, was ich meine?«, begann sie das Gespräch, worauf Köstner nickte.

»Glauben Sie, Ihr Bruder kann den Mann beschreiben?«

»Sicher könnte er das, die Frage ist nur, ob er das auch tun wird. Wie Sie gerade erlebt haben, sind Autisten völlig anders. Sie denken und fühlen in komplett anderen Strukturen als wir. Ich habe natürlich schon versucht, mit Gerald über diesen Mann zu sprechen, aber er sieht ihn als Freund und würde ihn niemals verraten.«

»Verstehe«, erwiderte Mike. »Können Sie mir bitte aufschreiben, mit welchem Fahrdienst er gebracht wird? Vielleicht hat der Fahrer etwas gesehen. Außerdem würde ich mich gerne ein wenig im Haus umsehen, ist das o. k. für Sie?«

Anja bestätigte beides und erklärte Mike, welche Zimmer wo waren, dann verließ er die Küche und inspizierte Raum für Raum.

»Vielen Dank für die Auskunft. Bitte sagen Sie ihr, dass wir sie morgen besuchen kommen«, beendete Anja gerade das Gespräch mit dem behandelnden Arzt ihrer Mutter, als Mike seinen Rundgang beendete und zurück in die Küche kam.

»Wie geht es Ihrer Mutter?«, erkundigte sich Mike, der aus Anjas Erzählungen von dem Unfall wusste.

»Besser, aber ein paar Tage muss sie noch zur Beobachtung bleiben. Haben Sie etwas im Haus gefunden?«

»Nichts Auffälliges. Ich werde mich dann draußen noch etwas umsehen und anschließend einige Erkundigungen einholen.« Er wollte die Küche schon wieder verlassen, als er sich noch einmal umdrehte. »Ich kann Sie doch alleine lassen, oder?«

Anja schien erst über die Frage nachdenken zu müssen, sagte aber: »Na klar. Erstens kommt später mein Freund und zweitens kann ich es mir wohl kaum leisten, Sie für eine 24-Stunden-Überwachung einzustellen.«

Ohne darauf einzugehen, lächelte Mike ein wenig. »Ich sage Ihnen Bescheid, bevor ich fahre«, beruhigte er sie und verschwand.

Mike verließ das Haus und wurde unvermittelt von einer nasskalten Windböe getroffen. Er zog den Reißverschluss seiner Jacke bis ganz nach oben, sah sich um und beschloss, zunächst einmal um das Haus zu gehen. Immer den Boden und die angrenzenden Sträucher im Blick, folgte er dem schmalen Weg zur Rückseite des Hauses. Nichts deutete darauf hin, dass sich hier irgendjemand herumgetrieben hatte. Den weichen Boden links und rechts der Pflastersteine hatte mit Sicherheit schon lange niemand betreten, denn wie er selbst getestet hatte, wurde dort jeder Fußabdruck dauerhaft konserviert. Die Steinplatten führten ihn bis zu einer dichten Hecke, in der man einen schmalen Durchlass zum Garten frei gelassen hatte. Mike trat hindurch und fand sich in einem sehr gepflegten Garten wieder, der jetzt im Herbst allerdings trist und grau aussah. Auf der Terrasse angekommen, suchte er nach den kleinen Ästen, die angeblich als Wort gelegt worden waren, fand aber nur einige von Anja Langes Zigarettenkippen. Auch dort deutete absolut nichts auf diesen Irren hin, der ihr angeblich nachstellte. Eine Bewegung hinter der Glasscheibe holte Mike aus seinen

Untersuchungen und seine Augen brauchten eine Weile, um zu erkennen, dass es Geralds winkender Arm war. Froh darüber, dass sich der Junge offenbar wieder beruhigt hatte, drückte sich Mike aus der Hocke in den Stand und winkte zurück. Als Gerald erkannte, um wen es sich draußen handelte, verfinsterte sich seine Miene, und aus dem Winken wurde eine drohende Geste.

Wen hatte der Junge erwartet zu sehen, ging es Mike durch den Kopf, und er beschloss, ihn trotz der Bedenken seiner Schwester danach zu fragen.

Einen weiten Bogen laufend, wobei er sich immer an der Grenze zu dem benachbarten Wald hielt, kehrte Mike zurück bis vor die Haustür. Es gab absolut keinen Anhaltspunkt für die Anwesenheit eines Stalkers, ganz im Gegenteil, alles wirkte irgendwie fast schon zu unberührt.

Bis zu einem gewissen Grad verstand Mike die beiden Streifenpolizisten, von denen Tom Jänke erzählt hatte, dass sie Anja Lange für eine Wichtigtuerin hielten. Allerdings hatte er es sich im Laufe seiner Dienstjahre angewöhnt, auf sein Bauchgefühl zu achten, und das wiederum signalisierte ihm eine latente Gefahr. Nachdem er geklingelt hatte, berichtete er Anja Lange, dass er nichts gefunden habe, dass es aber nichts heißen müsse und er nun einige Erkundungen einholen wolle.

Anja versprach, Köstner auch bei scheinbaren Kleinigkeiten anzurufen, und sah ihm hinterher, bis Mike im Auto saß. Anschließend schloss sie die Haustür, verriegelte diese mit zwei Umdrehungen des Schlüssels und tippte die Nachricht an ihre Freundin Ute weiter, die nach ihrem Bereitschaftsdienst in der Klinik vorbeikommen wollte. Die Nachricht war gerade versendet, als auch von Florian eine Nachricht ankam, in der er ihr zusagte, später ebenfalls herzukommen. Eigentlich hätte Anja gerne alleine mit ihrer Freundin geredet, aber andererseits freute sie sich auch, Florian zu sehen. Es dauerte ein bisschen, dann schaffte es die Vorfreude auf den Abend, langsam ihre Sorgen etwas zu verdrängen. Sie unterhielt sich ein wenig mit ihrem Bruder und gemeinsam beschlossen sie, einen kurzen Spaziergang zu dem kleinen Tante-Emma-Laden, den es in der Nähe gab, zu unternehmen. Für sie alle zu kochen würde sie bestimmt auf andere Gedanken bringen.

– 22 –

Mike warf noch einen Blick in den Rückspiegel seines alten Opel Astra, in dem das alte Haus der Familie Lange immer kleiner wurde, dann beschrieb die schmale Straße eine leichte Kurve und er richtete seinen Blick nach vorne. Für einen Stalker, oder auch einen Einbrecher, hatte das Anwesen tatsächlich eine einladende Lage. Es gab nur eine Zufahrt, die man leicht überwachen konnte, die nächsten Nachbarn wohnten einige Hundert Meter entfernt und dazwischen befand sich ein Streifen Wald mit ziemlich dichtem Unterholz. Eigentlich war es ihm unbegreiflich, warum niemand auf die Idee gekommen war, wenigstens eine Alarmanlage einbauen zu lassen. Allerdings wirkte die Einrichtung nicht gerade so, als hätte Anja Langes Mutter auch nur einen Euro übrig, und halbwegs vernünftige Alarmanlagen kosteten richtig viel Geld.

Mike erreichte gerade die ersten Häuser, als das kleine Navi, das er sich gegönnt hatte, nachdem er der Mordkommission den Rücken gekehrt hatte, wild zu piepsen begann. Im Grunde war es wie mit Alarmanlagen – wenn man nicht tief genug in die Tasche griff, bekam man nur Schrott.

Er hielt den Wagen an, startete das Gerät neu und zog, während es nach Satelliten suchte, den Zettel mit der Adresse dieses Behindertenfahrdienstes heraus. Eigentlich hatte er dort nur anrufen wollen, aber seine Erfahrung sagte ihm, dass es besser war, persönlich mit den Fahrern zu sprechen. Mit einer kleinen Taste wählte er mühsam Buchstabe für Buchstabe, bis das Navi ihm endlich die richtige Adresse vorschlug. Darauf hoffend, diese Prozedur nicht wiederholen zu müssen, startete er den Opel und fuhr los.

Das kleine Büro der Firma befand sich nur wenige Kilometer entfernt an Erlangens Stadtrand. Schon wenige Minuten später verkündete die blecherne Frauenstimme: »Sie haben Ihr Ziel erreicht.«

Das kleine umzäunte Gelände bestätigte den allgemeinen Ruf der Branche. Neben drei funktionsfähig aussehenden Kleinbussen, die schon bessere Tage gesehen hatten, standen auch zwei Fahrzeuge, die offenbar zum Ausschlachten gedacht waren. Als Büro diente ein alter Baustellencontainer, hinter dessen einzigem Fenster eine trübe Lampe leuchtete.

Mike klopfte an, wartete aber nicht auf eine Antwort, sondern öffnete gleich die Tür. Neben einem schmalen Regal mit abgegriffenen Ordnern beinhaltete der Container nur noch einen Tisch mit zwei Stühlen sowie einen alten Schreibtisch, vor dem ein kleiner, fast schon zierlicher Mann in fleckigen Klamotten saß. »Was kann ich für Sie tun?«, fragte er, ohne den Blick von seinem Monitor zu nehmen.

Mike antwortete zunächst nicht, da er damit erreichen wollte, dass ihn der Mann ansah. Nachdem einige Sekunden vergangen waren, ging sein Plan auf, und der Mann hob seinen Blick. »Guten Tag«, grüßte er jetzt erst, als wäre nichts gewesen. Dann reichte er ihm die Hand und stellte sich nun mit Namen vor.

Der Mann erwiderte seinen Gruß. »Was kann ich für Sie tun, Herr Köstner?«

»Ich würde gerne mit dem Fahrer sprechen, der die Tour nach Dechsendorf fährt.«

Die Mimik des Mannes verfinsterte sich ein wenig. »Warum? Hat er Mist gebaut oder gibt es Grund für andere Beschwerden?«

»Nein, nein«, antwortete Mike mit einer beruhigenden Geste. »Ich bin Privatdetektiv und untersuche die Belästigung eines Ihrer Fahrgäste. Ein Mann hat ihn heute nach seiner Arbeit in der Behindertenwerkstatt angesprochen und vielleicht hat Ihr Fahrer diesen Mann gesehen.«

Der Chef des Fahrdienstes schien beruhigt und kooperationsbereit zu sein. Er klickte ein Symbol auf seinem Monitor an, blätterte ein wenig in einer Excel-Tabelle. »Ah, ja, hier ist es. In dieser Woche fährt diese Tour Paul, da Stefan ausgefallen ist.«

»Und wo finde ich diesen Paul?«, hakte Mike nach, worauf der Mann erst auf seine Armbanduhr, dann aus dem Fenster blickte und zufrieden mit dem Finger hinauszeigte. »Pünktlich, so muss das sein. Er ist gerade auf den Hof gefahren.«

»Ist es o. k., wenn ich ihm ein paar Fragen stelle?«, fragte Mike.

Der Mann nickte, schränkte allerdings ein: »Aber nichts über unsere Fahrgäste. Auch wir unterliegen einer gewissen Pflicht zur Vertraulichkeit, schließlich sind unsere Fahrgäste in aller Regel nicht gesund.«

»Geht klar«, bestätigte Mike und verließ den Container.

Der Fahrer hatte gerade seinen Bus abgestellt. Vom Alter her vermutete Mike, dass es ein Student sein könnte, der sich etwas dazuverdienen wollte.

Als er näher kam, widersprach der dümmliche Gesichtsausdruck des Mannes seiner Theorie, und seine ersten Worte bestätigten dies. Etwas nuschelnd fragte der Fahrer angriffslustig: »Hey, Mann, was machen Sie auf unserem Gelände?«

Ohne darauf einzugehen, marschierte Mike weiter mit festem Schritt auf ihn zu. »Sie sind Paul, oder?«

»Sind Sie ein Bulle?«, lautete die misstrauische Antwort.

Mike reizte es zwar, den Ex-Polizisten heraushängen zu lassen. Doch er ließ es sein, da das nur dazu geführt hätte, dass der Typ sich verschloss. In beruhigendem Tonfall log er stattdessen: »Um Gottes willen, nein. Ich bin der Onkel von Gerald Lange und bräuchte Ihre Hilfe. Mein Neffe wurde heute, kurz bevor Sie ihn heimbrachten, von einem Mann angesprochen, der ihm einen Job nach seiner Lehre anbot. Aber Sie wissen ja, wie das mit Autisten ist, Gerald hat sich natürlich den Namen nicht merken können. Daher wollte ich Sie fragen, ob Sie den Mann vielleicht gesehen haben und ihn beschreiben können?«

Der Fahrer sah ihn weiterhin dümmlich an, schien aber tatsächlich nachzudenken. Dann kratzte er sich am Hinterkopf und schüttelte den Kopf. »Das kann nicht sein. Ich war heute Mittag zu früh dran und wartete bereits vor der Werkstatt, als deren Schlussglocke läutete.«

»Sind Sie sicher?«, fragte Mike nach.

»Ganz sicher. Da war niemand, außer den drei Spastis …«, nun biss sich der Typ auf die Lippe und korrigierte seinen Satz, »Entschuldigung … außer meinen drei Fahrgästen.«

Mike sah ihn ohne jede Regung an. »Das ist schade, da haben wir uns vermutlich zu früh gefreut. Aber danke.« Er drehte sich erst ein Stück weg, dann wieder zurück. »Ist Ihnen dieser Tage sonst etwas aufgefallen? Vielleicht, als Sie Gerald abholten?«

Wieder verneinte der Fahrer und Mike spürte, dass dieser langsam misstrauisch wurde. Er bedankte sich noch einmal, ging zu seinem Auto, ließ den Motor aber noch aus und dachte bei einer Zigarette über das Gehörte nach. So langsam verstand er, warum die Polizei den Fall nicht sonderlich ernst nahm, denn es gab absolut nichts Greifbares. War es vielleicht doch möglich, dass sich Anja Lange und ihr Bruder das alles nur einbildeten oder gar ein Spiel trieben? Aber warum? Dadurch, dass sie ihn engagiert hatte, würden ihr jetzt auch noch Kosten entstehen, und einen Grund, warum jemand so etwas inszenieren sollte, fiel ihm beim besten Willen nicht ein.

Mike beschloss, die Sache weiterhin so zu behandeln, als würde alles stimmen. Er schnippte die Kippe aus der noch offenen Tür, startete den Wagen und fuhr in Richtung Erlangens Innenstadt. Wenn Anja Langes Schilderungen stimmten, bestand die Möglichkeit, dass Dr. Gruber sich an den Mann, der ihm vor dieser Obduktion die Akten gebracht hatte, erinnern konnte. Mike hatte während seiner Dienstzeit oft genug mit dem Gerichtsmediziner zu tun gehabt, sodass es kein Problem sein dürfte, ein paar Informationen zu bekommen.

– 23 –

Mit einem herzlichen »Hallo, Herr Köstner« empfing ihn Dr. Gruber für seine Verhältnisse schon fast überschwänglich und drückte ihm die Hand. »Wenn Sie zu mir wollten, haben Sie Glück. Ich wollte den Laden gerade abschließen.«

Mike begrüßte Dr. Gruber ebenfalls und kam nach den üblichen Höflichkeiten zum Grund seines Besuches. »Wie Sie vielleicht wissen, arbeite ich jetzt als Detektiv.«

»Ja, es war unmöglich, nicht mitzubekommen, dass Sie Ihren Dienst quittiert haben. Der Flurfunk funktioniert besser als jeder Newsletter«, bestätigte der Doktor und fragte ansatzlos: »Was kann ich für Sie tun? Ich nehme nicht an, dass Sie nur wegen meines guten Kaffees gekommen sind.«

Mike konnte sich ein Lächeln nicht verkneifen, er mochte Dr. Grubers kauzige Art. »Sie haben natürlich recht, ich bin sozusagen dienstlich hier … aber zu einem Kaffee aus des Meisters Händen würde ich tatsächlich nicht Nein sagen.«

Zehn Minuten später saßen sie in dem kleinen Aufenthaltsraum der Gerichtsmedizin, genossen erst einige Schlucke der kubanischen Spezialmischung, dann fragte Dr. Gruber: »Also, was kann ich für Sie tun?«

Mike schilderte den Grund seines Besuches. »Mich interessiert besonders dieser Typ, der Ihnen die Studentenakten gebracht hat. Anja Lange erzählte mir, dass Sie ihn ganz gut beschreiben können. Er ist mein einziger Anhaltspunkt in diesem Fall.«

Dr. Gruber wiegte seinen Kopf leicht hin und her. »Na ja, die Sache ist ja schon einige Tage her, für ein authentisches Phantombild würde meine Erinnerung nicht mehr reichen.«

»Und wenn Sie ihn sehen würden?«

Dr. Gruber deutete ein Nicken an. »Dann würde ich ihn erkennen.«

»Würden Sie mir trotzdem erzählen, an was Sie sich noch erinnern? Ich meine Größe, Statur, Merkmale … mit irgendetwas muss ich anfangen«, bat Mike.

»O. k., mal sehen …« Dr. Gruber schloss die Augen. »Der Körper wirkte recht drahtig, die Kleidung war eher billig, wenn ich mich recht erinnere, war es sogar nur so ein Jogginganzug. Die Haare … kurz waren sie, aber die Farbe und den Schnitt weiß ich nicht mehr. Und an das Gesicht kann ich mich leider kaum noch erinnern … obwohl, ich meine, die Nase war relativ groß.« Der Doktor hielt die Augen noch eine Weile geschlossen, dann schüttelte er den Kopf. »Mehr ist da leider nicht mehr.«

»Und wie hat er gesprochen? Sie haben ihn doch sicher angesprochen, als er sich die Leiche ansah.«

»Stimmt«, antwortete Dr. Gruber und sein Gesicht entspannte sich ein wenig, »jetzt, wo Sie es sagen – er hatte einen leichten Akzent. Vielleicht ein bisschen osteuropäisch, aber sicher bin ich mir nicht.«

Dieses Mal war es Mike, der die Augen schloss und versuchte, sich einen Mann nach dieser Beschreibung vorzustellen. Und plötzlich hatte er eine Idee.

»Wie kommen Sie nach Hause?«

Die Frage überraschte den Doktor, dennoch antwortete er: »Mit dem Bus, warum?«

»Ich habe da so eine Idee. Würden Sie mir noch eine halbe Stunde Ihrer Zeit schenken und sich von mir mit einem kleinen Umweg nach Hause fahren lassen?«

Dr. Gruber dachte darüber nach und stimmte schließlich zu. Er verschloss sein Büro und zog sich eine altmodisch wirkende Jacke über. Kurz darauf fuhren sie gemeinsam in Richtung des Industriegebietes am Kanal.

Mike wusste, dass der späte Nachmittag nicht der optimale Zeitpunkt war, dennoch war es einen Versuch wert. Er hatte am Anfang seiner Karriere des Öfteren in diesem Milieu zu tun gehabt, da den Männern dort alles recht war, um sich etwas Geld zu verdienen.

Ein kurzer Seitenblick zu Dr. Gruber zeigte ihm, dass dieser sich zunehmend unwohler fühlte. Durch den leichten Nieselregen spiegelten sich die Straßenlaternen auf dem Asphalt und bildeten dadurch einen noch größeren Kontrast zu den dunklen Ecken des großen Parkplatzes, auf dem nur noch wenige Autos der Fabrikarbeiter standen. Seit Mike das letzte Mal hier am Hafen gewesen war, hatten sich noch weitere Firmen am Ufer des Europakanals angesiedelt, doch das Gelände um den Parkplatz hatte sich kaum verändert.

Mike drosselte die Geschwindigkeit und fuhr bis zum hinteren Ende des von Bahngleisen begrenzten Geländes. Dort blieb er stehen und sah sich suchend um, bis er schließlich feststellte: »Sie sind immer noch da.«

»Wer ist noch da?«, fragte Dr. Gruber.

»Moment noch«, antwortete Mike, fuhr bis zu der am weitesten von der Straße entfernten Ecke und stellte den Motor ab. Etwas durch Büsche versteckt, zwischen Parkplatz und Bahngleisen, stand ein improvisierter Unterstand, unter dem einige Männer um ein Blechfass saßen und hin und wieder eine

Flasche herumgehen ließen. Natürlich hatten sie das Auto kommen hören, kümmerten sich aber nicht weiter darum.

»Was sind das für Leute?«, fragte Dr. Gruber, dem man deutlich ansah, wie unwohl er sich hier fühlte.

Mike riss seinen Blick von den Männern los. »Tagelöhner, meist aus Osteuropa. Ist der Mann, der bei Ihnen war, dabei?«

Dr. Gruber richtete sich etwas auf und starrte hinaus. »Nein, ich glaube nicht. Er war jünger als die da.«

»Sicher?«, fragte Mike enttäuscht, worauf der Doktor mit der flachen Hand die angelaufene Scheibe frei wischte, um besser sehen zu können.

Er schüttelte den Kopf und wollte sich gerade zurück in den Sitz sinken lassen, als fast gleichzeitig zwei Fäuste sowohl gegen seine als auch gegen Mikes Scheibe schlugen. Erschrocken wich Dr. Gruber ein Stück zurück und konnte einen kurzen Schrei nicht unterdrücken.

Mike, der ebenfalls zusammengezuckt war, stieß einen Fluch aus, der allerdings mehr ihm selbst galt als den beiden Männern, die jetzt neben seinem Auto standen. Früher wäre ihm das nicht passiert. Wie konnte er nur das Umfeld so vernachlässigen?

Mit einer fließenden Bewegung betätigte er erst die Zentralverriegelung, dann den elektrischen Fensterheber, um die Scheibe ein Stück herunterzufahren. Nachdem er sich wieder etwas gefasst hatte, fragte er aggressiv durch den Spalt: »Was soll das, seid ihr bescheuert?«

Vor seiner Tür stand ein junger Mann, der seine Strickmütze tief ins Gesicht gezogen hatte und nun näher ans Fenster kam. Nachdem er erst Mike, dann Dr. Gruber gemustert hatte, sagte er von oben herab, aber in erstaunlich reinem Deutsch: »Hört mal zu, ihr zwei Turteltauben. Es ist besser, ihr sucht euch einen anderen Platz, um euch zu vergnügen. Meine Freunde und ich haben keinen Bock auf eine Männer-Peepshow.« Es folgte ein weiterer Schlag mit beiden Händen auf das Dach des Autos und die Drohung: »Also, worauf wartest du alter Sack? Starte deine Rostlaube und verschwinde, oder soll ich das machen?«

Noch während sich die beiden Typen über den Spruch amüsierten, raunte Dr. Gruber unverständlich: »Das is... e...«

Mike wollte ihn schon mit einer Handbewegung zum Schweigen bringen, hielt aber inne und blickte ihn an »Was haben Sie gerade gesagt?«

Der Gerichtsmediziner deutete verstohlen zu dem Mann vor Mikes Fenster: »Das ist er. Das ist der Typ mit den Akten.«

Mike überlegte kurz, ließ den Motor an, öffnete aber im selben Augenblick seine Türverriegelung. Zu dem Mann vor dem Fenster rief er durch den Spalt: »Alles klar, wir verschwinden«, doch statt anzufahren, zog er den Türhebel und gab der Tür einen kräftigen Tritt. Da der Mann sich schon etwas weggedreht hatte, blieb ihm nur noch ein Arm, um sich zu schützen, er konnte damit aber nur das Schlimmste verhindern. Mike hatte alle Kraft in den Tritt gelegt. Das Blech traf den Mann am Beckenknochen und brachte ihn ins Straucheln. Mike sprang aus dem Auto, packte ihn mit geübtem Griff und zwang ihn damit endgültig auf den nassen Boden. Da er wusste, dass sich diese Typen nicht gegenseitig im Stich lassen würden, zog er seinen alten, abgelaufenen Polizeiausweis aus der Tasche, hielt diesen in die Richtung, aus der bereits der zweite Mann angestürmt kam, und brüllte: »Polizei, bleiben Sie stehen!«

Die jahrelange Übung machte sich bezahlt. Offenbar lag in seinen Worten genug Autorität, um zu beeindrucken. Der Mann wurde langsamer, blieb dann mit genügend Abstand stehen und hob leicht die Hände. Nach einem misstrauischen Blick zu Mikes Ausweis stammelte er: »Ist ja gut, Mann. Wir haben doch nichts gemacht.«

»Und warum dann so nervös? Vielleicht sollten wir eine kleine Razzia aus dieser einfachen Überprüfung machen?«

Nun wurde der Mann, der unter ihm lag, aktiv. Er drehte leicht den Kopf und schielte zu Mike herauf. »Was ist los? Was wollen Sie?«

»Was ich will, ist nicht wichtig. Viel wichtiger ist, was du von Anja Lange willst.« Nachdem einige Sekunden vergangen waren, ohne dass der Mann ihm antwortete, verstärkte Mike seinen Griff und den Druck seines Knies, das nur knapp neben der Wirbelsäule in den Rücken des Mannes drückte. Zeitgleich fragte er erneut: »Also, ich höre. Was wollen Sie von Frau Lange?«

Der Mann stöhnte auf, worauf sein Kumpel einen Schritt näher kam.

Mike hielt den Druck aufrecht. »Sie gehen jetzt besser zu Ihren Freunden hinüber und trinken einen Schluck Wodka, das hier ist ein Vieraugengespräch«, befahl er dem anderen.

Der Mann rührte sich nicht.

Mike steckte seinen Ausweis weg und holte stattdessen sein Handy aus der Tasche. »Also doch Razzia.«

Wieder hob der Mann seine Hände. »Schon gut, schon gut.« Damit wandte er sich um und ging hinüber zu dem Unterstand, wo ihn die anderen Tagelöhner bereits neugierig in Empfang nahmen.

»So und jetzt zu dir.« Mike ließ dem Mann unter ihm wieder etwas mehr Luft. »Ich frage dich jetzt ein letztes Mal: Was willst du von Frau Lange?«

Da der Mann mit einer Wange auf den Boden gedrückt wurde, fiel ihm das Sprechen schwer. Dennoch antwortete er gepresst: »Ich weiß nichts von einer Scheiß-Frau Lange, lassen Sie mich endlich los.«

»Und wie kommt es dann, dass mein Kollege Sie gerade als denjenigen identifiziert hat, der bei ihm in der Gerichtsmedizin war? Sie haben erst eine Tote angegafft und ihm dann Akten gegeben, die Sie eigentlich überhaupt nicht haben dürften.«

»Ach, von dieser Sache reden Sie«, stellte er, eigenartig beruhigt, fest.

»Ja, von dieser Sache und der Bedrohung einer jungen Frau«, bestätigte Mike ungeduldig.

Der Mann versuchte, sich zu bewegen, was Mikes Knie immer noch unmöglich machte. Da ihm nichts anderes übrig blieb, versuchte er, sich etwas zu entspannen. »Ich bedrohe keine jungen Frauen. Das mit den Fotos und den Akten, das war einfach nur ein Job. Ein Typ hat mich hier angesprochen und mir zweihundert Euro für einen kleinen Gefallen geboten, da konnte ich doch nicht Nein sagen. So viel verdiene ich als Packer die ganze Woche nicht.«

Mike spürte, dass der Mann die Wahrheit sagte. Ohne dessen Hände freizugeben, löste er das Knie von seinem Rücken und zog ihn anschließend hoch in den Stand. »Bleibst du hier, wenn ich dich jetzt loslasse?«

»Hab ich eine Wahl?«, knurrte der Mann.

Mike gab nun auch seine Hände frei und trat einen Schritt zurück, um aus der Schlagdistanz zu kommen, doch der junge Osteuropäer gab sich friedlich. Selbst als ihm einer seiner Bekannten etwas zurief, winkte er ab und antwortete, dass alles in Ordnung sei.

Mike bot ihm eine Zigarette an. »Kannst du den Mann beschreiben?«

Der junge Mann nahm einen tiefen Zug und atmete den Rauch während seiner Antwort aus. »Sein Gesicht habe ich eigentlich nie wirklich gesehen. Wir haben uns drei Mal getroffen, immer in dunklen Ecken, und er hatte jedes Mal seine Kapuze tief ins Gesicht gezogen. Außer einem dichten Vollbart habe ich eigentlich nichts von ihm erkannt. Es schien mir auch so, als legte er großen Wert darauf, dass ich ihn nicht beschreiben könnte.«

»Hat er das gesagt?«

»Nein, aber warum sollte man sich sonst so verhalten?«

Mike dachte kurz nach. »Aber die Statur kannst du doch bestimmt beschreiben.«

Der junge Mann trat einen Schritt zurück und musterte Mike von oben bis unten. »Ich würde sagen, er war ungefähr so groß wie Sie, aber schlanker, fast schon schlaksig.«

»O. k.« Mike war froh, wenigstens etwas zu haben, dann erinnerte er sich an einen Satz, den sein Gegenüber am Boden liegend gesagt hatte. »Du sagtest vorhin etwas von Fotos und Akten. Das mit den Akten ist mir klar, aber was für Fotos?«

Der junge Osteuropäer trat seine Kippe aus und antwortete ohne jedes Schuldbewusstsein: »Na, ich sollte, wenn es mir möglich sein sollte, erst Fotos von der Toten machen, dann diesem seltsamen Professor die Akten übergeben und anschließend jeden fotografieren, der das Institut betrat.«

»Die Studenten?«, hakte Mike nach.

»Ja. Ich sollte mir die Akten ansehen und dann von jedem ein aktuelles Foto machen. Das habe ich getan. Danach haben wir uns noch ein einziges Mal getroffen, ich bekam den zweiten Hunderter und der Job war erledigt.«

Da Mike im Augenblick keine weiteren Fragen hatte, bedankte er sich und wollte schon in sein Auto steigen, als ihm doch noch etwas einfiel. Er drehte sich noch einmal um und rief dem Mann, der schon auf dem Weg zu seinen Kumpels war, hinterher: »Haben Sie die Hunderter noch? Ich würde Ihnen natürlich andere dafür geben.«

Der Mann drehte sich ebenfalls um, antwortete aber: »Leider nein, meine Freunde hier haben ziemlich viel Durst.«

»Das war wohl nichts, oder?«, begrüßte ihn Dr. Gruber, der alles durch das noch geöffnete Fenster mitbekommen hatte.

Mike ließ den Motor an und fuhr zurück zur Straße. »Aber wenigstens weiß ich jetzt, dass es tatsächlich jemanden gibt, der sich für diese Studentin interessiert. Die Beweislage ist nämlich äußerst dünn.«

Der Doktor, der dieser Art von Ermittlungsarbeit nichts abgewinnen konnte, nannte Mike seine Adresse und lotste ihn anschließend durch ein Gewirr von Einbahnstraßen. Kurz darauf verabschiedeten sie sich und Mike beschloss, für heute Schluss zu machen. Da er später noch mit Jänke und Anja Lange telefonieren wollte, wendete er den Wagen und folgte den Wegweisern in Richtung Nürnberg.

– 24 –

Nach dem kurzen Ausflug zu dem Tante-Emma-Laden schloss Anja erleichtert die Tür hinter sich, ärgerte sich aber über sich selbst. War es das, was dieser Typ erreichen wollte? Von ihrer früheren Unbefangenheit war so gut wie nichts mehr übrig. Wie oft war sie nach Discobesuchen nachts um 3 Uhr alleine nach Hause gelaufen, immer mit einem gewissen Gottvertrauen, dass ihr nichts passieren würde. Jetzt sah sie hinter jedem Baum einen Schatten, hinter jeder Hecke eine Bedrohung, und selbst in dem kleinen Laden musste sie sich ständig umblicken.

Als sie dann auch noch ein alter Mann versehentlich anrempelte, lagen ihr ein paar wirklich böse Worte auf den Lippen, und sie kontrollierte eilig ihre Taschen, um nicht wieder als Diebin dazustehen.

»Gerald geht in Zimmer.« Wie immer nach solchen Ausflügen sah ihr Bruder geschafft aus, was vermutlich mehr an den tausend Eindrücken lag, die sein Hirn verarbeiten musste, als an der körperlichen Anstrengung.

Anja lächelte ihn an. »Ist gut. Wir bekommen nachher Besuch und essen daher etwas später.«

Geralds Gesicht blieb zwar ausdruckslos, trotzdem klang seine Stimme fast fröhlich. »Gerald mag Essen und Besuch.«

Als ihr Bruder nach oben gegangen war, überlegte Anja kurz, ob sie das Haus kontrollieren sollte, doch irgendwie wirkte es heute friedlich und sie verzichtete darauf. Stattdessen trug sie die Einkaufstasche in die Küche, wusch sich die Hände und begann, das Abendessen vorzubereiten. Das Einzige, was sie nicht unterdrücken konnte, war, immer wieder aus dem Fenster hinaus in den dämmrigen Garten zu blicken. Doch außer den dunklen Umrissen der Bäume und Sträucher war auch dort nichts Ungewöhnliches zu sehen.

Irgendwann riss sie das Telefon aus ihrer Arbeit und ihren Gedanken. Sie legte das Gemüsemesser weg, wischte sich die Hände an einem Küchentuch trocken und griff nach dem Gerät, das auf dem Küchentisch lag. Ohne lange darüber nachzudenken, hob sie ab und atmete erleichtert durch, als sie die Stimme ihrer Mutter hörte. Da sie beschlossen hatte, ihr vorerst nichts von den Vorfällen zu erzählen, begrenzte sich das Gespräch auf ihren Bruder, ihre Schwester und das gebrochene Bein. Nach einer Viertelstunde blickte Anja auf die Wanduhr, versprach ihrer Mutter, sie am nächsten Tag zusammen mit Gerald zu besuchen, und beendete das Gespräch. Anschließend schob sie die Auflaufform in den Ofen und deckte den Tisch. Als auch das erledigt war, kam ihr Gerald in den Sinn. Normalerweise war immer wieder einmal etwas von ihm zu hören, da er zwischendurch Laute von sich gab, die er nicht unterdrücken konnte. Jetzt aber herrschte oben im Haus völlige Stille.

Anja stellte den Kurzzeitwecker, warf noch einen prüfenden Blick zum Herd und stieg dann die Treppe hinauf. Auch hier herrschte fast gespenstische Stille, einzig das Rauschen des Umluftherdes drang aus der Küche, wurde aber immer leiser, je weiter sie die Treppen hinaufstieg.

»Gerald?« Ihr Ruf war zögerlich, aber trotzdem gut zu verstehen. Nichts rührte sich. Oben angekommen, wandte sie sich nach rechts, wo sich am Ende eines kurzen Flurs Geralds

Zimmer befand. Alles in ihr rebellierte, als sie leise und vorsichtig die geschlossene Tür öffnete. Obwohl ihr Bruder Dunkelheit nicht mochte und auch nur mit einer brennenden Lampe am Bett schlief, drang jetzt kein einziger Lichtschein aus dem Zimmer. Anja öffnete die Tür noch etwas weiter und brauchte einen kurzen Augenblick, um zu begreifen, was noch nicht stimmte: Ein kalter Luftstrom hatte eingesetzt und sorgte zusätzlich dafür, dass sich die feinen Härchen in ihrem Nacken aufstellten. Wieder rief sie: »Gerald?«, und dieses Mal zeigte ein leises Poltern, dass er in dem Raum war. Mit einem Mal durchfuhr sie ein Schreck, denn die Kälte konnte nur bedeuten, dass ein Fenster offen stand. Was, wenn ihr Bruder hinaus aufs Dach geklettert war?

Jede Vorsicht ignorierend, drückte sie die Tür ganz auf und betätigte fast gleichzeitig den Lichtschalter. Gerald stand tatsächlich aufrecht auf seinem Schreibtisch, wobei fast der gesamte Oberkörper nach draußen durch das Dachfenster ragte. Anjas erster Reflex war, ihn anzuschreien, dann besann sie sich. Sie durfte alles, nur nicht ihn erschrecken. Langsam durchquerte sie den Raum, griff seine Jeans und sprach ihn erst an, als sie ihn halbwegs sicher hatte.

Von unten durch das Fenster blickend, fragte sie so ruhig wie möglich: »Was machst du denn da oben?«

Gerald zuckte ein wenig zusammen und sah zu ihr herunter. »Gerald wollte sich unterhalten«, antwortete er, als sei nichts geschehen.

Mit einem Schlag war all die Angst wieder da und schnürte Anja die Luft ab. Trotzdem schaffte sie es, gepresst zu fragen: »Ist er wieder da?«

Doch statt zu antworten, winkte Gerald kurz in Richtung Waldrand und kam dann zu ihr herunter.

»Also?«, sagte sie wütend. »Ist der Mann wieder da gewesen?«

Gerald sah sie mit starrer Mimik an, schüttelte dann aber den Kopf. »Hab nur gehofft, dass Freund da.«

Irgendwie traute Anja ihrem Bruder nicht, stieg selbst auf den Schreibtisch und starrte hinaus in die Dunkelheit, doch außer sich leicht im Wind wiegenden Bäumen war nichts zu erkennen.

Sie schloss das Fenster, redete ihrem Bruder ins Gewissen und wurde anschließend von dem Kurzzeitwecker in die Küche gerufen.

Kaum dass sie das Essen aus dem Ofen genommen hatte, läutete es auch schon an der Tür.

Anja hatte die Klinke bereits in der Hand, als sie sich besann und laut fragte: »Wer ist da?« Erleichtert vernahm sie erst Utes, dann Florians Stimme, öffnete die Tür und nahm einen nach dem anderen in den Arm. »Ihr kennt euch?«, wunderte sie sich, nachdem alle im Haus waren.

»Haben uns gerade kennengelernt«, antwortete Ute und zwinkerte ihr grinsend zu.

»Stimmt«, bestätigte Florian, »vom Sehen kannten wir uns ja schon, und da ich mir dachte, dass Ute auf dem Weg zu dir ist, habe ich sie im Bus angesprochen.«

»Prima«, freute sich Anja und bat Florian, noch eine Flasche Wein aus dem Keller zu holen. Während dieser ihrer Bitte nachkam, gingen die beiden Frauen in die Küche.

»Der ist ja süß – wie konntest du ihn mir so lange vorenthalten?«, raunte Ute ihr zu.

Da Anja ihre Freundin kannte, verstand sie den Satz nicht falsch und winkte ab. »Du glaubst nicht, was bei mir in den letzten Tagen los war. Aber das erzähle ich dir später. Jetzt freue ich mich erst einmal, dass ihr hier seid. Das Essen ist auch gleich fertig, wir müssen nur noch den Tisch decken.«

Bevor Ute Anstalten machte, ihr zu helfen, sah sie sich erst einmal um. »Hier hat sich ja überhaupt nichts verändert. Wann war ich das letzte Mal mit dir bei deiner Mutter?«

»Zwei Jahre ist das bestimmt her«, rief Anja aus der Küche, während sie Florian noch einmal, aber dieses Mal mit einem Kuss, begrüßte. »Kannst du den Tisch bitte für vier decken? Gerald ist auch hier«, bat sie ihre Freundin.

»Alles klar«, rief Ute vom Wohnzimmer aus zurück.

Nach dem Essen holte Florian noch eine weitere Flasche Rotwein aus dem Keller und sie quatschten über Erlangen, die Uni und ein paar ihrer gemeinsamen Bekannten dort. Gerald saß währenddessen auf dem Sofa und starrte statt auf den Fernseher zur Terrassentür hinaus. Gerade als Anjas Glas wieder gefüllt war, klingelte draußen im Flur das Telefon und ließ sie etwas zusammenzucken.

Da Ute der ernste Blickwechsel zwischen Anja und Florian nicht entgangen war, fragte sie: »Ist es so schlimm?« Von ihrem Telefonat mit Anja wusste sie zwar, dass diese von jemandem gestalkt wurde; welche Ausmaße es in der Zwischenzeit angenommen hatte, wusste sie allerdings nicht.

»Ist vielleicht nur die Klinik«, winkte Anja ab, spürte aber selbst, dass das nicht besonders überzeugend rüberkam. Dann stand sie auf, verließ den Raum und hob ab.

Als sie zehn Minuten später wieder den Raum betrat, fand sie die beiden anderen vertieft in ein Fachgespräch über ihr Studium.

Florian sah sie an, als suchte er in ihrem Gesichtsausdruck einen Anhaltspunkt, wer der Anrufer war, und Anja erklärte ungefragt: »Das war ein Privatdetektiv, den ich heute engagiert habe.«

»Dieser Köstner?«

Anja erzählte, was ihr vor wenigen Stunden in ihrer Wohnung passiert war.

»Und die Polizei nimmt das nicht ernst?« Nun war es Ute, die dies nicht glauben konnte.

Anja schüttelte den Kopf. »Nein, es gibt keine echten Beweise. Die haben mir sogar schon unterstellt, dass ich das alles erfinde.« Dann nahm sie einen großen Schluck aus ihrem Weinglas. »Aber eigentlich wollte ich heute Abend gar nichts davon hören. Es tut mir gut, euch hierzuhaben. Ich bringe jetzt noch schnell Gerald hinauf und dann musst du mir erzählen, wie es um René und dich steht.«

Ute funkelte sie böse an, stimmte dann aber zu.

Anja ging zum Sofa und wollte gerade zu Gerald sagen, dass er ins Bett müsse, als ihr auffiel, wohin dieser blickte. Sie spürte dieselbe Wut wie oben am offenen Fenster und ranzte ihn an: »Na, dein toller Freund kommt wohl nicht mehr?« Doch dann wurde ihr trotz des Weins wieder mulmig zumute und sie wandte sich an Florian. »Könntest du bitte einen Blick in den Garten werfen und dann das Rollo herunterlassen?«

Als Florian wenige Minuten später aus dem Garten zurückkam und verkündete, dass da draußen nichts sei außer Regen, Wind und Blättern, schaltete Anja beruhigt den Fernseher aus. »Komm, es ist Zeit.«, mahnte sie ihren Bruder.

Gerald erhob sich murrend, winkte dann aber Anjas Freunden zu und sagte fast schreiend: »Tschüüüsssss. Gerald schläft jetzt.«

Die beiden winkten zurück und Anja folgte ihm hinauf in den ersten Stock.

Da ihr Bruder heute ungewöhnlich kooperativ war, konnte Anja schon wenige Minuten später seine Tür schließen und nach unten gehen, wo es eigenartig still war. Sich nichts dabei denkend, betrat sie das Wohnzimmer und stockte. Florian und Ute saßen nun nebeneinander auf dem Sofa, wobei er seinen

Kopf sehr nahe an ihrem Hals hatte. Als die beiden Anjas Anwesenheit bemerkten, sah Florian zu ihr rüber. »Wir haben uns gerade über unsere Tattoos unterhalten, und das an Utes Hals ist wirklich klasse gestochen.«

Da Anja sich nicht die Stimmung vermiesen lassen wollte, fragte sie scherzhaft: »Ich hoffe, ihr habt euch nicht alle eure Kunstwerke gezeigt?«

Das Grinsen in Florians Gesicht wurde breiter. »Nein, DAS habe ich ihr nicht gezeigt.«

Ute rutschte ein Stück von ihm weg. »Von welchem redet ihr? Ihr wisst schon, dass ihr mir das jetzt nicht vorenthalten könnt.«

Anja schmunzelte und schüttelte dabei den Kopf. »Keine Chance, er behält seine Hose an.« Sie grinste. »Er hat einen kleinen, süßen Drachen an der Leiste.«

Utes einzige Reaktion war das Heben eines Augenlids, doch auch sie merkte, dass ihre Freundin langsam sauer wurde. Sie wartete, bis sich Anja ebenfalls gesetzt hatte, dann hielt sie ihr Weinglas hoch. »Auf uns!«

»Kannst du wirklich nicht bleiben?«, fragte Anja gähnend eine Stunde später, doch Ute schüttelte den Kopf. »Leider nicht. Ich brauche morgen einige Sachen aus meiner Wohnung und müsste elend früh hier weg, um rechtzeitig zum Dienst zu kommen.«

Anja warf einen Blick auf die kleine Pendeluhr in der Anbauwand. »Dann solltest du langsam los, der Bus fährt in 20 Minuten.« An Florian gewandt fragte sie: »Kannst du Ute bis vor zur Hauptstraße bringen? Ich möchte Gerald nicht alleine lassen, er ist heute irgendwie seltsam, und solange wir nicht wissen, ob da draußen jemand im Wald sitzt, sollte sie nicht alleine durch die Dunkelheit laufen.«

»Ach was, das geht schon«, tat Ute ihre Bedenken ab, doch Florian ließ sich nicht davon abbringen. Nachdem sich beide angezogen hatten, verabschiedete sich Ute.

Anja sah den beiden erst ein Stück hinterher, und als sie dann in der Dunkelheit verschwunden waren, warf sie noch einen Blick zu den Ecken des Hauses und verschloss anschließend die Tür. Obwohl Florian gleich wieder zurück sein würde, drehte sie den Schlüssel um und hakte die kurze Kette ein. Unschlüssig, was sie in der Zwischenzeit tun sollte, ging sie hinüber ins Wohnzimmer, trank noch einen Schluck Wein und räumte den Esstisch ab. Nachdem alles in der Spülmaschine verstaut war, warf sie einen Blick auf die Uhr. Eigentlich müsste Florian gleich zurück sein, denn der Bus war bereits vor fünf Minuten gefahren und war nachts in aller Regel pünktlich.

Anja wollte gerade noch die leeren Flaschen holen, als sie glaubte, hinter dem Küchenfenster einen Schatten gesehen zu haben. Florian hatte, als Gerald ins Bett sollte, nur die Rollos im Wohnzimmer heruntergelassen, hier in der Küche hatte man noch freien Blick in den Garten.

Anja blieb stehen und starrte hinaus. Sich dem Fenster zu nähern und jetzt selbst das Rollo zu schließen, traute sie sich nicht. Eine Minute verging, ohne dass sich in dem Bereich, der von der Küchenlampe erhellt wurde, etwas regte. Die kahlen, flachen Sträucher, die im Sommer so schön vor dem Fenster blühten, bewegten sich leicht im Wind, sonst herrschte absolute Stille. Anja beschloss, sich getäuscht zu haben, holte die leeren Flaschen und warf, als sie zurück in die Küche kam, einen weiteren Blick zum Fenster, dann begannen ihre Hände unkontrolliert zu zittern. Knapp über dem Fensterbrett war die Scheibe jetzt genauso beschlagen, als hätte sie jemand angehaucht, und in der Mitte dieser Fläche zeigte sich das Symbol eines Auges, das langsam wieder verblasste.

Mit Mühe gelang es Anja, die Flaschen ohne Schaden abzustellen, dann stieg eine weitere Welle Angst in ihr auf. Florian war noch da draußen.

Im gleichen Augenblick dieser Erkenntnis ertönte erst die Türklingel, dann folgte ein dreimaliges Klopfen. Rückwärts, ohne den Blick von der Scheibe zu nehmen, ging Anja aus der Küche in Richtung der Haustür. »Wer ist da? Florian, bist du es?«, rief sie mit zittriger Stimme. Alles in ihr betete darum, gleich seine Stimme zu hören, und als diese tatsächlich erklang, konnte sie die Tür nur noch unter Tränen öffnen. Sie zog ihn panisch in das Haus, warf die Tür wieder zu und klammerte sich weinend an seinen Hals, wo ihr der Geruch von Utes Parfüm entgegenschlug.

»Hey«, versuchte Florian, sie zu beruhigen, und strich ihr sanft über den Kopf, doch sie weinte nur noch mehr. Für einige Sekunden, wenn nicht Minuten war Anja unfähig, es zurückzuhalten, und erst als sie langsam etwas ruhiger wurde, fragte er leise: »Was ist denn passiert? Hat er wieder angerufen?«

Sie schüttelte leicht den Kopf und schluchzte. »Nein, er war vor dem Küchenfenster.« Unter neuen Tränen fragte sie: »Und warum riechst du so nach Ute?«

Außer mit der kurzen Erklärung »Sie hat mich zum Abschied auf die Wangen geküsst« ging er nicht weiter auf die Frage ein, löste sich von ihr und warf einen Blick in die Küche. Da hinter deren Fenster nichts zu erkennen war, wandte er sich mit fragendem Blick Anja zu, die erst ihre Tränen aus den Augen wischte und sich dann, fast schon entschuldigend, erklärte. »Er war da, ich bin mir sicher. Das Fenster war von außen genauso beschlagen, wie wenn jemand dagegen geatmet hätte, und genau dort hatte er ein Auge hineingemalt. Er wollte mir damit zeigen, dass er mich immer im Blick hat.« Florians zweifelnder Gesichtsausdruck machte sie jetzt fast aggressiv. »Ich habe Angst, verstehst du ... richtig Angst«, keifte sie.

Er machte eine beruhigende Geste und schlug betont einfühlsam vor: »O. k., ich glaube dir ja. Hast du eine Taschenlampe? Ich werde mir erst den Garten ansehen und dann das Fenster. Wenn dort jemand herumgeschmiert hat, taucht es wieder auf, wenn man erneut dagegen haucht.«

»Du willst da raus?« Aus ihrer Wut wurde erneut Angst.

Er nickte bestimmend und fragte wieder nach einer Lampe.

Anja ging wie gelähmt zu der Kommode neben der Haustür und holte die alte, aber starke Taschenlampe heraus.

Er nahm sie ihr aus der Hand, marschierte ins Wohnzimmer und öffnete erst das Rollo, dann die Terrassentür.

Entschlossen trat er hinaus, wo ihn sofort eine kalte Windböe erfasste, und Anja, die sich zuvor hinter seinem Rücken gehalten hatte, stand plötzlich alleine in dem Türrahmen. Während Florian bis zu der kleinen Sitzgruppe in der Mitte des Gartens ging und dabei den Schein der Lampe immer wieder über das angrenzende Unterholz gleiten ließ, zündete sie sich eine Zigarette an und sah ihm ängstlich dabei zu. Nachdem er jede Ecke einmal beleuchtet hatte, konzentrierte er sich mehr auf den Boden, der aber nur seine eigenen Fußabdrücke zeigte. Schritt für Schritt kam er erst auf die Terrasse zu, wandte sich aber, kurz bevor er diese erreicht hatte, in Richtung Küchenfenster. »Kannst du bitte in die Küche gehen und nachsehen, ob auf dem Fenster irgendetwas zu erkennen ist?«, rief er Anja zu.

Anja legte die Kippe in den Aschenbecher, der auf der Spüle stand, und ging nahe genug an das Fenster, um gut sehen zu können. Dort tauchte erst der Lichtkegel seiner Lampe, dann er selbst auf. Er schaltete die Taschenlampe aus und deutete auf eine Stelle der Scheibe. Anja schüttelte den Kopf und zeigte etwas nach rechts, wo er sofort begann dagegen zu atmen, doch außer ein paar Schlieren wurde nichts sichtbar. Florian wiederholte das Ganze noch einige Male, gab aber auf, nachdem er den gesamten unteren und damit erreichbaren Bereich je einmal mit seinem Atem eingefärbt hatte.

Zurück im Wohnzimmer sagte er mit einer Mischung aus Erleichterung, aber auch Misstrauen: »An der Scheibe war und ist nichts. Du musst dich getäuscht haben.«

Aus dem ersten Impuls heraus wollte ihm Anja widersprechen, ließ es aber bleiben und tat so, als würde sie es zugeben. »Wahrscheinlich hast du recht, vielleicht war es doch nur ein Lichtreflex der Küchenlampe.« Für sich selbst wusste sie allerdings, dass es dieses gemalte Auge gegeben hatte. Sie konnte es sich einfach nicht leisten, dass sie ihr eigener Freund jetzt auch noch für paranoid erklärte. »Kannst du bitte alles abschließen? Ich möchte noch schnell duschen, bevor wir ins Bett gehen … du bleibst doch, oder?«, bat sie ihn erschöpft.

Nun schaute Florian sie wieder an, wie er sie auch sonst ansah, und sie konnte ihm jetzt schon nicht mehr richtig böse sein. Er nahm sein noch halbvolles Weinglas und trank einen Schluck. »Vorhin dachte ich schon, du würdest mich heute noch nach Hause schicken, aber ich bleibe natürlich gerne. Geh ruhig duschen, das entspannt dich ein wenig. Ich mache hier unten alles dicht und komme dann hoch.«

Anja versuchte ein Lächeln, sagte »Danke« und verschwand nach oben.

Eine halbe Stunde später warf sie noch einen Blick in Geralds Zimmer und wartete danach in ihrem ehemaligen Kinderzimmer auf Florian, der ebenfalls noch kurz im Badezimmer war. Als er endlich neben ihr lag, drückte sie sich von hinten an seinen warmen Körper und war binnen weniger Sekunden mit einem Gefühl der Geborgenheit eingeschlafen.

– 25 –

Nachdem Florian und Gerald am nächsten Morgen das Haus verlassen hatten, wollte auch Anja das kleine Waldstück durchqueren, kehrte aber bereits nach wenigen Metern wieder um. Zunächst hatte sie versucht, sich zusammenzureißen, was gerade einmal bis zur Grundstücksgrenze funktionierte. Sie hatte noch keine fünf Schritte auf der Straße gemacht, als sie das Gefühl übermannte, keine Luft mehr zu bekommen. Das dämmrige Licht des Morgens schuf eine Kulisse der tausend Schatten. Aus allen Richtungen drangen die Geräusche des Waldes zu ihr und sorgten dafür, dass ihr bald kalter Schweiß über den Rücken lief. Nach weiteren fünf Schritten erfasste sie ein Zittern, das schnell zu einem Beben wurde und jeden einzelnen Nerv zu erfassen schien. Es folgte ein letzter Schritt, der Schrei eines Vogels und Anjas Gehirn schaltete auf Flucht. Sie drehte sich um, holte noch während des Rennens ihren Schlüssel aus der Hosentasche und schloss panisch die Tür auf. Als diese endlich nachgab, fiel sie fast in den behaglich warmen Flur, drückte die Tür von innen zu und lehnte sich schwer atmend dagegen.

Es dauerte lange, bis sich der beengende Krampf in ihrer Brust löste und sie wieder halbwegs frei atmen konnte. Für wenige Sekunden spürte sie so etwas wie Erleichterung, dann erfasste sie eine Erkenntnis, die sie weinend zu Boden zwang.

Anjas Rücken rutschte langsam an der kalten Tür nach unten, wo sie die Beine eng an sich zog und hemmungslos zu schreien begann. Wie konnte es nur so weit kommen? Wie schwach war sie, dass sie sich von einem Irren derart die Kontrolle entziehen ließ? Im Beisein anderer konnte sie diese alles lähmende Angst noch etwas eindämmen, ja, manchmal sogar für kurze Zeit ausblenden. Aber wie sollte das weitergehen, wenn sie sich die einfachsten Dinge nicht mehr alleine traute? Wie viele Hunderte Male war sie dieses beschissene Stück Straße schon gegangen? Als Kind war es ihr Schulweg gewesen, den sie täglich und zu jeder Tageszeit bewältigt hatte, egal, ob es dunkel oder hell war. Jetzt wollte sie nur bis zum ersten Haus hinter dem Wäldchen und schaffte es nicht.

Es war absurd, doch dadurch, dass sie ihren Gedanken nachhing, wurde Anja unbewusst ruhiger und schaffte es irgendwann, halbwegs gefasst aufzustehen. Mit zitternden Fingern nahm sie das Telefon in die Hand und teilte Frau Haagen mit, dass sie erst ein wenig später kommen könne. Anschließend setzte sie sich in die Küche, ließ die Rollos noch unten und rauchte einige Zigaretten. Erst als sich das stärker werdende Tageslicht durch die Ritzen verirrte, nahm sie erneut Geralds kleine Tasche, verließ das Haus und eilte, ohne nach links oder rechts zu blicken, bis zu Frau Haagens Haus.

Nach einer kurzen Unterhaltung, die sie der alten Dame schuldig war, bedankte sie sich und versprach, Gerald spätestens um 19 Uhr abzuholen. Danach verabschiedete sie sich und folgte der Straße weiter bis zur Bushaltestelle. Hier, zwischen den gepflegten Häusern, fühlte sie sich sicherer, wobei sie gleichzeitig spürte, dass sie es im Haus ihrer Mutter nicht mehr viel länger aushalten würde. Doch wenn sie den Arzt richtig verstanden hatte, konnte ihre Mutter die Klinik in Kürze verlassen. Dann würde sie endlich ihr altes Leben zurückbekommen.

Der erste Weg führte sie noch kurz in ihre eigene Wohnung. Die im Fahrstuhl aufkommende Panikattacke brachte sie zwar wieder an den Rand eines Anfalls, doch irgendwie schaffte sie es bis in ihre Wohnung, wo sie erst einmal zwei Baldriantabletten schluckte. Als sie feststellte, dass sich hier nichts verändert hatte, beruhigte sie sich langsam und konnte halbwegs gefasst ihre Wäsche, die noch vom Vortag in der Waschmaschine lag, herausnehmen. Danach packte sie einige Dinge für eine weitere Nacht im Haus ihrer Mutter, bestellte telefonisch Tortellini zum Mitnehmen bei ihrem Lieblingsitaliener und verließ die Wohnung wieder.

Da dies der erste trockene Tag seit Langem war, fuhr sie nur das erste Stück mit dem Bus und ging den Rest zu Fuß. Die frische Luft und ein paar Sonnenstrahlen beruhigten ihre Nerven und Anja hatte seit Langem wieder das Gefühl, durchatmen zu können. Selbst dass sie sich ständig umblicken musste, wurde auf halber Strecke besser, und als sie den italienischen Imbiss erreichte, fühlte sie sich beinahe wohl. Nach einem kurzen Tratsch mit dem Koch verschloss dieser die Aluschale, packte sie in eine Tüte und Anja setzte ihren Spaziergang fort.

Beim Betreten des Krankenhauses hatte sie das Gefühl, schon ewig nicht mehr hier gewesen zu sein. Alles erschien ihr irgendwie fremd und unwirklich. Schwestern, viele von ihnen kannte sie, liefen hektisch umher und hatten kaum Zeit für ein paar Worte. Leere Betten wurden durch die Gänge geschoben. Patienten humpelten, zum Teil mitsamt ihren Infusionsständern, zum Rauchen hinaus auf den Vorplatz, und trotz dieses Treibens herrschte eine bedrückende Stille, die ihr früher nie aufgefallen war. Fast schien es so, als hätte jeder bei der Einlieferung sein Lachen abgeben müssen. Für Anja fühlte sich das alles plötzlich unendlich fremd und bedrückend an. Mit einem Mal wurde ihr klar, dass dies hier vielleicht ihr zukünftiger Arbeitsplatz werden würde.

Wie sie es geplant hatte, war sie zunächst in die Abteilung gegangen, wo ihre Freundin zurzeit eingeteilt war. Anja wollte Ute nur Hallo sagen und vielleicht etwas für die nächsten Tage ausmachen, doch als sie diese nirgends finden konnte, fragte sie eine der Stationsschwestern.

»Pause? Sind Sie sicher?«, hakte sie mit einem kritischen Blick auf die Uhr nach, doch die Schwester wiederholte ihre Aussage.

Anja zuckte mit den Schultern, bedankte sich und folgte der Beschilderung, die zu dem kleinen Café der Klinik führte. Und tatsächlich, ganz im hintersten Eck saß Ute … und ihr gegenüber Florian. Anja widerstand dem ersten Impuls, sich einfach umzudrehen und zu verschwinden. Sie hasste es, wenn ungeklärte Dinge im Raum standen, auch wenn es manchmal schmerzhaft war, diese zu klären. Auf dem Weg durch die willkürlich aufgestellten Tische des Cafés wurden ihre Knie mit jedem Schritt weicher. Sollte es das sein, wonach es aussah, war dies das Letzte, was sie jetzt gebrauchen konnte.

Obwohl nur noch zwei Tische zwischen ihr und den beiden standen, hatten sie sie noch nicht entdeckt und erste Wortfetzen drangen an ihr Ohr. »… der hat wirklich Multiple Sklerose … habt ihr das gegeben …?«, hörte sie Ute fragen, dann hob Florian den Kopf und sah Anja.

Unbewusst suchte sie nach etwas in seinem Gesicht, das ihn verraten würde, aber da war nichts. Seine Gesichtszüge zeigten erst Überraschung, dann stand er mit einem Lächeln auf und nahm sie in den Arm. »Hi, schön, dass du da bist! Warum hast du nicht gesagt, dass du deine Mutter besuchen willst?« Er ließ sie wieder los und sah sie prüfend an. »Du willst doch deine Mutter besuchen, oder ist etwas passiert?«

Anja brauchte eine Sekunde für ihre Erleichterung. Offenbar hatten ihr ihre Nerven einen Streich gespielt … Die beiden hatten mit Sicherheit nichts miteinander. Um

164

abzulenken, begrüßte sie erst Ute mit einem Küsschen auf die Wange, dann antwortete sie, als wäre nichts gewesen: »Ja, ich war gerade auf dem Weg zu ihr, da habe ich euch hier gesehen.«

»Hast du einen Moment Zeit? Dann hole ich dir noch schnell einen Kaffee«, bot Florian an und zog ihr auch schon einen Stuhl vom Nachbartisch heran.

Anja nickte. »So viel Zeit habe ich. Danke dir.«

Wie sich herausstellte, hatten sich Ute und Florian zufällig getroffen und über einige Diagnosemethoden gesprochen. Wieder machte sich das ungute Gefühl in Anja breit, jemanden zu Unrecht verdächtigt zu haben. Sie brauchte dringend eine Auszeit.

Nach 20 Minuten war die Pause der beiden zu Ende, doch Anja begleitete Ute noch in ihre Abteilung, um kurz mit dem Chefarzt der Inneren zu reden. Schließlich hatte er sie für die Betreuung ihres Bruders freigestellt und sie war es ihm schuldig, dass er erfuhr, wie es weiterging. Nachdem sie einige Flure und Türen passiert hatten, wollte Anja an der dünnen Schnur ziehen, die die Tür automatisch öffnen würde, griff aber daneben. Aus dem Augenwinkel registrierte sie, wie Ute nicht damit gerechnet hatte und fast gegen die geschlossene Glastür lief. Anja konnte sich das Lachen nicht verkneifen, drehte sich zu dem Strick um und verstummte. Am anderen Ende des langen Ganges, den sie soeben durchschritten hatten, folgte ihnen ein Mann, dessen Gesicht ihr irgendwie bekannt vorkam. Eigentlich war es weniger das Gesicht, denn dieses war größtenteils von einem dichten Bart bedeckt, als die Augen. Irgendwann in den letzten Tagen hatte sie diesen stechenden Blick schon einmal gespürt.

Der Mann blieb ohne jedes Anzeichen, sich ertappt zu fühlen, vor einem der beiden Fahrstühle stehen, drückte seelenruhig auf den Knopf und wartete geduldig, bis sich die Tür öffnete.

»Auf was wartest du?«, riss Ute sie aus ihren Gedanken.

Anja vermied es, das auszusprechen, was ihr gerade durch den Kopf schoss, denn dann hätte sie sich selbst für verrückt erklären müssen. Stattdessen zog sie an dem Strick und drehte sich um. »Entschuldige, ich dachte, jemanden gesehen zu haben, den ich kenne.« Ohne dem Impuls nachzugeben, sich noch einmal umzusehen, folgte sie ihrer Freundin bis zu einem kleinen Pausenraum. Dort stellte sie ihre Tasche und das Essen für ihre Mutter ab, verabschiedete sich schon einmal von Ute und ging zum Chefarzt der Abteilung.

Das Gespräch dauerte nur wenige Minuten. Als sie das Büro wieder verließ, machte sie innerlich drei Kreuze, so einen Chef zu haben. Die meisten höhergestellten Ärzte, die sie bis jetzt kennengelernt hatte, ließen keinen Anlass aus, um ihren Studenten klarzumachen, dass sie nur zum niederen Fußvolk gehörten. Prof. Dr. Höchst bildete hier gottlob eine Ausnahme.

In wesentlich besserer Stimmung holte sie ihre Sachen aus dem Aufenthaltsraum, dessen Tür offen stand, obwohl weit und breit keine Schwester zu sehen war. Anschließend verließ sie die Abteilung, klopfte wenig später an die Tür ihrer Mutter und trat ein.

»Anja, schön, dass du da bist – ich dachte schon, du schaffst es nicht mehr.« Erfreut stellte Anja fest, dass es ihrer Mutter schon sehr viel besser ging. Sie stellte ihre Sachen auf den kleinen Tisch, umarmte sie und fragte mit Blick zu einem großen Blumenstrauß: »War Nora hier?«

Nun grinste ihre Mutter verschmitzt. »Nein, die Blumen sind nicht von deiner Schwester.«

»Sondern?«, tat Anja begriffsstutzig.

Ihre Mutter ließ sie noch ein paar Sekunden zappeln. »Ach, es gibt da so einen Herrn am Ende des Ganges ...«, murmelte sie schließlich.

»Nein«, entfuhr es Anja, die sich nicht erinnern konnte, ihre Mutter je mit einem anderen Mann als ihrem Vater gesehen zu haben.

»Doch«, strahlte ihre Mutter, fragte aber, um abzulenken: »Was riecht denn hier eigentlich so gut?«

Anja gönnte ihr ihr kleines Geheimnis. »Tortellini von meinem Lieblingsitaliener. Magst du gleich etwas davon?«

»Nein, lass mal, ich mache mir das später hinten in der Mikrowelle warm. Du glaubst gar nicht, wie schön es ist, wenn man wieder halbwegs mobil ist.«

Nachdem sie sich die aktuellen Neuigkeiten erzählt hatten, wobei Anja gewisse Erlebnisse ausgelassen hatte, untersuchte sie noch das Bein ihrer Mutter. Der behandelnde Arzt hatte nichts beschönigt und auch Anja fand, dass man sie in ein, zwei Tagen entlassen könnte.

Anja hatte gerade wieder die Zudecke zurückgeklappt, als irgendwo draußen ein Glockenturm verkündete, dass es bereits Mittag war.

»Musst du nicht zu Gerald?«, fragte ihre Mutter erschrocken, doch Anja konnte sie beruhigen. »Erst heute Abend, er ist am Nachmittag bei Frau Haagen und ich weiß nicht, wer sich mehr darauf gefreut hat.«

Beide lachten und unterhielten sich noch eine Weile, dann verabschiedete sich Anja und versprach, sich am Abend noch einmal zu melden.

Ohne jede Eile schlenderte sie erst durch Erlangens Zentrum, trank noch einen Kaffee in einer Bäckerei und stieg erst, als bereits die frühe Dämmerung einsetzte, in den Bus, der sie zurück zu ihrem Elternhaus brachte.

– 26 –

Anja war aus dem Bus ausgestiegen, blieb aber noch kurz an der Haltestelle stehen, um Kraft zu sammeln. Wie in Trance nahm sie wahr, wie dieser hinter ihrem Rücken seine Türen schloss und davonfuhr. Die plötzlich eintretende Einsamkeit und Stille traf sie wie ein Schlag und schnürte ihr die Luft ab. Da war es wieder, dieses beklemmende Gefühl. Vor Anja lag zwar das beleuchtete Stück der Sackgasse, trotzdem reichte dieses Halbdunkel, um Panik heraufzubeschwören. Die zumeist älteren Einfamilienhäuser, umgeben von großzügigen Gärten, wirkten wie in sich geschlossene Trutzburgen und konnten ihr kein Gefühl der Sicherheit vermitteln.

»Lauf«, befahl sie sich erst geistig, dann hörbar, und tatsächlich setzten sich ihre Beine langsam in Bewegung. Frau Haagens Haus war von hier aus das letzte auf der linken Seite. Da es aber ein kleines Stück zurückgesetzt stand, bot es ihr noch kein erkennbares Ziel. Anja schaffte es bis zur ersten Laterne, als sie glaubte, Schritte hinter sich zu hören. Sie versuchte, sich zusammenzureißen, machte noch einige Schritte und drehte sich möglichst plötzlich um. Nichts. Die Straße hinter ihr war genauso leer wie die vor ihr. Alles, was sich bewegte, war das Licht von den Scheinwerfern eines Autos, das oben auf der Landstraße näher kam, die Einfahrt der Sackgasse passierte und wieder verschwand. Erneut senkte sich Stille über die ruhige Straße und machte damit ihren eigenen Atem hörbar. Anja versuchte, Frau Haagens Gartenzaun als festen Punkt zu fixieren, und ging mit schnellem Schritt weiter. Wieder ertönte ein herannahendes Motorengeräusch, wurde kurz leiser, dann wieder lauter. Der helle Schein zweier Xenonlichter flog erst über die Hauswände und Gartenpflanzen, behielt seine Richtung bei und leuchtete sie von hinten an. Alleine der Umstand, ein Auto hinter sich zu wissen, genügte, um jeden vernünftigen Gedanken zu verdrängen. Ohne nachzudenken, machte Anja einen Satz zur Seite und presste sich mit dem Rücken an den nächsten Gartenzaun. Obwohl sie so hart gegen das Holz schlug, dass ihr kurz die Luft wegblieb, kam ihr der seltsame Gedanke, dass sie dieser Irre auf keinen Fall so einfach bekommen sollte. Wenn er sie überfahren wollte, musste er wohl oder übel mit seinem Auto gegen den Zaun fahren.

Das gleißende Licht kam schnell näher und machte es ihr unmöglich, Details zu erkennen. Erst als der Wagen genau auf ihrer Höhe hielt und sie damit aus dem Lichtkegel war, erkannte sie die Silhouette des Fahrers und hielt die Luft an. Was hatte dieser Irre vor?

Das Fenster des Mercedes fuhr mit leisem Surren nach unten und ein grauhaariger Mann, den Anja vom Sehen her kannte, fragte: »Ist alles in Ordnung mit Ihnen?«

Anja hatte noch immer Mühe, ihre Panik zurückzudrängen. Mit zitternden Händen strich sie sich einige Haarsträhnen aus dem Gesicht. »Ja … nein … doch … ich habe … nein, ich bin einfach gestolpert.«

Der ältere Herr sah sie einmal skeptisch von oben bis unten an, kniff seine Augen ein wenig zusammen und stellte schließlich fest: »Sie sind doch die Anja, oder? Anja Lange, meine ich.«

Das Ja kam nur zögernd über ihre Lippen.

»Soll ich Sie schnell fahren? Ist ja doch schon ziemlich dunkel um diese Zeit«, bot der ältere Herr an.

Eigentlich hätte Anja, die den Nachbarn ihrer Mutter jetzt auch wiedererkannte, dieses Angebot gerne angenommen, aber sie musste ja erst Gerald holen. Andererseits zeigte ihre Armbanduhr gerade einmal kurz nach 16 Uhr, vielleicht konnte Florian ihren Bruder später gleich mitbringen.

»Und?«, fragte der Mann, nachdem er ihr eine kurze Bedenkzeit gegeben hatte.

Anja nickte. »Das wäre nett von Ihnen.«

Vor dem Haus angekommen, wartete der Nachbar, bis Anja die Tür aufgeschlossen hatte, wendete seinen Wagen und fuhr das kurze Stück zurück. Kaum dass sie die Tür wieder geschlossen hatte, schien die dumpfe Stille des leeren Hauses sie förmlich zu erdrücken. Ohne sich erst die Schuhe auszuziehen, ging Anja in die Küche und stellte das kleine Radio an, um sich etwas Ablenkung zu verschaffen.

Nachdem sie Jacke und Schuhe abgelegt hatte, setzte sie sich an den Küchentisch, zündete sich eine Zigarette an und tippte eine Nachricht an Florian in ihr Handy. Nur wenige Sekunden später bestätigte er ihr, dass er am Abend kommen würde, und auch, dass er Gerald mitbringen konnte. Erleichtert, nicht mehr rauszumüssen, rief sie anschließend noch Frau Haagen an, die allerdings regelrecht darum bettelte, Gerald über Nacht bei sich behalten zu dürfen. Eigentlich hatte Anja angesichts der Umstände kein gutes Gefühl dabei, als die Nachbarin aber auch noch ihren ebenfalls bettelnden Bruder ans Telefon holte, gab sie auf und stimmte zu. Als sie aufgelegt hatte, schrieb sie eine weitere SMS an Florian, um alles wieder rückgängig zu machen. Als sie gerade hinauf ins Badezimmer gehen wollte, klingelte das Telefon.

Für einen Augenblick gelang es ihr, die Fassung zu bewahren. Da das Display aber auch nach dem zweiten Läuten keine Rufnummer anzeigte, fingen ihre Hände derart zu zittern an, dass sie nicht abheben konnte. Nach dem fünften Klingelton sprang endlich der veraltete Anrufbeantworter an und Anja hörte Mike Köstners Stimme aus dem Flur kommen, wo das Gerät stand. Sie atmete einmal tief durch, drückte die grüne Taste des Telefons und meldete sich mit »Anja Lange«.

»Hallo, Frau Lange, ich habe schon einige Male versucht, Sie zu erreichen. Leider haben wir vergessen, dass Sie mir Ihre Handynummer geben.« Nachdem einige Sekunden Stille herrschte, fragte er diesmal etwas besorgter: »Frau Lange, ist alles in Ordnung?«

»Ja«, antwortete sie leise, »soweit es in Ordnung ist, wenn man sich ständig verfolgt fühlt und hinter jeder Ecke das Böse erwartet.«

Köstner hörte ihr die leichte Panik an. »Ist heute etwas vorgefallen? Soll ich zu Ihnen kommen?«

Obwohl er es nicht sehen konnte, schüttelte sie den Kopf. »Nein, Sie müssen sich nicht herbemühen, mein Freund kommt später.« Für einen Augenblick überlegte sie, ob sie es überhaupt erzählen sollte, doch sie überwand sich. »Wahrscheinlich irre ich mich, aber ich war heute in der Klinik, um meine Mutter zu besuchen, und da war so ein Mann …«

»Was für ein Mann?« Nun war es Mike Köstner, der alarmiert wirkte.

»Ich weiß auch nicht, und wie gesagt, vielleicht bilde ich es mir auch nur ein. Auf jeden Fall musste ich mich einmal zufällig umdrehen und da sah ich ihn. Es wirkte auf mich, als wäre er mir gefolgt, und als er meine Blicke bemerkte, blieb er vor einem Aufzug stehen.«

»Wie sah er aus?«

Anja war erleichtert, dass wenigstens dieser Köstner sie ernst nahm, und beruhigte sich langsam ein wenig. Sie dachte kurz nach. »Viel konnte ich nicht erkennen. Er war nicht sonderlich groß, trug eine Jeans und so ein komisches Kapuzenshirt ... Ach ja, und er hatte diesen Vollbart. Von seinem Gesicht konnte ich, außer den Augen, nicht viel erkennen, und ich bin mir sicher, diesen stechenden Blick schon einmal irgendwo gesehen zu haben.«

»Er trug einen Vollbart?«, stieß Mike aus, ohne auf die anderen Details einzugehen, und erzählte, was er am Abend zuvor von dem Osteuropäer erfahren hatte.

»Sie meinen, er könnte es tatsächlich gewesen sein?«, schloss Anja aus Mikes Erzählung und spürte, wie ihre Hände erneut zitterten. Was Köstner darauf antwortete, bekam sie nur am Rande mit, denn ein schrecklicher Gedanke verdrängte alles andere. Erst als er nach einer Weile fragte, ob sie noch am Telefon sei, schaffte sie es, diesen Gedanken in Worte zu fassen. Fast stotternd stellte sie die rhetorische Frage: »Was, wenn er weiß, dass meine Mutter dort liegt? Sie könnte doch noch nicht einmal davonlaufen.«

»Frau Lange«, Mike wollte beruhigend klingen, »ich weiß zwar nicht, was dieser Typ von Ihnen will, aber aus Erfahrung weiß ich, dass Stalker auf eine einzelne Person fixiert sind.« Mike ließ seine Worte kurz wirken. »Verstehen Sie? Dieser Irre hätte keinerlei Lustgewinn, wenn er Ihrer Mutter etwas antäte«, schob er hinterher.

»Und das soll mich jetzt beruhigen?«, fragte Anja fast anklagend, doch Mike ging nicht darauf ein.

Stattdessen sagte er mit fester Stimme: »Frau Lange, bitte hören Sie mir jetzt zu, es ist wichtig. Ich möchte, dass Sie mich immer und zu jeder Zeit anrufen, wenn Ihnen auch nur die kleinste Kleinigkeit seltsam vorkommt. Ich habe mich heute den ganzen Tag umgehört und unsere Spurenlage ist mehr als dünn. Wir können es uns nicht leisten, so eine Chance wie die heute im Krankenhaus ungenutzt zu lassen. Da ich davon ausgehe, dass alles, was Sie mir erzählt haben, stimmt, bin ich mir ziemlich sicher, dass er nicht von alleine aufhören wird.«

Mehr als »O. k., ich habe verstanden« brachte Anja nicht heraus. Sie gab ihm noch ihre Handynummer durch und Mike versprach, am nächsten Vormittag vorbeizukommen.

Als sie aufgelegt hatte und den Hörer wegpacken wollte, fühlte sie sich noch kraft- und mutloser als zuvor. Das Gerät klingelte erneut, sie hob ab und fragte mit belegter Stimme: »Was ist denn noch?«

Dieses Mal hatte er nichts von seiner schleimigen Freundlichkeit in der Stimme, vielmehr schwang eine gehörige Portion Aggressivität mit. »Hör mir gut zu, du Schlampe. Ich habe dir von Anfang an gesagt, dass ich die Spielregeln bestimme. Glaubst du ernsthaft, dieser abgehalfterte Ex-Kommissar kann dich auch nur im Geringsten beschützen?« Bis Anja richtig realisierte, wen sie da in der Leitung hatte, war es bereits zu spät. Ihr Körper leitete seine Schutzmaßnahmen ein und schickte sie in eine kurze Ohnmacht. Sie schaffte es zwar noch, relativ sanft auf dem Boden aufzukommen, doch dann ergriff eine wohltuende Schwärze ihr bewusstes Denken und schickte sie in einen Zustand, in dem es nur noch um ihren Körper ging.

– 27 –

Was mit einem leisen Pfeifen begann, vervollständigte sich langsam zu einem penetranten Dauerton. Kälte war das erste Gefühl, aber warum Kälte? Anja öffnete die Augen einen schmalen Spaltbreit und erkannte das Muster des Küchenbodens, auf dem sie lag. Unsicher versuchte sie, einzelne Körperteile zu bewegen, was relativ mühelos gelang. Offenbar war sie nicht verletzt und auch nicht gefesselt. Unmittelbar neben ihr lag irgendetwas, doch sie musste den Kopf ein Stück bewegen, um es erkennen zu können. Wenige Zentimeter von ihrem Kopf entfernt befand sich das Telefon und damit auch die Quelle des Pfeiftons. Langsam wurde ihr wieder bewusst, was passiert war. Sie griff nach dem Gerät und wollte es abschalten, doch mit ihrer eingeschlafenen Hand war das nicht machbar. Erst nachdem sie sich ein wenig aufgesetzt hatte und die zweite Hand zu Hilfe nahm, gelang es ihr, die notwendige Taste lange genug zu drücken, um das Gerät komplett abzuschalten. Der Gedanke, dass er sie jetzt nicht mehr erreichen konnte, gab ihr etwas Kraft. Sie atmete noch einmal durch und zog sich an einem der Stühle hoch. Bisher hatte sie die Einsicht verdrängt, aber so konnte es nicht mehr weitergehen. Entweder dieser Spuk hörte auf oder sie musste sich in ärztliche Behandlung begeben. Ihr nervlicher Zustand wurde von Tag zu Tag schlimmer und sie konnte keinerlei Einfluss darauf nehmen. Immer wenn sie glaubte, dass sich alles ein wenig beruhigt hatte, kam der nächste Schlag. Und was am schlimmsten war – niemand konnte ihr sagen, warum.

Anja legte das nun stumme Telefon auf den Tisch, wankte auf wackligen Beinen zur Spüle und ließ sich ein Glas Wasser volllaufen, das sie fast in einem Zug leerte. Anschließend fühlte sie sich fit genug, um Köstner anzurufen.

Ihr Handy, mit dem sie vorhin noch Florian geschrieben hatte, war noch immer neben dem Aschenbecher, doch dort lag jetzt noch etwas, was sie mit Sicherheit nicht dahin gebracht hatte. Als würde sie sich einer Schlange nähern, ging sie zurück zum Küchentisch, immer die beiden Gegenstände im Blick. Es waren nur vier Schritte, aber erst beim letzten erkannte sie, was es war. Neben der Quittung für die Tortellini, die sie ihrer Mutter mitgebracht hatte, ragte der Beipackzettel eines Medikamentes heraus. Anja war sich sicher, dass sie die Quittung in der Tüte mit dem Essen gelassen hatte, und diese stand noch in der Klinik. Mit jetzt wieder zitternden Fingern nahm sie den Beipackzettel, las, um was es sich dabei handelte, und erneut knickten ihr die Beine weg.

Irgendwie schaffte sie es dieses Mal, nicht endgültig zusammenzuklappen, und ließ sich auf einen Stuhl sinken. Das Medikament, zu dem dieser Begleitzettel gehörte, war ein hoch dosiertes Mittel gegen akute Herzprobleme. Anja kannte das Präparat zwar vom Namen her, aber nicht genau. Sie las weiter und erfuhr, dass es keinesfalls gesunden Menschen verabreicht werden durfte, außerdem konnte es tödlich enden, wenn man die Tabletten zerkleinerte, da diese magensaftresistent waren und sich erst im Darm auflösen durften.

Jetzt erst wurde ihr bewusst, dass er während ihrer Ohnmacht hier gewesen sein musste. Da sie mit dem Rücken zur Flurtür saß, sah sie sich erst panisch um, ließ sich seitlich vom Stuhl rutschen und schob sich rückwärts bis in die hinterste

Ecke neben der Küchenzeile. Dort griff sie sich eines der großen Schneidemesser und hielt den Atem an. Zehn Sekunden …
nichts. 20 Sekunden … nichts. So leise wie möglich ließ sie die
verbrauchte Luft aus ihren Lungen weichen und sog frische ein.
Das Haus war so still, dass sie nur ihren eigenen Puls hörte.
Nachdem eine weitere Minute nichts geschehen war, schielte sie
kurz auf ihr Handy, das sie geistesgegenwärtig vom Tisch mitgenommen hatte, und suchte nach Köstners Telefonbucheintrag.
Als sie diesen gefunden hatte, lauschte sie noch einmal und
drückte dann auf das Hörersymbol.

»Hallo, Frau Lange«, erklang seine Stimme aus dem Gerät,
doch sie verzichtete auf eine Begrüßung und flüsterte fast zu
leise: »Er ist oder war hier.« Jetzt erst wurde ihr bewusst, was
es mit den Dingen auf dem Tisch auf sich hatte, und bevor
Köstner etwas sagen konnte, flüsterte sie panisch weiter: »Er hat
mir etwas hingelegt … vielleicht …« Tränen schossen aus ihren
Augen, »… vielleicht …« Anjas Stimme versagte.

»Ruhig, Frau Lange, ruhig …«, versuchte er, sie zu beruhigen, »… jetzt atmen Sie zweimal ein und aus, und dann
sagen Sie mir, was los ist.«

Anja tat, was er empfohlen hatte. »Es kann … es kann sein,
dass er meine Mutter mit dem Essen, das ich ihr heute in die
Klinik gebracht habe, vergiften will. Er …«, noch einmal musste
Anja Luft holen, »… er hat mich vorhin angerufen und war
außer sich, dass ich Sie engagiert habe. Ich bin dann ohnmächtig geworden, von seinen letzten Worten habe ich nur noch so
etwas wie *Bestrafung* verstanden. Und als ich gerade eben wieder
aufwachte, lagen die Quittung des Essens und der Beipackzettel
eines ziemlich gefährlichen Medikaments auf meinem Tisch.
Beides habe ich nicht dort hingelegt und die Quittung müsste
eigentlich noch in der Tüte bei meiner Mutter sein.« Ein weiterer Umstand wurde ihr bewusst und wieder versagte ihr die
Stimme, doch sie schaffte es noch, einen Satz zu formulieren.

176

»Scheiße ... das heißt ... das würde ja heißen, dass er auch in ihrem Krankenzimmer war.«

Selbst Mike konnte einen Augenblick lang keinen klaren Gedanken fassen.

Erst als Anja leise fragte: »Können Sie die Polizei zu meiner Mutter schicken?«, wurde ihm etwas bewusst.

»Einen Moment noch ...«, bat er und sortierte seine Gedanken. Dann sagte er ebenso leise: »Nein, das geht nicht.« Anja wollte gerade protestieren, als er sich auf das Wichtigste besann. »Ich erkläre Ihnen gleich, warum das nicht geht, aber jetzt müssen wir uns erst einmal um Sie kümmern. Denken Sie, dass der Kerl noch im Haus ist?«

Anja warf erst einen Blick zu der offenen Küchentür, dann einen in Richtung des offenen Durchganges zum Wohnzimmer. »Ich glaube nicht, zumindest habe ich nichts gehört, und nachzuschauen traue ich mich nicht.«

»Das sollten Sie auch nicht. Wo sind Sie gerade?«

»In der Küche ... ich habe ein Messer«, antwortete Anja.

Köstner rief sich den Grundriss des Hauses ins Gedächtnis. »O. k., Sie machen jetzt Folgendes: Das Handy lassen Sie an, gehen erst zur Küchentür und verschließen diese mit der Hand, in der Sie das Handy halten; das Messer halten Sie auf Bauchhöhe ... verstanden?«

»Ja«, bestätigte Anja.

»Gut, dann los ... und nicht vergessen, das Messer ist wichtiger als das Handy.«

Obwohl Anja weiche Knie hatte, gab es ihr doch irgendwie Kraft, Köstner am Telefon zu wissen. Langsam und sich auf den schummrig beleuchteten Flur konzentrierend, ging sie zur Tür, widerstand dem Drang, draußen nachzusehen, und verschloss die Tür. Anschließend hob sie das Handy an ihr Ohr und flüsterte: »Die Tür ist zu.«

177

»Gut«, antwortete Mike ebenso leise, »und jetzt machen Sie das Gleiche bei der zweiten Tür ins Wohnzimmer.«

Als Anja auch diese verschlossen hatte, ging sie zurück an den Küchentisch. »Und nun?«

Mike hatte die Zeit genutzt, um sich Gedanken zu machen. »O. k., Folgendes: Ich kann mir vorstellen, welche Angst Sie um Ihre Mutter haben, aber wir können die Polizei nicht einschalten. Sowohl diese Quittung als auch der Beipackzettel liegen bei Ihnen zu Hause und durch Ihre angeblichen Falschaussagen würden Sie ganz oben auf der Liste der Verdächtigen landen. Und selbst wenn Sie nicht recht haben, was wir hoffen wollen, sinkt Ihre Glaubwürdigkeit auf null und man wird Sie für verwirrt halten.«

»Aber wir müssen doch etwas tun«, warf Anja verzweifelt ein.

»Werden wir auch.« Mike bemühte sich, beruhigend zu wirken. »Wir legen jetzt auf und Sie rufen in der Klinik an. Dort erzählen Sie, dass Sie völlig vergessen haben, dass Ihre Mutter eine schwere Allergie gegen irgendeinen der Inhaltsstoffe dieser Tortellini hat und dass sie dieses mitgebrachte Gericht auf keinen Fall essen darf. Sollte sie es schon gegessen haben und irgendwelche Symptome aufweisen, drängen Sie darauf, dass man ihr den Magen auspumpt. Erwähnen Sie das Medikament nur, wenn es medizinisch nicht anders geht.« Mike machte eine Pause. »Verstanden?«

»Ja«, lautete die verunsicherte Antwort.

Mike sprach weiter. »Ich komme jetzt so schnell wie möglich zu Ihnen. Sie bleiben in der Küche und öffnen niemandem, auch nicht Ihrem Freund. Versuchen Sie, ihm noch abzusagen. Ich werde durch den Garten an die Terrassentür kommen und Sie von dort noch einmal anrufen.« Mike stockte. »Wo ist eigentlich Ihr Bruder?«

»Der ist bei einer Nachbarin. Dort bleibt er über Nacht.«

»Gut.« Mike war erleichtert. »Also machen wir es so? Sie rufen jetzt die Klinik an, schicken dann Ihrem Freund eine Nachricht und öffnen mir später die Terrassentür.«

»Alles klar.« Irgendwie tat es Anja gut, einen Plan zu haben. Sie legte auf, wählte die Nummer der Klinik und meldete sich mit einem Doktortitel, den sie noch gar nicht hatte, da sie wusste, dass sie die diensthabende Stationsschwester so ernster nehmen würde. Über ihre eigene Ruhe erstaunt, schilderte sie, was ihr mit dem Essen passiert war und dass man es ihrer Mutter sofort wegnehmen müsse. Dann bestand sie auf einem Rückruf und begann, nachdem die Krankenschwester aufgelegt hatte, Florian eine Nachricht zu tippen. Als sie wenige Minuten später seine Antwort erhielt, war diese seltsam knapp, doch Anja war froh, nicht auch noch diskutieren zu müssen. Natürlich hätte sie ihn gerne gesehen, aber mit Köstner fühlte sie sich sicherer.

Mike schaffte es in Rekordzeit und hielt, trotz des immer noch andauernden Feierabendverkehrs, nach nur 20 Minuten vor dem Haus. Obwohl es gerade einmal 19 Uhr war, fühlte es sich hier wie mitten in der Nacht an. Die einzige Lichtquelle war eine schwache Außenleuchte neben der Eingangstür, deren Schein nur wenige Meter weit reichte. Er stellte erst das Licht, dann den Motor ab und war augenblicklich in Dunkelheit gehüllt. Hinter den verschlossenen Autotüren wartete er, bis sich seine Augen an das fehlende Licht gewöhnt hatten, und stieg dann erst aus.

Zum ersten Mal seit seinem Austritt aus dem Polizeidienst war er froh, noch eine Waffe zu besitzen. Er zog diese aus seinem alten Schulterhalfter und hielt sie auf den Boden gerichtet. Anschließend knipste er die kleine, aber starke Taschenlampe an und folgte dem schmalen Weg, der bis zum Garten auf der Rückseite des Hauses führte.

Am Ende der vorderen Hauswand angelangt, warf er einen schnellen Blick um die Ecke, immer die Waffe im Anschlag, doch es war nichts Ungewöhnliches zu sehen. Nachdem er einige Sekunden verharrt hatte, um in die Umgebung zu lauschen, ging er vorsichtig weiter. Den Strahl der Lampe immer abwechselnd in das Unterholz und dann wieder nach vorne richtend, wäre er fast auf etwas getreten, das er im letzten Augenblick erkannte. Mike überwand den ersten Impuls, sich sofort danach zu bücken, dann leuchtete er noch einmal in alle Richtungen und hob das Papier erst auf, als er sicher war, dass ihm niemand eine Falle stellte. Das viereckige Blatt fühlte sich irgendwie wie Karton an und war auf der einen Seite einfach nur weiß. Mike drehte es um und hatte augenblicklich das Gefühl, als hätte ihm jemand in den Magen geschlagen. Das Foto zeigte eine alte Aufnahme seiner Frau mit den beiden Kindern … Alle drei waren schon lange tot.

Mike ließ sich mit dem Rücken gegen die Hauswand fallen und versuchte, die alten Bilder auszublenden. All das Blut, die ausdruckslosen Augen seiner toten Tochter, den flehenden Blick seines Sohnes und die hilflos verrenkte Stellung seine Frau.

Bitterer Mageninhalt bahnte sich seinen Weg nach oben und drang mit Macht nach außen. Er übergab sich mehrere Male, bis er es endlich schaffte, etwas durchzuatmen. Nach einem letzten Aufbäumen seines Körpers sagte er laut in Richtung Unterholz: »Ich kriege dich, du verdammtes Arschloch … ich kriege dich.«

Mike wusste, dass er sich jetzt zusammenreißen musste, doch es fiel ihm schwer, auch weiterhin vorsichtig zu sein, denn in ihm kochte eine alte Wut. Er folgte dem Weg weiter und fand noch weitere Fotos, allerdings nicht von seiner Familie.

Auf dem ersten Bild war sein früherer Partner Peter Groß zu sehen, oder besser gesagt, ein abfotografierter Zeitungsausschnitt, der zeigte, wie Peter gerade verhaftet wurde.

Zwei Schritte weiter wieder ein Foto. Dieses Mal mit einem Bild seiner letzten Kollegin Natalie, wie sie gerade neben ihm bei einer Pressekonferenz saß. Mike steckte auch dieses Foto in die Innentasche seiner Jacke, durchquerte den Garten und fand kurz vor der Terrasse ein letztes Bild. Am Anfang war darauf fast nichts zu erkennen. Erst als er es etwas von sich weghielt, erkannte er, dass es sich um ein merkwürdig verzerrtes Gesicht in Großaufnahme handelte. Schließlich wurde Mike klar, wen er da sah. Es war das Gesicht dieser Psychologin aus Straubing. Allerdings war nicht zu erkennen, ob diese im Augenblick des Fotos gerade Lust verspürte oder bereits dem Tode nahe war.

Mike riss sich zusammen, steckte auch dieses Bild weg und ließ den Lichtstrahl seiner Lampe ein weiteres Mal im Halbkreis wandern. Obwohl nichts zu hören und zu sehen war, befand sich dieser Irre in der Nähe. Mike spürte seine Anwesenheit, doch er musste Prioritäten setzen und Anja Langes Sicherheit war wichtiger. Sollte er sich jetzt alleine in diesen Wald wagen und dabei in eine Falle geraten, wäre sie ihm schutzlos ausgeliefert. Noch dazu, da er ihr selbst von der Polizei abgeraten hatte.

Wie abgesprochen, nahm er Waffe und Taschenlampe in eine Hand, zog das Handy aus der Tasche und wählte ihre Nummer. Als sie abhob, sagte er nur leise: »Ich bin draußen.« Dann legte er wieder auf. Keine zehn Sekunden später öffnete sich das Rollo der Terrassentür so weit, dass kleine Schlitze entstanden. Er leuchtete sich selbst ins Gesicht, damit Anja ihn erkennen konnte, und das Rollo sowie die Tür wurden geöffnet.

– 28 –

»Mein Gott, wie sehen Sie denn aus?« Bei dem Anblick von Köstners kalkweißem Gesicht vergaß Anja für einen Augenblick ihre eigene Angst, die jedoch sofort wieder präsent wurde. »Sind Sie ihm etwa da draußen begegnet?«

Mike schloss die Tür und das Rollo, fragte nach einem Glas Wasser und antwortete erst, nachdem er dieses ausgetrunken hatte. Er zog die Fotos aus seiner Innentasche, legte sie auf den Küchentisch und sagte trocken: »Jetzt bin ich mit im Spiel. Entweder der Typ beobachtet mich schon länger oder er hat gut recherchiert.«

»Was sind das für Bilder?«, fragte Anja und ging näher heran, doch Mike hob seine Hand. »Nicht jetzt, ich muss erst das Haus durchsuchen, und Sie stellen bitte einen Stuhl unter die Klinke der Eingangstür. Wenn er hier hereinkam, während Sie ohnmächtig waren, dann muss er einen Schlüssel haben.« Danach ging er zur Küchentür, zog seine Waffe und wies Anja an: »Wenn ich draußen bin, verschließen Sie die Tür. Ich sehe zuerst im Keller nach, danach komme ich wieder, und Sie stellen etwas vor die Eingangstür. Alles klar?«

Anja nickte, warf noch einen ehrfürchtigen Blick auf die Waffe. »Bitte seien Sie vorsichtig.«

Obwohl sich Mike sehr vorsichtig bewegte, war er schon wenige Minuten später wieder an der Küchentür. Anja öffnete und hatte schon einen der schweren Esstischstühle bereitgestellt. Da Mike einen eventuellen Eindringling nicht vorwarnen wollte, nickte er erst zur Tür, dann die Treppe hoch. Während Anja den Stuhl zur Tür schleppte, stieg er Stufe für Stufe nach oben, blickte vorsichtig in den oberen Flur und begann seine Kontrolle im Badezimmer, das gegenüber der Treppe lag. Da es hier oben einige Schränke gab, brauchte er etwas länger, stellte aber fest, dass sie alleine in dem Haus waren.

»Alles in Ordnung«, verkündete er in normaler Lautstärke, was Anja zusammenzucken ließ. Sie saß am Küchentisch, rauchte eine Zigarette und deutete auf die Bilder. »Darf ich?«

Mike nickte, zündete sich ebenfalls eine L&M an und setzte sich neben sie. Bild für Bild erklärte er, wer die Menschen waren, nur beim letzten musste er wegsehen. »Das war meine Familie … ein Psychopath hat sie umgebracht«, sagte er mit belegter Stimme.

Nun musste auch Anja schlucken. »Das tut mir leid.«

Er nahm ihr die Fotos aus der Hand. »Die lagen da draußen für mich bereit. Ich frage mich, woher er wusste, was ich vorhatte. Sie haben doch niemandem erzählt, dass ich durch die Terrassentür kommen wollte, oder?«

Anja schüttelte den Kopf. »Nein, ich habe außer mit dem Krankenhaus mit niemandem geredet.«

»Dann hört er Ihr Telefon ab«, meinte Mike trocken und Anja durchfuhr ein Schreck.

Sie nahm das Gerät. »Verflucht, ich habe es nach seinem Anruf ausgeschaltet, die Klinik wollte mich zurückrufen.« Sie hatte den Finger schon auf der entsprechenden Taste, als Mike es ihr aus der Hand nahm und ihr stattdessen sein Handy gab.

»Wir müssen ihm nicht noch mehr Informationen liefern.«

Anja nahm Mikes Gerät, tippte die Nummer der Krankenstation ein und fragte nach der diensthabenden Stationsschwester. Es dauerte eine Weile, dann stellte sie sich erneut vor und hörte anschließend nur noch zu, wobei ihre Gesichtsfarbe noch blasser wurde. »Macht es Sinn, dass ich jetzt noch vorbeikomme?«, fragte sie nach einiger Zeit. Nach einem kurzen Augenblick stammelte sie: »O. k. Danke.«

Anschließend packte sie das Handy langsam auf den Tisch und hob die Hände vor ihr Gesicht. »Dieses verdammte Arschloch hat es tatsächlich getan … Sie wäre fast gestorben.«

Mike legte seine Hand auf ihre Schulter. »Ich bekomme ihn, Sie haben mein Wort darauf. Wollen Sie mir erzählen, was Ihnen die Schwester gesagt hat?«

Anja war über den Punkt hinaus, an dem sie noch weinen konnte. Sie nahm ihre Hände vom Gesicht und starrte einen Punkt an der Wand an. »Meine Mutter hat ungefähr die Hälfte der Tortellini gegessen, dann begann ihr Herz verrückt zu spielen. Zum Glück hatte man ihr gerade eine andere Patientin mit ins Zimmer gelegt, sonst wäre sie jetzt nicht mehr am Leben. Nachdem sie ihr den Magen ausgepumpt hatten, wurde sie panisch und bekam starke Beruhigungsmittel. Sie ist außer Lebensgefahr, wird aber noch eine ganze Weile schlafen.«

Nun musste Anja doch schluchzen. »Und an allem bin ich schuld.«

»Sind Sie nicht«, widersprach Mike mit milder Stimme. »Dieser Typ hätte das Medikament genauso gut ins Krankenhausessen mischen können. Er hat die Situation einfach ausgenutzt, um Sie noch mehr in eine Krise zu stürzen. Wenn Sie sich das jetzt selbst anlasten, hat er genau das erreicht, was er wollte.«

Zumindest ein Teil seiner Worte schien zu ihr durchzudringen. Sie löste ihren Blick von der Wand und sah Mike in die Augen. »Wenn ich wenigstens wüsste, warum das passiert.

Verstehen Sie? Das ist alles so unbegreiflich … dieser Mann nimmt den Tod eines Menschen in Kauf … und wofür?«

Mike musste sich selbst eingestehen, dass er das nicht verstand. Im Augenblick gab es nicht den kleinsten Anhaltspunkt für ein Motiv und auch nichts, was auf den Täter hinwies. Mehr aus Verzweiflung fragte er: »Haben Sie Feinde oder ist Ihnen irgendwann etwas passiert, was das alles erklären könnte? Ex-Freunde, Behandlungsfehler während Ihres Studiums, alte Feindschaften aus Ihrer Schulzeit … irgendetwas in der Richtung?«

Anja schüttelte den Kopf. »Nein, nichts. Ich habe mich das in den letzten Tagen selbst immer wieder gefragt, aber da ist nichts.«

»Hat sich in den Tagen, als das alles begann, irgendetwas in Ihrem Leben verändert?«

Anja tat sich schwer, es auszusprechen, was auch ihre unsichere Stimme belegte. »Außer dass ich Florian kennengelernt habe, ist nichts passiert.«

Mike hasste es, um den heißen Brei herumzureden. »Glauben Sie, er hat etwas damit zu tun?«

»Nein«, antwortete sie etwas zu energisch, wurde aber wieder ruhiger. »Nein, das kann ich mir nicht vorstellen. Er ist sanft und einfühlsam, hat sich mir nie aufgedrängt und ist auch nie in irgendeiner Form grob geworden.«

Mike war erfahren genug, um zu wissen, dass das nichts heißen musste. »Wäre es für Sie trotzdem o. k., wenn ich ihn mir etwas genauer ansehe?«, erkundigte er sich daher vorsichtig. Nach einem kurzen Moment der Stille erklärte er: »Wir können es uns einfach nicht erlauben, etwas zu ignorieren. Wie gefährlich dieser Mann ist, haben Sie ja gerade eben erlebt.«

Anja dachte einen Augenblick nach. »Ich weiß, dass Sie recht haben, aber es fühlt sich einfach scheußlich an, den eigenen Freund ausspionieren zu lassen.«

»Ich bin so diskret wie möglich«, versuchte Mike, sie zu beruhigen. Dann stand er auf und nahm sein Handy. »Ich muss ein paar Telefonate führen. Vielleicht machen Sie sich einfach ein wenig den Fernseher an, das lenkt ab.«

»Ich komme schon klar.« Doch ihrer Stimme war anzuhören, wie fertig sie war.

Nachdem Mike mit seiner Freundin Jenni und Kriminalkommissar Jänke telefoniert hatte, stand er erst ein wenig unschlüssig in der Küche herum und überlegte, was er tun konnte. Irgendwann zündete er sich eine Zigarette an, nahm das Festnetztelefon der Familie und schaltete es wieder ein. Wenn der Typ das nächste Mal anrief, würde er sich ein paar Takte mit ihm unterhalten. Vielleicht gaben ihm seine Stimme oder irgendwelche Hintergrundgeräusche einen Anhaltspunkt.

Nachdem eine halbe Stunde lang nichts passiert war, schaltete Anja den Fernseher ab und kam in die Küche. »Wollen Sie etwas essen? Ich habe allerdings nur etwas Kaltes hier.«

Mike hatte tatsächlich ein wenig Hunger und stimmte zu. Während sie zu Abend aßen, erzählte ihm Anja noch ein paar Details der letzten Tage, doch etwas wirklich Brauchbares war nicht dabei. Nach dem Essen tranken beide noch ein Bier, dann machte Mike einen letzten Rundgang durch das Haus. Obwohl Anja ihm das Bett ihres Bruders anbot, entschloss sich Mike, auf dem Sofa im Erdgeschoss zu schlafen. Während der ersten Stunden war es still im Haus, doch ab 3 Uhr weckten ihn Anjas Schreie. Die ersten beiden Male rannte er noch alarmiert hinauf in ihr Zimmer und holte sie aus ihren Albträumen. Dann brachte er seine Decke mit nach oben, schnappte sich die Matratze ihres Bruders und legte sich neben sie auf den Boden, was sie so weit beruhigte, dass sie die verbliebenen Stunden durchschlief.

– 29 –

Nach einem dürftigen Frühstück öffnete Mike sämtliche Rollos und machte einen Rundgang um das Haus. In der Zwischenzeit rief Anja bei Frau Haagen an, die ihr bestätigte, dass sie zusammen mit Gerald den Fahrdienst abgefangen hätte und ihr Bruder jetzt auf dem Weg zu seiner Behindertenwerkstatt sei. Da diese am heutigen Freitag etwas früher schließen würde, blieb ihr nur ein relativ kurzes Zeitfenster, um ihre Mutter zu besuchen.

»Soll ich Sie mit nach Erlangen nehmen?«, schlug Mike vor, nachdem er seinen Rundgang beendet hatte, was Anja dankend annahm.

Beide zogen sich an und waren bereits auf halbem Weg zu Mikes Auto, als dieser noch einmal umkehrte und Anja aufforderte, ihm zu folgen. Sein erster Weg führte ihn zu einer Wiesenfläche, wo er zwei längere Halme abriss. Anschließend ging er zur Haustür und steckte diese ziemlich weit unten in den Schlitz zwischen Tür und Rahmen. Bevor Anja fragen konnte, erklärte er: »Wenn Sie später zurückkommen und die beiden Halme liegen auf dem Boden, verschwinden Sie hier und rufen mich an.«

»Alles klar«, bestätigte Anja.

Mike schlug vor: »Sie können die Fahrt nutzen und einen Schlüsseldienst anrufen. Wenn wir Glück haben, bekommen

Sie noch vor dem Wochenende ein neues Schloss. Außerdem werde ich mich mit einem früheren Kollegen unterhalten und in Erfahrung bringen, wie wir Ihren Telefonanschluss überwachen könnten.«

Obwohl Mike schon wieder auf dem Weg zum Auto war, blieb Anja noch stehen.

Er drehte sich zu ihr um. »Haben Sie etwas vergessen?«

»Ich habe mich noch gar nicht bei Ihnen bedankt. Ich bin wirklich froh, dass Sie mir helfen.«

Mike nickte lächelnd und machte eine einladende Geste. »Tue ich gerne. Jetzt aber los.«

Da der Tag zwar ziemlich kalt, aber dafür sonnig war, fühlte sich Anja wieder etwas besser. Sie fuhren durch den Wald, an den Häusern der Nachbarn vorbei und bogen schließlich auf die Landstraße nach Erlangen ab. Anja suchte gerade im Internet nach einem seriös klingenden Schlüsseldienst und hatte ihren Blick starr auf ihr Smartphone gerichtet, als sich dieses plötzlich mit einem viel zu lauten Klingelton meldete und die Nummer von Geralds Werkstatt anzeigte. Sie hob ab und meldete sich mit »Anja Lange«.

Nachdem sie ein paar Sekunden einfach nur zugehört hatte, sagte sie aufgebracht: »Aber das kann doch gar nicht sein, der Fahrer wartet doch, bis alle in der Halle sind.«

Wieder hörte sie nur zu, dann bestätigte sie: »Ja, ich komme hin«, und legte auf.

»Was ist passiert?« Mike war alarmiert.

»Gerald ist nicht an seinem Arbeitsplatz erschienen. Die anderen Lehrlinge sagen, dass er zwar aus dem Bus gestiegen und mit hineingegangen ist, dann hat er aber etwas in seinem Spind gefunden und daraufhin die Werkstatt wieder verlassen.«

»Fuck!«, fluchte Mike leise und schlug auf sein Lenkrad. »Wo ist diese Einrichtung?«

Anja erklärte es ihm und schon wenige Minuten später hielten sie vor dem Gebäude.

»Gehen Sie hinein und sprechen mit der Leiterin, ich werde mich derweilen hier draußen umsehen«, wies Mike Anja an und lief zurück in Richtung Ausfahrt. Da die Zufahrtsstraße weder die Möglichkeit bot, sich irgendwo zu verstecken, noch ein Auto zu parken, erweckte der Parkplatz eines kleinen Autohauses seine Aufmerksamkeit. Mike überquerte die Straße, ging langsam an der hüfthohen Mauer entlang und sah sich aufmerksam um. Nachdem er sicher war, dass Gerald sich nicht zwischen den wenigen Neuwagen versteckt hatte, fiel ihm eine kleine Kamera auf, die den Parkplatz von einer Hausecke aus überwachte.

Es war immer wieder erstaunlich, wie gutgläubig die Menschen waren. Ohne jede weitere Rückversicherung glaubte ihm der Inhaber des Autohauses, dass Mike der Vater eines verschwundenen Jungen aus der Behinderteneinrichtung von gegenüber war, und zeigte ihm bereitwillig die Aufnahmen der letzten zwei Stunden. Da die Kamera nicht wirklich filmte, sondern nur alle paar Sekunden ein Bild machte, kamen sie schnell zu dem Zeitraum, in dem Gerald verschwunden war, und tatsächlich, das Kameraauge erfasste Gerald einmal, wie er gerade in die Einfahrt rannte. Mike ließ sich den Ausschnitt vergrößern und erkannte, dass der Junge irgendeinen Zettel in der Hand hielt. Bei der nächsten Aufnahme hatte Anjas Bruder den Parkplatz bereits überquert und war nur noch zur Hälfte auf dem Bild. Auf den ersten Blick konnte Mike nichts Aufschlussreiches erkennen, dann erweckte eine leichte Reflexion seine Aufmerksamkeit. Wieder ließ er den Ladeninhaber das Bild heranzoomen und war sich sicher: Irgendjemand hatte seinen Arm um die Hüfte des Jungen gelegt, wobei die Reflexion von einer silbernen Uhr erzeugt wurde. Leider war außer dem Arm nichts von dem Unbekannten zu erkennen, da auch er von der Kamera abgeschnitten wurde. Mike bat darum, dass ihm der Inhaber die beiden Bilder per E-Mail schickte, bedankte sich und verließ das Autohaus.

Nachdem er sich kurz orientiert hatte, ging Mike in die Richtung, die auch Gerald gewählt hatte, und fand sich bald am Rand einer vielbefahrenen Hauptstraße wieder. Nach einem Blick in alle Richtungen wurde Mike klar, dass es keinen Sinn machte, hier weiter nach Gerald zu suchen, und marschierte zurück.

Vor der Einrichtung war bereits eine Polizeistreife eingetroffen, und als Mike zu ihnen stieß, schilderten Anja und eine ältere Frau gerade einem der Beamten, was passiert war und welche Kleidung Gerald anhatte.

»Und Sie sind?« Der Polizist hielt inne und sah ihn von der Seite an. Mike stellte sich vor und berichtete, was er bereits herausgefunden hatte. Da Mike keine Lust hatte, sich zu rechtfertigen, ließ er die Standpauke bezüglich seiner Eigeninitiative über sich ergehen und wartete geduldig, bis die Befragung abgeschlossen war. Die beiden Beamten versprachen, sofort eine Fahndung nach Gerald einzuleiten, fügten aber hinzu, dass sie nicht an ein Verbrechen glaubten. Mike verwunderte dies nicht sonderlich, da tagtäglich verwirrte Menschen als vermisst gemeldet wurden, die man dann wenige Stunden später wieder irgendwo aufsammelte. Hinzu kam, dass sie Anja Lange per Funk überprüft hatten und in der Akte neben ihrem Diebstahl auch die Ungereimtheiten der letzten Tage vermerkt waren.

Bisher hatte Anja die Nerven behalten, doch als sie kurz darauf wieder im Auto saßen, konnte sie ihre Gefühle nicht mehr zurückhalten. Statt aber in Tränen auszubrechen, lehnte sie sich zurück. »Warum ausgerechnet Gerald? Er versteht doch überhaupt nicht, was mit ihm passiert«, klagte sie erschöpft.

Mike wollte nichts beschönigen. »Ich bin mir sicher, dass unser Unbekannter ihn herausgelockt und mitgenommen hat. Wir haben keine andere Wahl, als abzuwarten, was er mit ihm will.« Mike hatte die Worte schon gesprochen, als ihm klar wurde, wie hart diese klingen mussten, und auch das leise gesagte »Tut mir leid« änderte nichts daran.

Anja nickte apathisch und emotionslos. »Und was nun?«

Mike holte zwei Zigaretten heraus und reichte ihr eine davon. »Wir können nur abwarten. Schaffen Sie es, jetzt noch Ihre Mutter zu besuchen?«

Anja deutete ein verzweifeltes Nicken an. »Ja, das bin ich ihr schuldig.«

»O. k. ...«, begann Mike, »glauben Sie, Ihr Freund kann sich frei machen und bei Ihnen bleiben? Ich müsste dringend einige Dinge recherchieren und wüsste Sie gerne in Begleitung.«

»Vielleicht«, lautete ihre ausdruckslose Antwort, dann sagte sie hysterisch ruhig: »Es ist doch eh schon egal, dieser Typ hat alles im Griff.«

Mikes erster Impuls war, ihr einen Vortrag darüber zu halten, dass sie sich jetzt nicht aufgeben durfte. Er ließ es bleiben und startete den Motor. Im Augenblick hatte er selbst nicht gerade viel Hoffnung.

– 30 –

Bevor Anja zum Zimmer ihrer Mutter ging, rief sie erst Florian an. Trotz ihrer Schilderung der Ereignisse sah er keine Chance freizubekommen, wollte sich aber mit ihr treffen. Da sie ihm nicht so verheult begegnen wollte, suchte sie den nächsten Waschraum auf und machte sich ein wenig frisch. Anschließend ging sie zum Klinik-Café und setzte sich an denselben Tisch wie am Vortag.

Florian trat von hinten an sie heran und legte zur Begrüßung seine Hände auf ihre Schultern. Damit, dass Anja aufspringen und einen Schrei von sich geben würde, hatte er nicht gerechnet.

Obwohl nun sämtliche Gäste sie anstarrten, drehte sich Anja um und fragte, als sie ihren Freund erkannte, viel zu laut, ob er noch alle Tassen im Schrank habe.

Instinktiv wich Florian einen Schritt zurück und hob abwehrend die Hände. Seine anfängliche Wut über diese Überreaktion wich, als er ihr blasses Gesicht und die verheulten Augen sah. Darauf hoffend, dass seine besänftigende Tonlage nicht gespielt wirkte, beschwichtigte er sie: »Hi, alles gut. Es tut mir leid, ich wollte dich nicht erschrecken.« Nachdem sich ihr Gesichtsausdruck wieder etwas entspannt hatte, trat er einen Schritt auf sie zu und öffnete unsicher seine Arme.

Anja nahm die Einladung an, ließ sich in seine Umarmung fallen und begann leise zu weinen.

Florian gab ihr einige Sekunden, bis er sich sanft von ihr löste. »Möchtest du etwas trinken? Einen Tee vielleicht?«

Sie putzte sich die Nase. »Ja, ein Tee wäre gut.«

»Rotbuschtee, den magst du doch, oder?« Florian stellte den Tee und seinen Kaffee ab und setzte sich neben sie. »Geht es wieder?«

Anja rührte etwas Zucker in den Tee und sah ihn mit roten Augen an. »Das ist der totale Horror. Dieser Typ hat erst meine Mutter vergiftet und heute vermutlich Gerald entführt.« Sie stockte, da ihr etwas auf der Seele brannte. Nachdem sie Mut gefasst hatte, sah sie ihn wieder an und fragte leise: »Florian, du kennst mich zwar noch nicht lange … aber denkst du, ich habe ein psychisches Problem … Ich meine, glaubst du mir, dass es diesen Irren wirklich gibt?«

Selbst die zwei Sekunden seines Zögerns reichten, um ihre Nerven wieder zum Beben zu bringen. Erst als er seine Hand sanft auf ihre legte, beruhigte sich ihr Herzschlag ein wenig. »Natürlich glaube ich nicht, dass du verrückt bist. Was ich mich nach all dem, was du mir erzählt hast, allerdings frage, ist: Warum hilft dir nur dieser Köstner und nicht die Polizei?«

Anja biss sich auf die Unterlippe. Sollte sie ihm die Wahrheit sagen, auch auf die Gefahr hin, dass sie sich unglaubwürdig machte?

»Anja?«, holte er sie aus ihren Gedanken, was sie leicht zusammenzucken ließ. Sie fasste sich ein Herz. »Nichts von all dem, was mir passiert ist, lässt sich beweisen. Ich höre Geräusche, wenn ich alleine bin. Ich bekomme Anrufe, die keiner bestätigen kann. Ich werde beim Klauen erwischt und man unterstellt mir, einen Komplizen zu haben, den ich aber nicht benennen kann, einfach weil es ihn nicht gibt. Ich schildere die

Fakten eines Mordes, die nicht stimmen«, Anjas Tonlage war ungewollt scharf geworden, doch sie redete weiter, »und gestern wurde meine Mutter mit einem Herzmedikament vergiftet. Und wo liegen die Beweise ... bei mir zu Hause.« Trotz seines Versuches einer beruhigenden Geste wurde Anja immer lauter. »Also wer glaubst du, soll mir das alles abnehmen? Noch nicht einmal Geralds Entführung nehmen sie ernst ... Sie sagen, es passiert schon mal, dass ein Behinderter seines Weges geht und dass alle schon nach kurzer Zeit wieder auftauchen.« Nach dem Aufbäumen folgte ein regelrechter Zusammenbruch, sie ließ ihren Kopf auf seine Schulter sinken. »Florian, ich brauche dich jetzt. Bitte bleib bei mir«, flüsterte sie.

Während er über das Gehörte nachdachte, strich er ihr über ihre langen Haare, dann nickte er unmerklich. »O. k., ich gehe jetzt zurück in meine Abteilung und tue so, als würde es mir immer schlechter gehen. Kannst du noch eine Stunde warten? Dann melde ich mich krank.«

Anja flüsterte leise: »Danke.« Sie drückte ihn noch einmal an sich und löste sich dann von ihm. »Bekommst du Ärger meinetwegen?«

»Nein, das geht schon. Ich war noch nie krank, und wie du weißt, dürfen wir nicht arbeiten, wenn wir eine Gefahr für die Patienten darstellen könnten.«

Als Anja am Krankenbett stand, trieb es ihr zunächst wieder Tränen in die Augen.

Ihre Mutter sah sie mit mattem Blick an, versuchte aber, trotz ihrer Situation zu lächeln. »Anja, schön, dass du hier bist.«

Anja nahm die kalte Hand ihrer Mutter zwischen die ihren. »Wie geht es dir denn?«

Ihre Mutter versuchte zu schlucken, bat um einen Schluck Wasser und antwortete, nachdem sie mühsam einen Schluck getrunken hatte. »Es geht. Aber woher dieser Anfall gestern kam, kann ich mir wirklich nicht erklären. Die Schwester meinte, es wäre eine Allergie auf das Fertigessen, aber ich habe doch gar keine Allergien.«

Anja spürte, wie der Kloß in ihrem Hals dicker wurde. Noch immer war sie nicht mit sich im Reinen, wie viel sie ihrer Mutter erzählen sollte. Einerseits hätte sie ihre Lage sicher verstanden, andererseits hatte sie im Augenblick genug mit sich selbst zu tun und weitere Aufregungen konnten nur schaden. Anja beschloss für sich, noch so lange zu warten, bis es ihrer Mutter besser ging, daher sagte sie: »Allergien können sich entwickeln, und auf einmal verträgt man Dinge nicht mehr, die einem vorher nichts ausgemacht haben. Wenn du wieder fit bist und ich wieder arbeite, kommst du einfach vorbei und wir testen das aus. Und bis dahin isst du nur noch, was das Krankenhaus dir gibt.«

Anjas Mutter war die veränderte Tonlage ihrer Tochter nicht entgangen. Irgendwie schaffte sie es, dass ihr Blick milder wurde. »Ich weiß, dass du dir Vorwürfe machst, aber das musst du nicht. Du wolltest mir mit dem Essen eine Freude machen und konntest nicht wissen, was da alles drin ist.« Dass diese Aussage für Anja wie Hohn klang, konnte sie nicht ahnen, aber richtig schwer wurde es für ihre Tochter, als sie begann, nach Gerald zu fragen.

Nach zwei, drei Sätzen täuschte Anja vor, dringend auf die Toilette zu müssen, wo sie eine ganze Weile blieb. Nachdem sich ihre Nerven etwas beruhigt hatten, rettete die Visite des Stationsarztes die Situation und Anja konnte sich verabschieden. Sie gab ihrer Mutter einen Kuss, erinnerte sie daran, nichts anderes mehr zu essen, und verließ das Zimmer.

Da sie noch 20 Minuten Zeit hatte, bis Florian kommen wollte, verließ sie das Krankenhaus und rauchte eine Zigarette. Nachdem diese bereits zur Hälfte verglüht war, sah sie, wie ein Streifenwagen in die Einfahrt bog und auf einem Behindertenparkplatz hielt. *Diese Deppen dürfen das natürlich*, ging es ihr durch den Kopf, und als die beiden Beamten ausstiegen, wurde ihr sofort klar, was diese hier wollten. Den kleineren hätte sie nicht wiedererkannt, aber der etwas dickere Polizist war eindeutig derselbe, der heute Morgen ihre Aussage über das Verschwinden ihres Bruders aufgenommen hatte.

Ohne lange darüber nachzudenken, stellte sich Anja den beiden in den Weg und fragte ohne viel Erwartung in der Stimme: »Haben Sie Gerald schon gefunden?«

Die beiden brauchten einen Augenblick, um sie wiederzuerkennen, dann ergriff wieder der dicke Polizist das Wort. »Leider nein, Frau Lange, wir wollten eigentlich nur mit Ihrer Mutter sprechen.« Auf die Idee, dass so etwas passieren könnte, war Anja noch überhaupt nicht gekommen. *Wahrheit oder Lüge*, ging es ihr durch den Sinn. Sie entschloss sich zur Lüge und sagte traurig: »Den Weg können Sie sich sparen, ich war gerade oben. Sie ist nicht ansprechbar, und wenn sie es wäre, würde sie das viel zu sehr aufregen.«

Der Beamte kniff ein wenig die Augen zusammen. »Hatten Sie nicht gesagt, dass sie nur einen Bruch hatte und bald entlassen werden sollte?«

Innerlich fluchte Anja, schaffte es aber, ihre Tonlage beizubehalten. »So war es auch, allerdings kam es gestern zu Komplikationen mit ihrem Kreislauf.« Fast erstaunt merkte sie, wie eine kleine Träne über ihre Wangen rollte, als sie kaum hörbar hinzufügte: »Sie wäre fast gestorben.«

»Das tut mir leid«, sagte der Beamte sichtbar betroffen und stellte mitfühlend fest: »Das ist sicher eine sehr schwere Zeit für Sie … die Mutter im Krankenhaus und dann läuft auch noch Ihr Bruder davon. Wenn wir Ihnen irgendwie helfen können …«

»Es geht schon«, presste Anja heraus, »finden Sie einfach nur Gerald.«

»Wir tun unser Bestes. Sämtliche Streifen halten ihre Augen offen«, versprach der Polizist. Anschließend verabschiedeten sie sich und gingen zurück zu ihrem Wagen. Anja atmete durch, zündete sich eine weitere Zigarette an und wählte Köstners Nummer. Nachdem sie ihm drei Mal versichert hatte, dass Florian bis zum nächsten Morgen bei ihr bleiben würde und er somit in Ruhe ermitteln konnte, legte sie wieder auf und ging zum zweiten Mal an diesem Tag in das Klinik-Café, wo Florian sie bereits erwartete.

»Und, was machen wir jetzt?«, erkundigte er sich nach einer kurzen Begrüßung.

Anja tat so, als würde sie sich umsehen. »Am liebsten würde ich diese ganze Scheißstadt nach Gerald durchsuchen, aber Köstner meint, es wäre das Beste, wenn ich zu Hause auf einen Anruf dieses Irren warte. Wir haben keine Ahnung, was der Kerl will, und können einfach nur abwarten.«

»O. k., dann machen wir das«, antwortete Florian, wollte dann aber wissen: »Wer ist dieser Typ eigentlich? Also, dieser Köstner, meine ich.«

Anja zuckte mit den Schultern. »Ich weiß nur, dass er früher leitender Ermittler bei der Nürnberger Mordkommission war, dann aber selbst kündigte, da er das System nicht mehr ertragen hat, wie er sagt. Familie hat er offenbar keine mehr, die wurde ermordet.«

»Klingt komisch«, stellte Florian fest, beließ es aber dabei und bat: »Kann ich noch schnell auf die Toilette? Wir sind ja noch eine Weile unterwegs.«

Anja nickte. »Na klar. Soll ich deinen Rucksack so lange nehmen?«

»Geht schon«, lehnte Florian ab und ging zu einem Korridor, der zu den Toiletten führte.

Zwei Minuten später hörte Anja einen kurzen Wortwechsel, dann bog Florian wieder um die Ecke, wobei er noch im Laufen einige Unterlagen zurück in den Rucksack stopfte.

»Alles klar?«, fragte Anja stirnrunzelnd.

Florian nickte. »Ja, ich bin nur voll in so einen Typen hineingelaufen, der mitten im Weg stehen geblieben war, weil sein Handy klingelte.«

»Solche Leute kenne ich«, meinte Anja. Sie verließen die Klinik und gingen in Richtung des Busbahnhofes, wobei sie unterwegs noch schnell einige Lebensmittel und Zigaretten einkauften. Mehr als einmal glaubte Anja, irgendwo ihren Bruder zu erkennen, doch natürlich stellte sich das jedes Mal als Fehler heraus.

– 31 –

Nachdem Mike sich zu Hause geduscht hatte, telefonierte er noch kurz mit Jänke, der versprach, die beiden Bilder von Geralds Verschwinden auswerten zu lassen, dann verließ er das Haus.

Eigentlich hatte er sich erhofft, mit seiner Freundin Jenni einen Kaffee trinken zu können, doch schon als er die Redaktion des Computerspielemagazins betrat, wusste Mike, dass daraus nichts werden würde. Obwohl alle Journalisten hinter ihren Bildschirmen saßen, lag eine Spannung in der Luft, die fast schon körperlich spürbar war.

Mike ging durch das Labyrinth aus schulterhohen Trennwänden und überraschte Jenni von hinten, indem er ihr einen Kuss in den Nacken gab.

Sie zuckte erschrocken zusammen und wollte schon protestieren, als sie seine Stimme erkannte.

»Was ist denn bei euch los?« Mike gab ihr einen weiteren Kuss und sah sich fragend um.

»Hi«, begrüßte sie ihn mit einem Lächeln, wurde aber sofort wieder ernst. »Du hättest anrufen sollen. Ich kann heute wirklich nicht einmal eine kurze Kaffeepause machen.«

»Ist der Cyberwar ausgebrochen?«, fragte Mike scherzhaft, da er diese ganze virtuelle Spielewelt noch nie sonderlich ernst genommen hatte.

»Nein, das nicht«, erklärte sie, wobei ihre Augen schon wieder am Bildschirm hafteten. »Terra Games hat heute Morgen ein völlig neuartiges Spiel vorgestellt und eigentlich haben wir seit gestern Abend Redaktionsschluss für die nächste Ausgabe unseres Magazins. Unser Chef ist aber der Meinung, dass diese Ankündigung zu wichtig ist, um sie erst eine Woche später zu bringen. Folglich sind nun alle dabei, bis heute Mittag so viel Informationen wie möglich zu sammeln, um den Artikel doch noch in der aktuellen Ausgabe unterzubringen.«

Mike drehte Jenni auf ihrem Bürostuhl zu sich herum, beugte sich bis dicht vor ihr Gesicht und sagte empört: »Soll das etwa heißen, Terra Games, was auch immer das sein mag, bringt mich um ein Date mit meiner Freundin?«

Jenni warf schnell einen Blick in alle Richtungen und ließ sich dann, da niemand sie sehen konnte, zu einem längeren Kuss verleiten. Doch als sie sich wieder gelöst hatten, drehte sie sich entschlossen zurück zu ihrem Bildschirm. »Das muss reichen, mein Lieber. Sehen wir uns heute Abend?«

»Vielleicht«, antwortete Mike ein wenig böser, als er eigentlich wollte. »Ich habe dir doch von meinem Auftrag erzählt. Die Sache spitzt sich langsam zu. Aber wenn meine Klientin jemanden findet, der bei ihr bleibt, können wir uns gerne treffen.«

Nun war es Jenni, die sich selbst noch einmal zu ihm drehte. »Soll das heißen, du schläfst vielleicht noch öfter bei dieser jungen Frau?«

Mike erkannte seinen Fehler, konnte aber nicht mehr zurück. »Wenn es sein muss – ja. Ich glaube, sie ist in Lebensgefahr.«

»Dann ist es doch Sache der Polizei, sie zu schützen«, warf Jenni misstrauisch ein.

Doch mehr als »So einfach ist das nicht« fiel Mike nicht ein. Um nicht im Streit auseinanderzugehen, schlug er vor: »Vielleicht können wir heute Abend zusammen essen gehen, dann erzähle ich dir alles.«

Eigentlich wollte er sich schon verabschieden, als sein Blick noch einmal auf ihren Bildschirm fiel. Ohne sie zu fragen, nahm er ihr die Maus aus der Hand und klickte auf eins der Fotos, die sie gerade bearbeitete. »Ist das nicht dieser Wotan Döring?«

Jenni wusste, dass das eine der Narben auf Mikes Seele war. »Ja, das ist er. Ich habe dir doch erzählt, dass ihn Terra Games nach seiner Entlassung als Spieleentwickler eingestellt hat.«

»Und jetzt wird er in Hochglanzmagazinen abgebildet?«, erwiderte Mike ungläubig.

»Offenbar macht er seinen Job dort gut.« Sie machte eine Pause und versuchte ihn dann zu beschwichtigen. »Ist das nicht genau das, was unsere Justiz will … Menschen zurück in ein normales Leben entlassen?«

Dem konnte Mike nur schwer etwas entgegensetzen, obwohl ihm schon noch einige nicht sehr populäre Argumente eingefallen wären. Folglich brummte er nur. »Hast ja recht.«

Sie verabschiedeten sich und Mike versprach, sich später noch einmal zu melden.

Mike hatte den Zündschlüssel gerade umgedreht, als ihn Anjas Anruf erreichte. Nachdem sie ihm mitgeteilt hatte, dass ihr Freund über Nacht bei ihr bleiben würde, rief er Jenni an und bestätigte das gemeinsame Abendessen.

Die Fahrt zu Nürnbergs Hauptpräsidium dauerte ziemlich lange, da man bei Bauarbeiten eine alte Fliegerbombe gefunden hatte, die ihn auf eine weiträumige Umleitung zwang. Als er endlich dort ankam, fand er Jänke nicht in seinem Büro, sondern in der Kantine beim Mittagessen.

Mike begrüßte seinen Nachfolger und bat ihn: »Kann ich deinen Ausweis nehmen? Das Essen für Besucher kostet glatt das Doppelte.«

»Und deswegen willst du jetzt die Polizei betrügen?«, fragte Jänke mit einem provokanten Grinsen, doch Mike gab sich nicht so schnell geschlagen und konterte: »Wenn ich euch meine ganzen unbezahlten Überstunden von früher in Rechnung stelle, hätte ich freie Kost und Logis bis zum Ende meiner Tage.«

Jänke kniff die Lippen zusammen und hielt ihm die Plastikkarte hin. »Hast gewonnen.«

»Ah … das gute alte Schnitzel mit Pommes«, freute sich Mike, nachdem er von dem Ausgabetresen zurückgekommen war. Natürlich hatten ihn einige der Frauen des Kantinenteams erkannt, aber bewusst den falschen Ausweis ignoriert.

Zufrieden tauchte er eines der Pommesstäbchen in reichlich Ketchup, steckte sich das Ganze in den Mund und fragte dann kauend: »Und, konntest du schon etwas in Erfahrung bringen?«

Jänke sah seinem Ex-Kollegen einen Moment lang dabei zu, wie ein Stück des Schnitzels in seinem Mund verschwand. »Ich fürchte, nichts, was dir weiterhilft. Florian Engler war bis vor Kurzem in Berlin gemeldet, hat dort sein Grundstudium beendet und möchte jetzt in Erlangen die Ausbildung zum Facharzt machen. Er hat zwar bei den Kollegen eine Akte, aber nur wegen Trunkenheit am Steuer. Bei Anja Lange wird es dagegen schon interessanter …«

Mike, der schon wieder den Mund voll hatte, zog fragend die Augenbrauen nach oben und Jänke fuhr fort. »Nun, es ist zwar nichts, was man ihr anlasten könnte, aber ihr Vater sitzt wegen räuberischer Erpressung, Meineid und mehrfachen Betruges in der JVA Straubing. Hinzu kommt, dass ein psychiatrisches Gutachten zu dem Schluss gekommen ist, dass er eine Persönlichkeitsstörung aufweist.« Jänke ließ seine Worte ein wenig wirken. »Da kann man nur hoffen, dass Frau Lange nicht allzu viele Gene von ihm geerbt hat.«

Mike dachte über das Gehörte nach, deutete mit der Gabel auf Jänke und mutmaßte: »Lass mich raten, dieses Gutachten hat diese ... wie hieß sie noch gleich ... diese ...«

»Frau Doktor Tamara Bernau«, half ihm Jänke.

Mike nickte: »Richtig. Also, hat Frau Doktor Tamara Bernau dieses Gutachten ausgestellt?«

Nun nickte Jänke. »Ja, unsere tote Psychologin arbeitete mit vielen Häftlingen der Anstalt.«

»Zufall oder eine Spur?«, fragte Mike sowohl sich selbst als auch Jänke, der statt zu antworten wissen wollte: »Hat sie je ihren Vater erwähnt?«

»Nein, nicht dass ich wüsste. Es ging immer nur um sie selbst, ihren Bruder, ihre Mutter und sehr selten um ihre Schwester, zu der sie offenbar ein gespanntes Verhältnis hat.« Mike kaute ein weiteres Stück Schnitzel. »O. k., ich werde ihr diesbezüglich auf den Zahn fühlen.« Dann wechselte er das Thema. »Hast du die Fotos mit Gerald schon an die KTU geschickt?«

Jänke klaute sich eines der fast schon kalten Pommesstäbchen, kaute widerwillig darauf herum und schluckte es schließlich. »Hab ich. Komm mit in mein Büro, ich sollte es bis 13 Uhr vergrößert zurückbekommen.«

Mike stieß einen Pfiff aus und war ehrlich beeindruckt. »Hey, wie hast du das denn geschafft?«

»Was meinst du?« Jänke folgte seinem Blick durch das Büro, konnte aber nichts Besonderes sehen.

»Na, die neue Farbe, die neuen Möbel ... einfach alles. Solange ich hier hauste, bekamen wir noch nicht einmal einen neuen Stuhl, wenn der alte durchgesessen war«, empörte sich Mike.

»Das hat der Chef nach deinem Abgang durchgesetzt.« Nun musste Jänke grinsen. »Vielleicht wollte er, dass hier nichts mehr an dich erinnert.«

Mike wusste, dass es nicht so war. Er telefonierte noch immer regelmäßig mit Karl und ab und zu tranken sie auch einmal ein Bier zusammen. Es wunderte ihn allerdings ein wenig, dass ihm sein früherer Chef nichts von dieser Renovierung erzählt hatte. Andererseits vielleicht genau deswegen, weil er wusste, dass sich Mike darüber aufregen würde.

Jänke hatte inzwischen das Passwort in seinen Computer eingegeben und die neuesten E-Mails abgerufen. Er wartete, bis Mike mit seinem kleinen Rundgang fertig war. »Bist du wegen des Büros oder wegen der Bilder hier?«

Mike verstand den Wink, stellte sich einen Stuhl neben Jänke und sah dabei zu, wie dieser sich das erste der beiden Fotos erst in Vollansicht, dann in vergrößerten Abschnitten anzeigen ließ. Eigentlich hatte Mike nicht viel mit Computern am Hut, trotzdem faszinierte es ihn immer wieder, wozu diese Technik in der Lage war. Aus dem unscharfen Bild der Überwachungskamera war ein gestochen scharfes Foto geworden, auf dem man selbst kleinste Kratzer auf dem Lack der Verkaufsfahrzeuge erkennen konnte. Jänke ließ Mike bei jedem Abschnitt einige Sekunden Zeit und klickte dann zum nächsten. Da Gerald ganz unten rechts abgebildet war und Jänke oben angefangen hatte, kam er erst zum Schluss ins Bild. Beginnend mit seinem Kopf, scannten sie ihn Stück für Stück, wobei durch die starke Vergrößerung immer nur ein Körperteil pro Bild zu sehen war.

Jänke wartete nun bei jedem Abschnitt, bis Mike »Weiter« sagte.

An Kopf, Schultern und Oberkörper des Jungen war nichts Besonderes zu sehen. Erst als sie zu seiner Hand kamen, sagte Mike: »Stopp!« Beide lehnten sich etwas nach vorne, um besser sehen zu können, dann war sich Mike sicher. »Das ist ein Bild von Anja Langes Schwester. Und was ist das da hinter ihr?« Er deutete auf den Bereich des Fotos, der den Hintergrund zeigte.

Jänke, der etwas bessere Augen hatte, beugte sich bis kurz vor den Monitor. »Ich würde sagen, das ist Teil eines McDonald's-Logos.« Ohne auf Mikes Anweisung zu warten, öffnete er daraufhin den Internetbrowser, rief einen Kartendienst auf und gab die Adresse der Behinderteneinrichtung ein. Anschließend zoomte er das Gebiet so weit heran, dass man Details erkennen konnte, und gab »McDonald's« in das Suchfeld ein, und tatsächlich, wenn man nach dem Autohaus noch ein Stück der Hauptstraße folgte, kam man zu einem Drive-in der Burgerkette.

»Da wollte er also hin«, bemerkte Mike und fragte sich auch gleich selbst: »Bleibt nur die Frage, wer hat ihm das Bild in seinen Spind gelegt?«

»Lass uns mal das zweite Bild anschauen«, schlug Jänke vor. Diesmal verzichtete er darauf, auch die zunächst unwichtigen Abschnitte durchzuklicken, und begann gleich mit den Bildern von Gerald. Eigentlich hatte Mike große Hoffnungen in das Bild gesetzt, doch bei genauerer Betrachtung stellte sich heraus, dass der Arm an Geralds Rücken sein eigener war. Offenbar hatte er sich einfach nur dort gekratzt. Auch sonst gab das Foto nichts Verwertbares her.

»O. k.«, sagte Mike, nachdem sie die Einzelbilder ein zweites Mal durchgegangen waren, »könntest du mir bitte das Bild, auf dem er das Foto seiner Schwester hält, ausdrucken und mir auch gleich ihre Meldeadresse heraussuchen?«

Jänke löste seinen Blick vom Monitor, sah ihn von der Seite an und sagte völlig ernst: »Du weißt aber schon, dass du nicht mehr hier arbeitest. Alleine, dass ich dir das von Langes Vater erzählt habe und wir hier uns diese Bilder ansehen, ist schon grenzwertig.«

»Und dafür bin ich dir auch sehr dankbar«, fiel ihm Mike ins Wort, ließ aber nicht locker. »Komm schon, ich bekomme die Adresse auch ohne dich heraus, es dauert nur länger. Und das Bild kann ich in jedem Fotoladen entwickeln lassen, also wo ist das Problem? Danach lasse ich dich auch in Ruhe … versprochen.«

Jänke holte einmal hörbar Luft, klickte das entsprechende Bild an und wählte »Drucken«. Danach gab er »Nora Lange« in das entsprechende Feld seiner Behördensoftware ein und druckte auch dieses Ergebnis aus. Mike stand auf, ging zu dem ebenfalls nagelneuen Drucker und nahm die beiden Blätter an sich. Danach machte er die Andeutung eines Kusses in Jänkes Richtung. »Du bist ein Schatz.«

Dieser verdrehte die Augen und sagte gespielt genervt: »Lässt du mich jetzt endlich arbeiten?«

Mike breitete theatralisch die Arme aus und machte dabei eine Verbeugung. »Aber natürlich, großer Meister der ungeklärten Mordfälle.«

Jänke schüttelte lachend den Kopf. »Wie heißt dieser Tee, den ich bei dir trinken sollte? Das Zeug scheint ganz schön gaga zu machen.«

Mike strahlte ihn an. »Yogi-Tee … der ist wirklich gut, ich bringe dir mal ein Päckchen vorbei.«

»Bloß nicht«, winkte Jänke ab.

Die beiden verabschiedeten sich, wobei Mike fast ein wenig wehmütig wurde. Tom und er hätten sicher ein gutes Team abgegeben.

– 32 –

Zu Hause angekommen, wollte Anja gerade die Tür öffnen, als ihr die Grashalme einfielen. Zu Florians Verwunderung zog sie den Schlüssel wieder aus dem Schloss und ging in die Hocke.

Einer der beiden dünnen Halme lag zwar auf dem Boden, doch der andere steckte noch so, wie ihn Köstner angebracht hatte. Erleichtert richtete sie sich wieder auf und erklärte Florian den Sinn dieser Aktion.

»Dumm scheint der Schnüffler ja nicht zu sein«, meinte dieser fast bewundernd.

Anschließend betrat Anja das Haus wesentlich beruhigter und verzichtete auch auf einen Kontrollrundgang.

Während sie die Einkäufe wegräumte, machte Florian den Kamin sauber und zündete ein Feuer an, dessen Wärme schnell den ganzen Raum erfüllte. Anschließend ging er zu Anja in die Küche und wollte sie von hinten umarmen, doch Anja entwand sich seinen Armen und sagte gefühllos: »Ich muss mich jetzt nach Gerald erkundigen. Vielleicht hat die Polizei schon etwas herausbekommen.«

Es fiel Florian schwer, seinen Unmut zu verbergen. »Ja, ist gut.«

Anja hatte die Hand schon auf dem normalen Telefon, doch als ihr Köstners Worte wieder in den Sinn kamen, zog sie die Hand zurück. »Kann ich dein Handy benutzen?«, bat sie Florian.

Dieser zuckte mit den Schultern, fragte aber nicht weiter nach und gab es ihr.

Anja wählte die Nummer, die auf der Visitenkarte des Polizisten stand. Das Gespräch dauerte nur wenige Sekunden, dann legte sie wieder auf und reichte Florian sein Handy zurück. »Nichts. Gerald ist wie vom Erdboden verschwunden.« Erneut rebellierte ihr Magen und eine Träne bildete sich in ihrem Augenwinkel, als sie mehr zu sich selbst sagte: »Wenn dieser Irre ihm etwas antut, bringe ich ihn um. Warum ausgerechnet Gerald? Was auch immer dahintersteckt, mein Bruder kann für nichts etwas. Manchmal weiß er noch nicht einmal, auf welchem Planeten wir leben … Warum er?«

Florian nahm Anja in den Arm und zog sie zu sich, doch sie beruhigte sich nicht. So mitfühlend wie möglich sagte er: »Vielleicht ist er ja wirklich nur weggelaufen. Dieser Irre, wenn es ihn gibt, hat dich doch noch nie körperlich bedroht – warum sollte er es also bei Gerald tun?«

Anjas Stoß kam unverhofft und ließ Florian ein Stück zurücktaumeln. Von ihrer Traurigkeit war nichts mehr übrig, stattdessen schrie sie wuterfüllt: »Was meinst du damit: *Wenn es ihn gibt?* Du bist genauso ein Arsch wie diese Bullen. Ihr glaubt, ich rede mir das alles nur ein oder spiele euch sogar etwas vor?« Nun streckte sie ihre Hände nach vorne aus, die derart zitterten, dass ein Glas Wasser in Sekunden verschüttet gewesen wäre, dann schrie sie erneut: »Sehen so die Hände von jemandem aus, der alles nur spielt?«

»Aber ich meinte doch nur …«, versuchte sich Florian zu verteidigen, doch Anja war derart in Rage, dass sie nicht hören wollte, was er zu sagen hatte.

Sie griff seinen Rucksack, der neben ihr auf einem Stuhl lag, und warf ihn mit den Worten »Verschwinde, ich will dich nicht mehr sehen« in seine Richtung.

Florian bekam den Rucksack zwar zu greifen, allerdings mit dem offenen Reißverschluss nach unten. Ohne dass er es verhindern konnte, fiel der gesamte Inhalt vor seine Füße, darunter auch eine Schachtel mit Rasierklingen.

Zuerst starrte Anja fassungslos auf die kleine Schachtel, dann schüttelte sie den Kopf und stellte mit monotoner Stimme fest: »Du hast Gerald vor zwei Tagen die Rasierklinge zum Spielen gegeben.«

»Ich habe was?«, fragte er.

Anja bückte sich nach der Schachtel, wobei Florian fast ängstlich einen Schritt zurückwich, und hielt ihm die Packung entgegen. »Tu doch nicht so unschuldig! Ich wette, eine Klinge fehlt«, keifte sie.

Florian schüttelte verdattert den Kopf. »Ich habe diese Dinger noch nie gesehen. Was soll ich denn mit einzelnen Rasierklingen?«

»Sie zum Beispiel Gerald geben und dich daran erfreuen, wenn er sich verletzt.« Anja konnte ihre Wut kaum noch unter Kontrolle halten.

»Ich schwöre dir, die hat mir jemand zugesteckt«, versuchte es Florian ein letztes Mal, doch sie brüllte nur noch lauter. »Du verschwindest jetzt auf der Stelle und lässt Gerald frei. Und wehe, du wagst es, mich noch einmal anzurufen – dann werde ich dafür sorgen, dass du dein Studium umsonst gemacht hast.«

Nun reichte es auch Florian. Er suchte, so schnell es ging, seine Sachen zusammen, stopfte diese in den Rucksack und war schon an der Tür, als er sich noch einmal umdrehte und Anja ansah. Abfällig und mitleidig sagte er: »Du tust mir wirklich leid, vielleicht solltest du dir irgendwo professionelle Hilfe suchen.«

»Raus«, war alles, was er als Antwort zu hören bekam. Er verließ das Haus, die Tür fiel ins Schloss und plötzlich herrschte Totenstille.

Die Zweifel waren Anja schon gekommen, als er noch in der Tür gestanden hatte. Es war etwas in seinem Blick, das absolut ehrlich wirkte, doch jetzt war es zu spät. Ihm hinterherzulaufen würde nichts bringen, dazu hatte sie ihn zu sehr verletzt. Außerdem war da noch diese Schachtel in ihrer Hand, die es ihr schwer machte, ihm völlig zu vertrauen.

Noch immer zitternd, ließ sie sich – mit dem Rücken an den Küchenschrank gelehnt – auf den Boden sinken, wo sie die Beine an sich heranzog und gegen eine innere Kälte kämpfte, die sie allzu gut kannte. Wieder einmal fühlte sie sich von allen verlassen und völlig alleine auf der Welt.

Seit dem Verschwinden ihres Vaters hatte sie sich mühevoll und Stück für Stück von diesem inneren Abgrund weggekämpft. Jetzt kam dieser Abgrund rasend schnell näher und sie fand nichts, an dem sie sich festhalten könnte. Erneut wurde ihr bewusst, was sie da in Händen hielt, und der Gedanke an eine endgültige Lösung ihrer Probleme keimte in ihr auf. Anja hob den Kopf von ihren Knien und drehte die kleine Schachtel zwischen ihren Fingern, die nun eigenartig ruhig waren. Ihr Blick löste sich von den Händen und fokussierte die verblassten Narben, die sich wie ein Muster über ihre Unterarme zogen … es wäre nicht das erste Mal.

Dann siegte ihr Trotz und sie warf die Schachtel so weit weg, dass diese in dem noch brennenden Kamin landete und sofort Feuer fing. »Zehn Stück« hatte auf der Packung gestanden. Sie stand auf, nahm den Schürhaken und sortierte die nun lose in der Glut liegenden Klingen auseinander … es waren nur neun.

– 33 –

Mike nahm die beiden Ausdrucke vom Beifahrersitz, stieg aus seinem Wagen und ging zum Eingang des fünfstöckigen Gebäudes, das in einem Ortsteil von Nürnberg stand, in den er sonst kaum kam. Da die Klingelschilder fast nicht mehr zu lesen waren, brauchte er einen Moment, fand dann aber das richtige mit dem Aufdruck »Nora & Lukas Lange« und drückte darauf. Schon wenige Sekunden später signalisierte ein Summen, dass jemand den Türöffner betätigt hatte.

Da er Aufzüge nicht besonders mochte, nahm Mike die Treppe und fand, wie es neben der Klingel stand, im zweiten Stockwerk die richtige Tür. Er klopfte dreimal, sah dann, wie der Türspion kurz dunkel wurde, und hörte, wie zeitgleich eine Stimme fragte: »Wer sind Sie?«

Mike hielt seine Visitenkarte vor das Guckloch. »Ich bin Privatdetektiv und arbeite für Ihre Schwester, Anja Lange.«

Wieder einmal wunderte sich Mike, wie gutgläubig die meisten Menschen waren, war aber froh, einfach so hereingelassen zu werden.

Nora Lange war eine recht attraktive Frau, und als Mike ihr die Hand gab, konnte er fast nicht anders, als auf den sehr weit herunterhängenden V-Ausschnitt ihres T-Shirts zu blicken.

»Was kann ich für Sie tun?«, fragte Nora Lange, wartete aber nicht auf eine Antwort, sondern führte ihn durch ein kleines, sehr ordentliches Wohnzimmer bis zum Esstisch, wo sie fragte: »Möchten Sie einen Kaffee?«

Mike nahm dankend an, und während sie Kaffeepulver in einen Filter löffelte, fragte sie über die Schulter: »Hat Anja Ärger mit einem Typen, oder warum braucht sie einen Detektiv?«

Mike überlegte kurz, wie er die Sache angehen sollte, blieb dann aber bei der Wahrheit. »Sie wissen noch gar nicht, dass ein Stalker hinter Ihrer Schwester her ist?«

Frau Lange hielt kurz inne, schüttete das restliche Wasser in die Maschine, drehte sich anschließend verwundert um. »Nein.« Es folgte eine kurze Pause, bis sie zugab: »Ich muss allerdings gestehen, dass unser Verhältnis nicht das beste ist. Wir haben eigentlich so gut wie nie Kontakt.«

Mike ging nicht darauf ein. »Dann wissen Sie auch nicht, dass Ihr Bruder Gerald heute Morgen aus der Behinderteneinrichtung verschwunden ist?«

»Doch, das weiß ich. Einer der Polizisten, der mit dem Fall zu tun hat, rief mich heute Vormittag an und fragte mich, ob ich etwas darüber wüsste oder eine Idee hätte, wo unser Bruder sein könnte.«

Mike sah die Frau skeptisch an. »Sein Verschwinden scheint Sie ja nicht besonders zu beunruhigen.«

Frau Lange winkte ab. »Ach, wissen Sie, als wir noch zu Hause bei unserer Mutter wohnten, gehörte es fast zur Tagesordnung, nach Gerald zu suchen. Weit weg war er nie und inzwischen kann er sich recht sicher im Straßenverkehr bewegen. Glauben Sie mir, spätestens heute Abend bekommen wir einen Anruf, dass er irgendwo nach etwas zum Essen gefragt hat und zurückgebracht wird.«

»O. k.« Mike zog das Foto aus der Innentasche. »Kennen Sie dieses Bild? Das sind doch Sie, oder?«

Nora Lange setzte sich eine schmale Lesebrille auf und nahm ihm das Bild aus der Hand. Während sie es begutachtete, sah sich Mike etwas in dem Raum um. Alles wirkte sehr reinlich und es sah so aus, als hätte diese Frau ihr Leben im Griff. Dann fiel sein Blick auf zwei halbleere Gläser, wobei ihm ein Gedanke kam. Ohne sich etwas anmerken zu lassen, fragte er: »Sie haben also auch keine Idee, wo sich Ihr Bruder aufhalten könnte?«

Statt zu antworten, gab ihm Nora Lange das Foto zurück. »Das auf dem Bild bin tatsächlich ich. An dem Abend, als meine Mutter ins Krankenhaus kam, war ich noch kurz in diesem McDonald's. Aber wer diese Aufnahme gemacht hat, weiß ich nicht, es ist mir auch niemand aufgefallen.«

Sie hatte kaum zu Ende gesprochen, als hinter einer der beiden weiteren Türen ein leises Klopfen zu hören war.

Mike hatte den Eindruck, dass Nora Lange ein wenig zusammenzuckte, trotzdem wiederholte er seine Frage. »Was ist nun mit Gerald? Haben Sie eine Idee, wo er sein könnte?«

»Nein, da ist er unberechenbar …«, dann stockte sie, »… das heißt, eigentlich fühlt er sich immer zur Natur hingezogen.«

»Gut, dann werde ich das der Polizei noch mitteilen«, erwiderte Mike. »Und wer Ihre Schwester beobachten könnte, wissen Sie vermutlich auch nicht, oder?«

Nora Lange machte ein Gesicht, das ihre Antwort unterstrich. »Nein, das weiß ich wirklich nicht, aber sie hat sich schon früher immer eingebildet, dass ihr jeder Junge hinterherstarrte.«

Mike musste einsehen, dass es keinen Sinn machte, sie noch länger zu befragen, doch wegen einer Sache brauchte er Gewissheit. Er stand auf, tat so, als wollte er sich verabschieden, brach das aber ab und fragte: »Sagen Sie, es ist mir unangenehm, aber könnte ich kurz Ihre Toilette benutzen?«

»Na klar«, antwortete sie lässig und nickte in Richtung der beiden Türen, »das Bad ist links.«

»Danke.« Mike durchquerte das Wohnzimmer und öffnete die rechte Tür. Für einen kurzen Augenblick glaubte er, Gerald gefunden zu haben, aber der Fuß, der unter dem Bett hervorschaute, gehörte einem kleinen Jungen, der ihn nun mit großen Augen anblickte und noch weiter unter sein Versteck kroch.

Von hinten hörte Mike Frau Langes Stimme: »Das ist das Zimmer meines Sohnes, durch die andere Tür geht es ins Bad.«

Mike entschuldigte sich, ging kurz auf die Toilette und verabschiedete sich dann endgültig.

Nach einem Blick auf die Uhr verwarf Mike sein Vorhaben, noch zur JVA Straubing zu fahren. Er freute sich schon auf das Essen mit Jenni und wollte es unter keinen Umständen absagen. Bevor er den Motor anließ, lehnte er sich kurz nach hinten, schloss die Augen und versuchte, ein wenig die Fakten zu ordnen. Neben Anja Langes Vater blieb im Augenblick nur noch die Überprüfung ihres Freundes, von dem er eigentlich nur das wusste, was ihm Jänke vorhin beim Essen erzählt hatte.

Eine Fahrt nach Erlangen war noch zu schaffen und so startete Mike den Motor, der bei diesem kalten Wetter nur widerwillig seinen Dienst aufnahm, und reihte sich in den Verkehr ein.

Da er zügig vorankam, fuhr er in Erlangen einen kleinen Umweg zu der Behinderteneinrichtung und von dort weiter bis zu der besagten McDonald's-Filiale. Was er dabei allerdings nicht bedacht hatte, war der Umstand, dass dort inzwischen die Spätschicht arbeitete. Egal, welchen der Angestellten er fragte, niemand konnte ihm etwas über Gerald sagen.

Etwas enttäuscht programmierte er das Navi neu und hielt nur fünf Minuten später vor dem Häuschen, in dem Florian Engler eine kleine Einliegerwohnung angemietet hatte.

Aus Erfahrung wusste er, dass es das Beste war, die Menschen erst einmal von Angesicht zu Angesicht kennenzulernen. Schon alleine die Körpersprache ließ viele Schlüsse auf einen Menschen zu, und jemandem beim Lügen ins Gesicht sehen zu müssen, war doch etwas anderes.

Bisher hatte Mike diesen Florian Engler nur auf einem Handyfoto gesehen, und der Mann, welcher ihm jetzt die Tür öffnete, war es eindeutig nicht. Allerdings erfuhr er wenigstens, dass Herr Engler in den letzten Tagen nicht oft zu Hause gewesen war und auch jetzt nicht da war.

Mike bedankte sich, stieg wieder in sein Auto und dachte gerade über seine nächsten Schritte nach, als ein eng umschlungenes Pärchen an der nächsten Hausecke auftauchte und langsam auf ihn zukam. Durch die einsetzende Dämmerung brauchte Mike eine Weile, doch dann war er sich sicher: Der Mann war auf jeden Fall dieser Florian und bei der jungen Frau konnte es sich um die Freundin handeln, von der ihm Anja Lange erzählt hatte. Ohne Mike wahrzunehmen, blieben die beiden kurz vor seinem Auto stehen und gaben sich einen langen Kuss, wobei es fast so aussah, als wollten seine Hände sie gleich hier auf der Straße ausziehen.

»So eine Scheiße!«, murmelte Mike leise, da ihm gleich zwei Dinge bewusstwurden.

Es war zwar nicht gerade ungewöhnlich, aber dass dieser Arsch Anja Lange ausgerechnet jetzt betrog, versetzte Mike einen Stich ins Herz. Was aber noch viel schlimmer war … Englers Erscheinen bedeutete, dass seine Klientin jetzt alleine war, und wenn ihr Stalker so organisiert war, wie Mike glaubte, würde er sich diese Gelegenheit sicher nicht entgehen lassen.

Trotz seiner Angst um Anja Lange wartete Mike, bis die beiden ins Haus gegangen waren. Dann erst startete er den Wagen und fuhr einige Hundert Meter weiter, bevor er sein Handy herausholte und Frau Langes Nummer wählte.

Erst dachte er, sie würde nicht abheben, doch nach dem achten Freizeichen meldete sie sich seltsam gefasst. Mike hatte beschlossen, ihr erst einmal nichts von dem zu erzählen, was er gerade beobachtet hatte. Anja Lange war schon instabil genug und brauchte ihre Nerven für andere Dinge.

Vorsichtig fragte er sie, ob alles in Ordnung sei. Für kurze Zeit herrschte Stille in der Leitung, dann erzählte sie ihm kurz von ihrem Streit mit Florian und fragte, mit einem leichten Zittern in der Stimme, ob er vorbeikommen könnte.

Obwohl Anja ihm versicherte, dass sie ihn selbst gerade hatte anrufen wollen, sagte ihm sein Bauchgefühl, dass irgendetwas faul war. Er versprach, sofort loszufahren, legte auf und wählte Jänkes Nummer. Wenn Mike eines gelernt hatte, dann dass er sich auf seinen Instinkt verlassen konnte. Mit knappen Worten erzählte er seinem Ex-Kollegen, was passiert war und dass er nun zu Frau Lange fuhr. Sollte irgendetwas geschehen, wusste wenigstens jemand, wo er war. Anschließend gab er noch Jenni Bescheid, die ihm Gott sei Dank nicht böse war, da sie selbst noch genug zu tun hatte.

– 34 –

Es war bereits dunkel, als Mike den Motor abstellte und den Zustand seiner Waffe prüfte. Von außen schien alles in Ordnung zu sein, und als sich die Haustür öffnete, bevor er diese erreicht hatte, entspannte er sich ein wenig.

Anja Lange wirkte den Umständen entsprechend ruhig ... vielleicht zu ruhig? Sie ließ Mike eintreten und stellte den Stuhl wieder unter die Türklinke. »Möchten Sie einen Kaffee? Ich habe gerade eine Kanne voll gemacht.«

»Ja, gerne«, antwortete Mike und deutete auf die Tür, »immer noch kein neues Schloss?«

»Nein, hab den Termin vergessen, und die wollen erst am Montag wiederkommen.« Anja Lange zuckte seltsam teilnahmslos mit den Schultern und ging dann in die Küche.

Mike folgte ihr und wunderte sich darüber, dass trotz der Dunkelheit draußen noch alle Rollos geöffnet waren. Ohne sich viel dabei zu denken, fragte er, ob er sie schließen solle. Täuschte er sich oder war sie eben unmerklich zusammengezuckt? Statt auf seine Frage einzugehen, sagte sie, einen Tetrapack Milch in der Hand haltend: »Verdammt, ich habe die Schere in der Toilette liegen lassen.«

Mike runzelte zwar die Stirn, bot aber an: »Soll ich sie holen? Unten oder oben?«

»Unten in der Gästetoilette, neben der Flüssigseife. Die blöde Packung geht nicht auf, und es wäre wirklich wichtig, jetzt eine Schere zu haben.«

Mike verstand die Andeutung und verließ die Küche.

Gut von draußen sichtbar zog Anja das kleine Fläschchen, welches vor ihrem Haus gestanden hatte, aus ihrer Hosentasche und schüttete den kompletten Inhalt in eine Kaffeetasse. Anschließend füllte sie die Tasse mit Kaffee auf und stellte sie auf den Küchentisch. Sie selbst blieb an der Anrichte stehen und behielt ihre eigene Tasse in den Händen.

Mike kam zurück, reichte ihr die Schere und wartete, bis sie die Milchpackung geöffnet hatte. Anschließend schüttete er sich selbst etwas davon in seinen Kaffee, setzte sich an den Küchentisch und fragte unverbindlich: »Wie schlimm war denn der Streit mit Ihrem Freund?«

Während er einen langen Schluck aus seiner Kaffeetasse nahm, erzählte Anja ihm von den Rasierklingen und dass Florian alles abgestritten habe.

Nachdem sich Mike eine Zigarette angezündet hatte, griff er erneut zu seiner Tasse, konnte diese aber schon nicht mehr anheben und begann, panisch zu röcheln. Mit verdrehten Augen ließ er seine Zigarette neben den Aschenbecher fallen, klammerte sich erst am Rand des Küchentisches fest, rutschte dann aber doch zu Boden.

Anja blieb einfach nur stehen, schloss zunächst die Augen und öffnete diese erst wieder, als Mikes Zuckungen aufgehört hatten und kein weiterer Schaum aus seinem Mund kam.

Keine zehn Sekunden später klingelte das Telefon. Ihre zitternden Finger taten sich schwer, das glatte Plastik zu greifen.

Doch irgendwann schaffte sie es endlich, abzuheben und den Hörer an ihr Ohr zu führen, wo sie seine überhebliche Stimme mit den Worten empfing: »Meine Hochachtung, kleine, süße Anja, ich hätte nicht gedacht, dass du das so kaltblütig durchziehst ... Du musst deinen verkrüppelten Bruder wirklich sehr lieben«, und damit eine Wut erzeugte, die sie kaum kontrollieren konnte.

Wieder schloss sie kurz ihre Augen, anders hätte sie ihre Wut nicht zurückhalten können, dann sprach sie so ruhig wie möglich. »Ich habe meinen Teil erfüllt ... wo ist Gerald?«

Es folgte ein unechtes Lachen. »Keine Angst, mein Schätzchen, den bekommst du heil zurück.« Nun folgten Worte, die sie fassungslos machten. Als würde dieser Irre von einem Ding reden, sagte er: »Für mich ist er sowieso wertlos. Egal, was ich ihm angetan habe, dieser Freak hat nicht ein einziges Mal nach Angst gerochen. Erstaunlich, oder?«

»Was?«, begann Anja, konnte aber nicht weiterreden. Irgendwie schaffte sie es, sich unter Kontrolle zu halten und nicht wieder auf ihn einzugehen. »Wo ist Gerald?«

»Du bist ja eine echte Spaßbremse«, klang es fröhlich aus dem Hörer. »Also gut, ich bin ja kein Unmensch ... obwohl ... nein, bin ich doch. Da ich noch etwas zu erledigen habe, musst du dich noch ein wenig gedulden, aber ich verspreche dir, dass dein seltsamer Bruder in ungefähr einer Stunde vor deiner Tür steht.« Wieder folgte eine Pause. »Na, wie klingt das für dich?«

»Tu es einfach«, lautete Anjas kalte Antwort, dann legte sie auf und fragte sich, ob Köstner wirklich nur schauspielerte oder ob sie das Fläschchen nicht gut genug ausgespült hatte. Am liebsten hätte sie sich zu ihm heruntergebeugt, wagte aber nicht, ihren Bruder zu gefährden.

Da sie sich nicht sicher sein konnte, nicht beobachtet zu werden, hob sie ihre Tasse vor den Mund und flüsterte: »Alles in Ordnung mit Ihnen?«

Mike öffnete sein linkes Auge einen Spaltbreit und sagte trotz des Schaums in seinem Mund: »Alles klar, nur die Seife schmeckt wirklich scheiße.«

Fast hätte Anja vor Erleichterung gelächelt, beherrschte sich aber und fragte mit vorgehaltener Tasse: »Und was machen wir jetzt?«

Mike ließ einen Teil der Flüssigkeit aus seinem Mund laufen. »Schütten Sie sich etwas Kaffee über Ihre Bluse. Dann gehen Sie ins Gästebad und schreiben Jänke eine SMS, was Ihnen dieser Irre gerade erzählt hat. Ich habe mein Handy unter das Waschbecken gelegt. Anschließend kommen Sie zurück und legen eine Decke über mich. Er muss glauben, dass er gewonnen hat.« Wieder versuchte Mike, ein wenig Seife aus seinem Mund zu bekommen. »Sie machen das prima. Die Idee, mir auf der Toilette eine Warnung zu hinterlegen, war genau das Richtige.«

Anja tat, was Köstner ihr gesagt hatte, und setzte sich, nachdem sie ihn abgedeckt hatte, auf das Sofa, wo sie so tat, als würde sie weinen. Es blieb nichts zu tun, als abzuwarten und zu hoffen. Nichts war schlimmer als die Ungewissheit, ob sie ihren Bruder tatsächlich bald wiedersehen würde und was dieser Psychopath mit ihm gemacht hatte.

– 35 –

Dank Mikes Anruf war Jänke vorgewarnt und nahm die SMS ernst. Nach einer kurzen Debatte mit seinem Chef überzeugte er diesen schließlich, dass sein Freund Köstner in die Sache involviert war, und dieser stimmte seinem Einsatz zu. Jänke verzichtete darauf, sein eigenes Fahrzeug zu nehmen, und fuhr stattdessen mit dem Einsatzleiter des SEK. Trotz Blaulicht brauchten sie fast 20 Minuten bis zu der Sackgasse, an deren Ende Langes Haus stand. Nach kurzem Suchen fand das Team einen schmalen Forstweg, in dem es seine zwei Kleinbusse halbwegs unsichtbar machen konnte. Danach verteilten sich die Männer in dem stockdunklen Wald und wenige Sekunden später deutete nichts mehr auf ihre Anwesenheit hin.

Jänke und der Einsatzleiter kauerten hinter der halbhohen Mauer eines der letzten Häuser vor dem kurzen Waldstück. Da in dem Haus hinter ihnen kein einziges Licht brannte, war die Gefahr, dass ein Anwohner herauskam und alles zunichtemachte, ziemlich gering. Zeit, um den Bewohnern der Straße etwas zu erklären, blieb nicht, und sie konnten nur hoffen, dass ihnen keiner von ihnen in die Quere kam.

Jänke blickte auf seine Uhr. Seit der SMS waren genau 45 Minuten vergangen und darin war von einer Stunde die Rede gewesen. Um sicherzugehen, dass die Übergabe noch nicht stattgefunden hatte, würde ein Beamter versuchen, Einblick in Langes Haus zu erlangen.

Ohne ein Wort zu sagen, kauerten Jänke und sein Kollege hinter der Mauer und schon nach wenigen Minuten spürten sie, wie die Kälte sich langsam ihren Weg suchte. Endlich griff sich der Einsatzleiter an sein Ohr und Jänke wusste, dass er gerade einen Funkspruch bekam.

Der Mann hörte kurz zu und sagte dann leise zu ihm: »Wir scheinen es rechtzeitig geschafft zu haben. Die Frau sitzt auf dem Sofa und sieht verzweifelt aus, von Ihrem Ex-Kollegen oder dem Jungen ist aber nichts zu sehen.«

Jänke wollte gerade etwas sagen, als von der Hauptstraße Motorengeräusche lauter wurden und sich ein Lichtkegel der Einfahrt zu der Sackgasse näherte. Das Fahrzeug wurde langsamer, bog ab und kam nun genau auf sie zu. Der Einsatzleiter schickte seinen Männern die Warnung genau drei Sekunden zu früh, denn der silberne BMW hielt etwa 20 Meter vor ihnen, wartete, bis sich ein automatisches Gartentor geöffnet hatte, und verschwand dann auf dem Grundstück.

Wieder passierte einige Minuten nichts, und so langsam wurde Jänke unruhig, zumal er sich nicht wirklich vorstellen konnte, dass dieser Irre hier mit Gerald Lange auftauchen würde und diesen seelenruhig bei seiner Schwester abgab. Andererseits, was hatte er zu befürchten? Mike war ausgeschaltet und er konnte davon ausgehen, dass Anja Lange das Leben ihres Bruders nicht dadurch gefährdete, dass sie doch noch die Polizei rief.

Jänke war so sehr in Gedanken, dass ihn erst ein kleiner Rempler seines Kollegen auf ein weiteres Motorengeräusch aufmerksam machte. Wieder erhellte ein Lichtkegel die Hauptstraße, doch dieses Mal erlosch dieser, bevor das dazugehörige Fahrzeug zu sehen war. Nur zehn Sekunden später näherte sich ein Linienbus, der zwar kurz langsamer fuhr, aber nicht anhielt und schließlich wieder verschwand.

Jänke entspannte sich gerade wieder, als oben an der Hauptstraße zwei Personen auftauchten und langsam näher kamen. Noch waren sie zu weit entfernt, um Details erkennen zu können, erst als sie die erste Straßenlaterne passierten, konnte man sehen, dass es sich um männliche Personen handelte.

Der Einsatzleiter murmelte einen Befehl in sein Mikro und suchte sich eine Lücke zwischen den Ästen eines Busches, um besser sehen zu können. Jänke tat es ihm gleich und beide wagten kaum zu atmen, da dies jedes Mal kleine weiße Wölkchen erzeugte.

Die beiden Personen waren inzwischen fast auf ihrer Höhe und nun war sich Jänke sicher, der Kleinere war Frau Langes Bruder. Was den anderen Mann anging, stockte ihm allerdings der Atem, denn dieser war von oben bis unten mit Blut bespritzt, wirkte aber nicht so, als wäre er selbst verletzt. Es war nur ein Wimpernschlag, doch als der zweite Mann für einen kurzen Moment hinter sich blickte, konnte Jänke auch ihn erkennen.

Obwohl er von Florian Engler nur ein altes Bild im Internet gesehen hatte, gab es keinen Zweifel daran, dass er es war. Im Licht der letzten Laterne sah er erneut viel Blut auf dessen Kleidung, und mit einem Mal ahnte er, von wem es stammen könnte. Mike hatte ihm bei seinem letzten Anruf erzählt, dass dieser Engler sich offenbar mit Anjas Freundin vergnügt hatte … und wenn Jänke an den Straubinger Mord dachte, wusste er, wie es aussah, wenn sich dieser Irre vergnügte.

Nun hatten die beiden das Waldstück erreicht und wurden damit für Jänke und den Einsatzleiter so gut wie unsichtbar. Fast schien es, als würden die Bäume sämtliches Licht absorbieren, was es den Männern des SEK allerdings einfacher machte. Durch ihre Nachtsichtgeräte waren sie eindeutig im

Vorteil und das nutzten sie genau in diesem Augenblick aus. Zwei von ihnen lösten sich hinter Engler und Gerald aus dem Unterholz und zwei weitere kamen direkt von der Seite. Die ganze Aktion dauerte höchstens drei, vier Sekunden, dann war Gerald Lange von Engler getrennt und dieser wurde schreiend zu Boden geworfen. Womit die Beamten allerdings nicht gerechnet hatten, war, dass Gerald auch einen Riesenschreck bekam und ebenfalls zu schreien und zu toben anfing. Trotz seiner Behinderung hatte der Junge eine Kraft, die man ihm nicht ansah. Ohne auf die Anweisungen der Polizisten zu reagieren, riss er sich los und rannte wie besessen in Richtung seines Zuhauses. Jänke schickte ein Stoßgebet zum Himmel, dass er die Beamten gewarnt hatte und diese daher nicht schossen.

Inzwischen waren auch Jänke und der Einsatzleiter am Ort des Geschehens. Nachdem Jänke den Beamten erneut in zwei, drei Sätzen erklärt hatte, wie Gerald tickte, verfolgten sie ihn zwar, blieben aber auf Distanz.

Engler hatte man inzwischen Hand- und Fußfesseln angelegt und zog ihn auf die Beine.

Jänke trat vor ihn und fragte ganz direkt: »Stammt dieses Blut von Frau Langes Freundin?«

Florian Engler wirkte irgendwie abwesend, nickte aber.

Es kostete Jänke einige Beherrschung, ruhig zu bleiben. »Haben Sie sie getötet?«

Engler schien immer noch in einer anderen Welt festzuhängen, schüttelte aber den Kopf und sagte stockend: »Nein … nein, wir … er hat uns bei mir aufgelauert.«

»Ach so«, erwiderte Jänke abfällig, »und dann hat er Ihnen Gerald Lange an die Hand gegeben und gesagt, dass Sie gehen können.«

Dieses Mal nickte Engler leicht. »Ja, so war es.«

»Mann, Mann, Mann«, stieß Jänke kopfschüttelnd aus und wandte sich an den Einsatzleiter. »Sie können ihn jetzt abführen. Und schicken Sie möglichst schnell jemanden zu seiner Meldeadresse, dort hat es wahrscheinlich einen Mord gegeben.«

Sie fanden Gerald zitternd vor der Tür kauernd. Obwohl er keine offensichtlichen Verletzungen aufwies, gab es deutliche Anzeichen für eine starke Unterkühlung. Trotzdem warteten die SEK-Beamten, bis Jänke bei ihnen war, da Gerald schon bei der kleinsten Annäherung zu schreien anfing.

Jänke ignorierte das, blieb aber wenige Schritte vor ihm stehen und ging in die Hocke, was Gerald etwas beruhigte.

»Alles gut«, begann Jänke, »dir kann jetzt keiner mehr etwas tun. Bist du verletzt?«

Der Junge sagte zunächst nichts und drückte sich stattdessen noch enger an die Tür.

»Möchtest du gerne zu deiner Schwester?« Jänke konnte kaum erkennen, ob es ein Nicken oder einfach nur starkes Zittern war. Eigentlich hätte er Anjas Bruder gerne einige Fragen gestellt, doch im Augenblick schien das undenkbar. Hinter den bereits blauen Lippen war das Klappern der Zähne zu hören. Der Junge musste den ganzen Tag draußen verbracht haben und schnellstmöglich medizinisch behandelt werden.

Da schon eine weitere unbedachte Bewegung reichte, um ihn panisch werden zu lassen, Gerald aber dringend ins Warme musste, wich Jänke ein Stück zurück und drehte sich zu dem Einsatzleiter um, der hinter ihm stand. »Kann einer von Ihnen nach hinten in den Garten gehen und Frau Anja Lange über die Terrassentür herbringen? Außerdem brauchen wir einen Krankenwagen, nur mit Aufwärmen wird es bei dem Jungen nicht getan sein.«

Der Beamte nickte kurz, gab seinem Kollegen eine Anweisung und zwei Mann verschwanden hinter dem Haus. Er selbst sprach kurz in sein Mikrofon, das auch mit der Zentrale verbunden war, und erstaunt stellte Jänke fest, dass der Mann so klug war, darauf hinzuweisen, dass die Sanitäter auf den letzten Metern ohne Blaulicht und Sirene fahren sollten, um Gerald nicht noch mehr zu erschrecken.

Zwei Minuten später tauchten erst die beiden Beamten, dann Anja Lange und Mike Köstner neben dem Haus auf. Während Mike zu den Polizisten ging, näherte sich Anja langsam ihrem Bruder, und alle waren froh, dass er wenigstens sie an sich heranließ.

Anja wählte ihre Worte mit Bedacht, auch wenn sie ihm am liebsten vor Erleichterung um den Hals gefallen wäre, doch sie wusste, dass man ihren Bruder nicht bedrängen durfte.

Gerade als sie es schaffte, dass Gerald sich vom Boden erhob, tauchte der Krankenwagen zwischen den Bäumen auf und blieb in angemessenem Abstand zu den Beteiligten stehen.

Mike, den Gerald etwas besser kannte, ging zu den beiden hinüber und sagte ruhig zu Anja: »Ihr Bruder sollte unbedingt ins Krankenhaus und untersucht werden.«

Eigentlich hatte er nun einen lautstarken Protest erwartet, aber Gerald klatschte einmal in die Hände und schien sich sogar zu freuen. »Gerald mag Krankenhaus. Gerald mag Farbe Weiß.«

Mike sah Anja Lange an, wie fertig sie trotz der Freude über die Rückkehr ihres Bruders war, und die schlimmste Nachricht stand ihr noch bevor. Daher fragte er Gerald ganz direkt: »Traust du dich, alleine mit diesen beiden Ärzten …«, er deutete auf die beiden Sanitäter und nahm diese Notlüge in Kauf, »… in das Krankenhaus zu fahren? Ich habe dafür gesorgt, dass du heute Nacht im selben Zimmer wie deine Mutter schlafen darfst. Das war ganz schön schwierig, aber die Ärzte haben es erlaubt.« Während Gerald über diese Option nachzudenken schien, sah Mike dessen Schwester fragend an, und diese nickte mit einem leicht dankbaren Gesichtsausdruck.

»Und was denkst du?«, fragte er Gerald nach einer Weile.

Zu seiner Überraschung sah dieser seine Schwester mit großen Augen an. »Darf Gerald das wirklich tun?«

Auch wenn sie wusste, dass er es nicht mochte, nahm sie Gerald kurz in den Arm. »Ausnahmsweise.«

Nachdem Mike den beiden Sanitätern kurz erklärt hatte, um was es ging und dass ihr Patient Autist war, stiegen sie mit Gerald in den Wagen, legten ihm eine Wärmedecke um und waren kurz darauf in der Dunkelheit verschwunden.

Jänke erzählte Mike noch rasch im Detail, was vorhin passiert war und dass er nun zu Florian Englers Wohnung müsste. Er hatte zwar noch keine Bestätigung seiner Vermutung, war sich aber sicher, dass sich dort eine weitere Tragödie ereignet hatte. Er verabschiedete sich und ging mit den SEK-Beamten zu den versteckten Kleinbussen.

Mike folgte Anja wieder ins Haus, ließ sich einen Kaffee machen und bat sie, sich zu setzen.

Nachdem sie sich beide eine Zigarette angezündet hatten, begann er, ohne auf ihre Nachfrage zu warten. »Die gute Nachricht ist, die Sache ist vorbei. Die Beamten konnten den Irren, der Sie verfolgt hat, vorhin überwältigen.«

»Und die schlechte Nachricht?«, fragte Anja, wobei Mike das einsetzende Zittern ihrer Hände zeigte, dass sie es vermutlich schon ahnte.

Fast ein wenig zu leise formulierte er seine Antwort. »Man hat da draußen Florian Engler festgenommen.«

Anjas Zittern verstärkte sich, und als wäre diese Information nicht schon genug, flogen all die Bilder der letzten Tage vor ihrem geistigen Auge vorbei. Seine sanften Berührungen, während sie sich liebten, sein leiser Atem, als er neben ihr schlief, sein offenes Lachen, wie er mit Gerald blödelte.

»Das kann nicht sein«, sagte sie kopfschüttelnd, doch dann sprach Köstner aus, was ihr auch schon in den Sinn gekommen war, sie aber immer wieder verdrängt hatte.

Er legte seine Hände auf die ihren. »Sie haben mir jeden Vorfall genau beschrieben und ich kann mich nicht daran erinnern, dass Florian Engler auch nur einmal anwesend war, wenn Sie einen Anruf bekommen oder etwas anderes bemerkt haben.«

»Aber die Stimme hätte ich doch erkannt, und der Mann, den ich gesehen habe, war doch auch nicht er«, versuchte sie noch immer, die Tatsache zu verdrängen.

Mike sprach ruhig, aber ehrlich weiter. »Eine Stimme unkenntlich zu machen, ist heute kein Problem mehr, und der Mann im Krankenhaus kann zufällig da gewesen sein. Und den Mann, der außerhalb der Gerichtsmedizin mit Gerald geredet hatte, haben Sie nach Ihren Angaben nur von hinten gesehen. Außerdem hat Gerald doch immer von einem Freund gesprochen.« Mike machte eine kurze Pause. »Ich weiß, es ist hart und es wird eine Weile dauern, bis Sie das verarbeitet haben, aber seien Sie froh, dass Ihnen nicht das Gleiche wie Ihrer Freundin passiert ist.« Mike hätte sich schon ohrfeigen können, während er die Worte noch aussprach.

Anja riss ihre Hände regelrecht unter seinen weg und starrte ihn an. »Was ist mit Ute?«

Mike wusste, dass es nun kein Zurück mehr gab. Er erzählte ihr von Jänkes Vermutung. Eigentlich hätte er gerne gesagt, dass sich das alles noch als Fehlalarm herausstellen könnte, aber daran glaubte er selbst nicht, daher ließ er es.

Nachdem einige Sekunden lang keiner von beiden etwas gesagt hatte, wäre Mike fast in das nächste Fettnäpfchen getreten, biss sich aber gerade noch auf die Zunge und erzählte nichts von dem Verhältnis zwischen Florian und Ute. Ihm als Mann wäre es so vermutlich leichter gefallen, mit den Umständen umzugehen, doch mehr als einmal hatte er erfahren dürfen, dass Frauen so etwas ganz anders sahen.

Anja saß immer noch fassungslos da und starrte einfach nur in den dunklen Garten hinaus.

Mike rauchte noch eine weitere Zigarette. »Soll ich Sie alleine lassen?«, erkundigte er sich vorsichtig.

Weitere Sekunden lang rührte sie sich keinen Millimeter, dann schaffte sie es zurück in die Realität, sah sich einmal im Raum um und antwortete emotionslos: »Ich kann hier nicht bleiben, können Sie mich bitte nach Hause fahren?«

Mike versuchte ein Lächeln. »Natürlich. Packen Sie zusammen, was Sie brauchen. Vielleicht ist es eine gute Idee, jetzt in Ihr vertrautes Umfeld zurückzukehren. Kümmern Sie sich nur um sich selbst, für Ihre Mutter und Ihren Bruder wird gut gesorgt.«

Die Digitaluhr des Autos sprang gerade auf 23 Uhr, als Mike vor dem Hochhaus hielt. »Soll ich Sie noch nach oben bringen?«

»Ja, bitte.« Anja ließ sich helfen und beide stiegen aus.

Mike fuhr mit nach oben, wartete, bis sie jeden Raum ihrer kleinen Wohnung einmal betreten hatte, und verabschiedete sich dann.

Anja zog sich etwas Bequemes an, öffnete einen Wein, den sie aber nicht anrühren konnte, und setzte sich auf ihr kleines Sofa. Es war bereits eine halbe Stunde vergangen, als ihr zum ersten Mal auffiel, dass sie die ganze Zeit nur auf ihr Telefon gestarrt hatte. Irgendetwas in ihr konnte nicht glauben, dass nun alles vorbei war.

– 36 –

»Hallo, mein Engel … halloooo.«

Zunächst erstaunt darüber, tatsächlich eingeschlafen zu sein, glaubte Anja, geträumt zu haben. Erst als sie versuchte, sich umzudrehen, um möglichst schnell wieder in den unschuldigen Schlaf zurückzufinden, spürte sie die kalten Hände auf ihrem Arm. Adrenalin überschüttete ihren Körper, doch seine Chemikalie war schneller und ihre Muskelkontraktionen reichten gerade noch, um den Kopf ein Stück zu drehen. Die beiden Hände lösten sich und zogen dabei eine kleine Spritze aus ihrer Haut, was jedoch keinen Schmerz bereitete.

Fast schon erstaunt blickte sie, so gut es ging, nach oben und damit direkt in das ihr unbekannte Gesicht. Der dichte Bart fehlte, aber die Augen waren ihr fast schon vertraut.

Wieder drang seine Stimme in ihr Bewusstsein, wenn auch etwas verzerrt. »Ich konnte dich doch nicht so einfach gehen lassen. Du hast ja keine Ahnung, wie ich mich nach deinem Geruch gesehnt habe. Niemand riecht so wunderbar nach Angst wie junge Frauen«, er beugte sich etwas weiter herunter und sog hörbar Luft ein, »und bei dir beginnt es schon jetzt.«

Anja wollte etwas sagen, schaffte aber nur ein Röcheln, wobei ihr Verstand seltsamerweise nach Arzneien suchte, die so etwas verursachen könnten.

Nun entfernte sich der Mann, klappte ein Kamerastativ auf und stellte es in die richtige Position. Anschließend zog er sich aus und legte sich neben sie. Alles in ihr schrie nach Flucht, aber außer den Empfindungen ihrer Haut schien nichts mehr in ihrem Körper auf sie zu hören. Nur ihre eigenen Gedanken zwangen ihr die Bilder einer Vergewaltigung auf … einer Vergewaltigung, der sie absolut hilflos ausgeliefert sein würde.

Als hätte der Mann neben ihr diese Gedanken gelesen, kam er erneut näher, roch intensiv an ihrer Achsel und sagte dann fürsorglich: »Keine Sorge, mein Engel, mir liegt nichts daran, meinen Schwanz in dich zu stecken. Mir genügt es völlig, deine Angst zu riechen.« Und als wäre es das Normalste auf der Welt, sagte er: »Was mich allerdings unheimlich anmacht, ist, wenn dein Körper dabei langsam kälter wird.«

Anja brauchte einige Augenblicke, bis sie ahnte, was er damit meinte. Ein neuerlicher Angstschub durchfuhr sie und alles in ihr schrie auf, doch bei ihrem Körper reichte diese Panik nur für eine winzige Bewegung des Fußes. Warum konnte sie nicht einfach ohnmächtig werden? So sehr sie sich auch bemühte, diese Panik ließ sich nicht aufhalten und musste unweigerlich in den Wahnsinn führen. Nach einem kurzen Gefühl der Kälte schien ihr nun der Schweiß aus jeder Pore zu dringen und sie spürte, wie sich das Bett neben ihr bewegte.

Fast schon andächtig setzte sich der Mann neben sie auf seine Knie, schob ihr erst die Bettdecke vom Körper und begann anschließend, sie auszuziehen. Stück für Stück streifte er ihr vom Leib, tauchte seine Nase tief in den Stoff und atmete den Geruch langsam ein. Dann erst legte er die Kleidungsstücke fein säuberlich neben sich und roch anschließend an ihr selbst.

Anja wollte schlagen, wollte treten, wollte schreien, doch die Chemikalie hatte sie fest im Griff. Eine Zeit lang umkreise er sie fast schon gierig, immer auf der Suche nach den am intensivsten riechenden Körperstellen, dann löste er sich plötzlich und verkündete, als wäre auch das völlig normal: »Wahrscheinlich glaubst du, jetzt schon an der absoluten Grenze der Angst zu sein. Dabei kann ich dir versichern, dass das noch gar nichts war. Du als angehende Ärztin solltest wissen: Die wirklich guten Aromen bildet der Körper erst bei richtiger Todesangst ... und nun darfst du eine Erfahrung machen, die nur wenigen Menschen zuteilwird, und glaube mir, diese Grenzerfahrung ist wirklich etwas ganz Besonderes.«

Seine Stimme hallte wie Hohn in ihren Gedanken wider, begleitet von der immerwährenden Frage: *Warum das alles?*

Noch einmal nahm er einen tiefen Atemzug, wobei er sein Gesicht zwischen ihre Brüste drückte, dann erhob er sich und war schon auf halbem Weg zur Schlafzimmertür, als er noch einmal stehen blieb und sich zu ihr umdrehte.

Er kam nur für einen kurzen Augenblick in Anjas Sichtfeld, doch sie sah, dass sich auf seinem ganzen Körper nicht ein einziges Haar befand. Da er auch nicht besonders groß war, ähnelte er absurderweise mehr einem Knaben als einem Mann. Doch dass dieser Umstand die Gefahr nicht minderte, zeigten seine nächsten Worte. Er war noch einmal zurückgekommen, setzte sich neben Anjas Schultern auf die Bettkante und drehte ihren Kopf so zur Kamera, dass sie genau ins Objektiv blickte. Dann empfahl er ihr: »Du solltest versuchen, ein wenig zu lächeln. Wir haben zwar nicht viele Zuschauer, aber diese haben wirklich viel dafür bezahlt, dich leiden zu sehen.«

Anja brauchte eine Weile, um zu verstehen, und wieder neue Bilder strömten ungehindert durch ihren Kopf. Sie konnte nicht anders, als sich vorzustellen, wie jemand an einem Monitor saß und sich in diesem Augenblick an ihrem Leid und vermutlich auch an ihrem nackten Körper aufgeilte. Mit einem Mal fühlte sie sich unendlich schmutzig. Damals, als einer ihrer Ex-Freunde sie mehr oder weniger vergewaltigt hatte, war das Gefühl, einfach benutzt worden zu sein, schon fast unerträglich gewesen, aber jetzt und hier ... Wie sollte sie damit weiterleben? Wenn sie denn überhaupt weiterlebte ...

Übelkeit stieg ihre Speiseröhre hoch, doch zum Glück nicht weit genug, um ihre Luftröhre zu erreichen. Sie wollte weg, einfach nur noch weg, weg, weg ...

Geklapper, das von nebenan kam, holte sie etwas aus ihrer Angst. Anja kannte die Geräusche ihrer Wohnung und wusste, dass er gerade einen der Küchenschränke geöffnet und geschlossen hatte. Was machte dieser Irre? Der Messerblock stand doch auf der Anrichte, was also suchte er in ihren Schränken?

Die Geräusche verstummten und er kam wieder zurück in ihr Sichtfeld, wobei er ihr einen großen Messbecher vors Gesicht hielt, diesen dann aber wortlos neben sie aufs Bett stellte. Für einige wenige, fast schon erleichternde Augenblicke konnte sie sich keinen Reim darauf machen, was er vorhatte, bis er fragte: »Wie viel Blut darf man höchstens verlieren? Waren es eineinhalb Liter oder doch ganze zwei?«

Begleitet von den Worten »Ach, wir werden schon sehen« tauchte eine der Rasierklingen vor ihrem Gesicht auf, mit denen Gerald gespielt hatte. Ein Zittern, das auch die Droge nicht unterbinden konnte, erfasste ihren Körper.

Nun legte er die Klinge auf das Nachtschränkchen, setzte sich über sie und zog sie in eine leicht sitzende Position, wobei er alle Kissen und Decken benötigte, um ihren spannungslosen Körper zu stabilisieren. Anschließend kontrollierte er noch einmal die Kameraeinstellung, blieb kurz betrachtend vor ihr stehen und stellte erfreut fest: »Das sieht wirklich gut aus, meine Schöne. Ich hoffe, du wirst es genießen. Es soll sich anfühlen, als wenn die Kälte der Nacht langsam in deinen Körper Einzug hält. Es gibt keine Brüche, jeder Zustand fließt sanft in den nächsten.«

Innerlich schrie Anja, doch aus ihrem Mund kam nur ein kaum wahrnehmbarer Ton. Sie versuchte es mit aller Gewalt, und tatsächlich zuckte ihr Kopf ein winziges Stückchen zur Seite, was er mit den Worten kommentierte: »Ah … perfekt. Das Mittel lässt langsam nach, das wird es für dich noch interessanter machen.«

Nun setzte er sich in die richtige Position, nahm ihren Arm und tauchte die Rasierklinge langsam in ihr weiches Fleisch. Anja spürte den Schmerz, allerdings nicht sofort. Es war mehr, als würde eine heiße Flüssigkeit langsam in ihrem Arm nach oben steigen. Wieder versuchte sie zu schreien, und dieses Mal war der erzeugte Ton schon etwas lauter. Wenn sie es laut genug schaffen würde, um vielleicht einen Nachbarn zu alarmieren, hatte sie vielleicht eine Chance.

In den ersten Sekunden vermied sie es, auf ihren Arm zu blicken, als aber Kälte die Hitze des Schmerzes ablöste, konnte sie nicht mehr anders und war fassungslos. Der Messbecher war bereits zur Hälfte mit ihrem Blut gefüllt und sie wusste, dass dieser zwei Liter fasste. Bis jetzt hatte sie den Gedanken verdrängt, aber das immer weiter herauslaufende Blut ließ keinen Zweifel: Dies waren die letzten Minuten ihres Lebens. Sie spürte, wie sich ihr Herz bemühte, den Blutdruck aufrechtzuerhalten. Schwindel stieg in ihren Kopf und eine ihre unbekannte Kälte breitete sich in ihrem Körper aus. Gänsehaut überzog jeden Zentimeter ihrer Haut und öffnete damit sämtliche Poren, die im Widerspruch zu dem Gefühl der Kälte feine Schweißtropfen bildeten. Anja fiel es schwerer und schwerer, ihre Augen offen zu halten, aber sie wollte doch leben. Dann drückte er zu und beendete den Blutfluss.

Anja schaffte es, bei Bewusstsein zu bleiben, musste dadurch aber miterleben, wie er begann, sie mit seiner Nase in sich aufzunehmen. Immer noch ihre Wunde zusammendrückend, schob er sich auf sie, roch gierig an ihrer Haut, murmelte dabei immer wieder: »So schön kalt … kalt wie Nachttau in den Gräsern …«, wobei er mit dem Finger fast schon liebevoll über einzelne Tropfen ihres Schweißes strich, bis sich mehrere zusammenfügten und an ihrer Haut herunterliefen, wobei sie eine feine Spur hinterließen, die er mit seiner Nase nachverfolgte. Dabei murmelte er wieder: »So schön kalt ...«

Anja hatte keine Ahnung, wie lange das so weiterging, denn ihr Bewusstsein hatte längst aufgegeben, ihm zu folgen. Irgendwann ließ er noch einmal etwas Blut in das fast volle Gefäß laufen, doch ihre Reaktion blieb dieses Mal aus. Anja spürte keine Angst mehr, irgendetwas in ihr schien sich mit der Endlichkeit abgefunden zu haben. Wie zum Trotz schlossen sich ihre Augen und ihre Seele tauchte ein in eine Welt voll Frieden und Stille.

– 37 –

Es war kein wirkliches Erwachen, mehr der Wechsel von einem dämmrigen Bewusstseinszustand zurück in die Abgründe der Realität. Dieses Mal war dieser Wechsel nicht durch ein Geräusch ausgelöst, sondern durch einen Schweißtropfen verursacht worden, der sich in Anjas Auge verirrt hatte. Ohne es bewusst zu tun, verkrallten sich ihre eiskalten Hände in der Zudecke. Ihr Atem wurde so flach wie möglich, um keinen Laut zu verursachen, und ihre geröteten Augen starrten an die Zimmerdecke.

Wie so oft in den letzten Tagen und Nächten suchten ihre Gedanken einen Grund oder wenigstens einen Auslöser für ihre Situation. Doch da war nichts. Alles, was sie noch wusste, war, dass sie in ihrem eigenen Bett lag, welches in ihrer eigenen kleinen Wohnung stand. Ihr Zuhause war noch immer liebevoll und gemütlich eingerichtet, aber sie konnte diesen Wänden nicht mehr vertrauen. Selbst die kleinsten Gegenstände waren zu einer Unsicherheit geworden. Hinter jedem Ding konnte etwas stecken, was ihr zum Verhängnis werden konnte.

Nichts hatte ihr geholfen. Er war übermächtig, und sie war sich sicher, er würde wiederkommen … ES GAB KEINEN AUSWEG.

Ihre Hand wollte den Schweißtropfen aus ihrem Auge wischen, ließ sich aber kaum bewegen. Als zögen dicke Gummibänder an ihr, löste sie die verkrampften Finger von der Zudecke und musste all ihren Willen aufbringen, um die Hand an den Kopf zu führen.

Als dies geschafft war und das Brennen in ihren Augen etwas nachgelassen hatte, schloss sie diese für einige Sekunden. Erst war das Bild zu undeutlich, dann wurde es schärfer und ihr Geist zeigte ihr den einzig möglichen Ausweg. Sie brauchte einige Sekunden, um diesen Gedanken, diesen Weg, zuzulassen, doch als dies geschehen war, schien alle Last von ihr abzufallen. Die bleierne Schwere der letzten Tage, all die Angst und Verzweiflung hatten nun keinen Angriffspunkt mehr.

Anja erhob sich wie in Trance, ließ im Vorbeigehen ihre Hände über die Blätter der kleinen Zimmerpalme streifen und bildete sich ein, dass diese ihr Mut zusprachen. Mit gesenktem Blick setzte sie einen Fuß vor den anderen, ohne dabei wie sonst das Gefühl des hochflorigen Teppichs unter ihrer Haut zu genießen.

Die Stadt hinter ihrem großen Wohnzimmerfenster war so still, wie sie es morgens um vier Uhr immer war. Der kalte Herbstregen peitschte gegen das Glas, wobei die einzelnen Tropfen unentwegt neue Spuren zeichneten und einen milchigen Schleier über die Stadt legten. Anja drehte sich noch einmal um ihre eigene Achse, und als wäre es abgesprochen, begannen die Lämpchen des auf stumm geschalteten Telefons zu blinken, doch es hatte seine erschreckende Wirkung verloren. Ganz im Gegenteil, jetzt gab es ihr nur noch mehr Mut.

Ein hämisch irres Grinsen legte sich über ihr Gesicht, dann blickte sie noch ein letztes Mal auf das Bild ihrer Mutter, wandte sich anschließend wieder dem Fenster zu und öffnete es.

Eine kalte Windböe, vermischt mit eisigen Regentropfen, umhüllte sie für einen kurzen Augenblick, doch die Kraft, welche ihr die Kälte abzog, gab ihr der deutlich hörbare Signalton des Anrufbeantworters wieder zurück. Ihr Blick fokussierte einen weit entfernten Punkt am Horizont, der sie zu locken schien, dann trat sie bis an das kalte Außengitter des bis zum Boden reichenden Fensters, beugte den Oberkörper darüber und gab sich erleichtert der Schwerkraft hin.

– 38 –

Um halb vier Uhr nachts war es endlich so weit. Mike war es nicht gelungen abzuschalten, und er hatte sich nur von einer Seite auf die andere gedreht, ohne auch bloß eine Minute lang in den Schlaf zu finden. Irgendetwas stimmte nicht! Es war zum Verrücktwerden. Immer wenn er glaubte, gerade den Fehler erfasst zu haben, war der Gedanke wieder verschwunden.

Nun blinzelte er ein wenig, um nach der Uhrzeit zu sehen, und da war es. Ausgelöst von dem Bild seiner Kinder, das neben dem Wecker stand, wusste er, warum man mit diesem Florian Engler nicht den Richtigen verhaftet hatte. Es waren die Fotos im Garten von Anja Lange, die nicht ins Bild passten. Engler war erstens zu jung und außerdem noch nicht lange genug in der Gegend, um Mikes Vergangenheit so gut zu kennen. Nein, diese Fotos hatte jemand für ihn ausgelegt, der ihn schon sehr lange beobachtete und viel von ihm wusste. Was das gleichzeitig bedeutete, war Mike mehr als bewusst. Beinahe froh, endlich aufstehen zu können, schwang er sich aus dem Bett, stieg in seine Klamotten und griff zum Telefon. Da er bei Anja Langes Handynummer nur die Ansage bekam, dass der Teilnehmer momentan nicht verfügbar war, versuchte er es mit dem Festnetz und konnte so wenigstens auf dem Anrufbeantworter die Nachricht hinterlassen, dass er auf dem Weg zu ihr sei.

Der Wagen kam nur widerwillig in Gang, und als er endlich lief, musste Mike vorsichtig fahren, da der einsetzende Schneeregen langsam für sehr glatte Straßen sorgte. An einer roten Ampel, die um diese Zeit völlig sinnlos ihren Dienst tat, schaltete er die Freisprecheinrichtung seines Handys ein und versuchte, Jänke zu erreichen, der zu seiner Überraschung selbst auf dem Weg zu Anja Langes Haus war, aber noch nichts Genaues wusste. Die örtliche Polizei hatte ihn wegen eines vermutlichen Selbstmordes herausgeklingelt, aber bisher nichts über das Opfer gesagt. Mike verabschiedete sich knapp, fluchte laut und beschleunigte den Wagen mehr, als er eigentlich verantworten konnte.

Trotz der überhöhten Geschwindigkeit und der leeren Straßen brauchte er fünfzehn Minuten bis zu dem hässlichen Hochhaus, an dessen Fassade sich jetzt zahlreiche Blaulichter spiegelten und wo vereinzelt Menschen hinter den Vorhängen standen.

Da man den Ort des Geschehens abgesperrt hatte und sämtliche Parkflächen besetzt waren, musste Mike seinen Wagen wenden und sich irgendwo einen freien Parkplatz suchen. Früher hätte man ihn hinter das Absperrband gelassen, aber diese Zeiten waren vorbei.

Nach weiteren drei Minuten des Suchens gab er auf und stellte das Auto einfach auf die hässlich graue Grünfläche einer der parkähnlichen Anlagen, die man zur Erholung der Anwohner zwischen zwei der Hochhäuser gequetscht hatte.

Er stellte den Motor ab, griff sich sein Handy und lief zum Ort des Geschehens, wo er den Beamten wenigstens klarmachen konnte, dass Hauptkommissar Jänke ihn erwartete. Einer der Polizisten sprach etwas in sein Funkgerät, dann wurde das Absperrband angehoben und Mike durfte passieren.

Nach kurzem Suchen fand er Jänke, der gerade mit einem der Sanitäter gesprochen hatte und ihn jetzt zu sich winkte. Tom musste nichts sagen, Mike sah ihm an, was passiert war.

»Sie ist es – oder?«, begann er, als sie nur noch zwei Schritte trennten.

Tom nickte, blickte kurz auf den Boden. »Ja, ich habe sie identifiziert.«

»Scheiße.« Auch Mike konnte den Blick nicht halten, fasste sich aber und fragte: »Wie?«

Tom schluckte einmal. »So, wie es mir der Sanitäter gerade erzählt hat, hat sie wohl erst versucht, sich die Pulsader aufzuschneiden, diese dann aber mit einem Druckverband versorgt und ist anschließend aus dem Fenster gesprungen.«

»Aber das macht doch überhaupt keinen Sinn«, warf Mike wütend ein. »Habt ihr euch oben schon umgesehen?«

»Ich noch nicht, die Streife sagt allerdings, da sei nichts.« Tom wusste, was gleich kommen würde, und griff Mike voraus. »Hör zu, ich gehe gleich selbst hinauf und sehe mir ihre Wohnung an. Und ich verspreche dir, sorgfältig zu sein, aber ich kann dich da nicht mit hineinnehmen.«

Mike ging nicht darauf ein. »Das war kein Selbstmord. Ich habe dir doch von den Fotos aus meiner Vergangenheit, die in ihrem Garten lagen, erzählt. Das alles passt nicht zu Florian Engler, wir haben den Falschen eingesperrt und Anja Lange einem Wahnsinnigen überlassen.«

Der Kommissar nickte. »Gut möglich, dass du recht hast, und gerade deshalb musst du diesen Platz jetzt verlassen. Du weißt doch selbst, wie es vor Gericht zugeht. Sollte es irgendwann zu einem Prozess gegen den Richtigen kommen, reicht alleine deine Anwesenheit an einem Tatort, um dem Staatsanwalt das Leben schwer zu machen. Bitte, geh zu deinem Wagen, rauch ein paar Zigaretten und warte, bis ich hier fertig bin.« Tom machte eine Pause. »Wo stehst du?«

So schwer es ihm auch fiel, Mike sah ein, dass er recht hatte. Er atmete noch einmal durch und nickte nach rechts. »Da hinten, in dem kleinen Park neben dem Gebäude.«

»O. k. Ich komme dann rüber.« Anschließend drehte der Kommissar sich ohne ein weiteres Wort um und eilte in Richtung Hauseingang, wo ihn bereits ein junger Kollege erwartete, den Mike noch nicht kannte.

Als die beiden verschwunden waren, verließ er den Platz und ging zurück zu seinem Wagen. Er setzte sich hinein, zündete sich eine Zigarette an, spürte einen kleinen Stich in seinem Nacken und schlief fast augenblicklich ein.

– 39 –

»Hast du alles dabei?«

»Ja, die Kameras sind in dem Koffer und die restlichen Filmaufnahmen hier auf diesem Stick.«

»Hast du auch den Sprung der Kleinen?«

»Nein, leider nicht. Hätte nicht gedacht, dass sie so weit geht ... wirklich schade, ich hätte sie später gerne noch einmal besucht ... Du hättest sie erleben sollen: ihre Haut kalt wie eine sternenklare Winternacht und ihr Geruch ... so schwer und trotzdem wild ...«

»Verschone mich. Mir ist wichtig, dass keine Spur zurückgeblieben ist und unsere Kunden zufrieden sind.«

»Und, sind sie es?«

»Und wie sie es sind! Besonders deine Idee, am Ende noch die Freundin für ihre Affäre zu bestrafen, hat sie begeistert.«

»Die ist aber auch schön gestorben. Dafür, dass sie quasi in ihr Innerstes blicken konnten, hat sie doch wirklich lange durchgehalten, oder findest du nicht?«

»Für meinen Geschmack war es zu viel Blut, aber wenn es den Zuschauern gefällt, soll es mir recht sein.«

»Und wie geht es jetzt weiter?«

»Mit ihm oder mit dem Spiel?«

»Na, ihn können wir nicht mehr gehen lassen, dafür weiß er zu viel. Nein, ich meine, mit dem Spiel.«

»Wenn du Lust und Zeit hast, würde ich das nächste in einem halben Jahr starten. Wir müssen jetzt erst einmal warten, bis sich alles etwas beruhigt hat, und außerdem muss ich noch einige Interessenten überprüfen. Die sind zwar alle stinkreich und können es sich nicht erlauben, mit uns in Verbindung gebracht zu werden, aber ich muss trotzdem auf der Hut sein. Es gibt schon zweiundzwanzig neue Anfragen aus der ganzen Welt, zehn von ihnen werde ich nehmen.«

»Warum nur zehn?«

»Weil es erstens sicherer ist und weil es zweitens den Preis hoch hält. Klasse statt Masse, verstehst du? Und wie sieht es aus, bist du dabei? Dreißigtausend Euro und die Ausrüstung bekommst du wieder gestellt.«

»Aber sicher bin ich dabei, du bezahlst mich dafür, dass ich meinen Spaß habe. Was gibt es Besseres?«

»Gut, sehr schön. Ich sage unserem Schnüffler jetzt noch schnell ›Goodbye‹, danach gehört er dir. Lass es bitte wie Selbstmord aussehen; das zieht am wenigsten Ermittlungen nach sich. Grund dazu hatte er ja, schließlich ist seine Mandantin aus dem Fenster gesprungen.«

Mike hörte, wie Schritte auf ihn zukamen, und versuchte, den Kopf zu heben. Um ihn herum gab es nichts als betongraue Wände, erhellt von einigen verstaubten Neonröhren. Der Stuhl, auf dem er saß, war zwar aus Holz, widerstand aber jedem Versuch, nachzugeben. Wer auch immer ihn gefesselt hatte, er verstand sein Handwerk, denn das Seil ließ kaum Bewegung zu.

»Ah, unser Held ist ja schon wach und hat mitgehört, dann muss ich mich ja gar nicht mehr vorstellen.«

Mike schaffte es, den Kopf etwas anzuheben, konnte aber durch das Gegenlicht noch keine Gesichter erkennen. Da fiel sein Blick auf die Hand des größeren Mannes und bestätigte, was er schon vermutet hatte. Die Narbe war gut verheilt, aber deutlich sichtbar. Trotz seines trockenen Mundes schaffte er es, ein paar Worte zu krächzen: »Wotan Döring. Peter hätte dir damals ins Herz und nicht nur in die Hand stechen sollen.«

»Ich fand das mit der Hand eigentlich gar nicht so schlecht«, antwortete Döring ruhig, »habe ich es doch Ihrem toten Partner zu verdanken, dass mich der Richter nicht länger einsperren konnte.« Nun schnalzte er einige Male mit der Zunge. »Ein mit Gewalt erzwungenes Geständnis … Kommissar Groß hätte es doch wissen müssen.«

»Sie sind ein perverses Arschloch.« Obwohl Mike immer noch kein Gesicht erkennen konnte, blickte er nun zu ihm nach oben.

»Ach, Köstner, letztlich ist doch das ganze Leben nur ein Spiel, und derjenige, der die Spielregeln macht, hat schon so gut wie gewonnen. Wissen Sie noch, wie viele Menschen sich damals für die Qualen der drei Frauen begeistert haben …? Ich würde sagen, der Erfolg gibt mir recht.«

»Sie sind krank.« Mehr fiel Mike dazu nicht ein.

Nun kauerte sich Döring vor ihm nieder, sah ihm in die Augen und klopfte ihm auf die Schultern. »Ein bisschen schade ist es ja schon, und ehrlich gesagt war es auch nicht geplant, dass Sie sich wieder einmischen. Umso mehr war es mir ein Vergnügen, Sie erneut als Gegner gehabt zu haben. Aber irgendwann ist jedes Spiel vorbei und leider kann ich Ihnen keine Hoffnung auf eine weitere Partie machen.« Nun erhob sich Döring wieder und stellte dabei nüchtern fest: »Ich muss jetzt langsam los, die Presse erwartet die Präsentation unseres neuesten Shooters. Vielleicht interviewt mich ja sogar Ihre kleine süße Freundin. Wie hieß die noch gleich … Jenni, oder? Sie steht übrigens ganz oben auf der Liste für unser nächstes Reality-Game.« Döring gab seinem Handlanger einen kleinen

Klaps. »Mein Freund hier ist schon ganz hin und weg vor Begeisterung und glaubt, sie würde sich prima schlagen, wenn man sie in einer kleinen Hütte auf einem Bett festbindet. Er hat da diese wirklich ausgefallene Idee, dass man ihr nur ziemlich schmerzhafte Möglichkeiten lässt, um sich selbst zu befreien. Wissen Sie, Herr Köstner, das ist nämlich genau das, was unsere gelangweilten, aber reichen Kunden sehen wollen ... den nackten Kampf ums Überleben. Doch genug gequatscht, ich überlasse Sie nun meinem Freund hier und wünsche Ihnen ein schönes Wiedersehen mit Ihrer toten Familie.«

Ohne sich noch einmal umzudrehen, nahm Döring den Koffer mit den Minikameras und Mikrofonen, rief noch einmal: »Viel Spaß euch beiden«, und verschwand durch eine Feuerschutztür.

Noch bevor Mike das Gehörte richtig realisiert hatte, schlug die schwere Metalltür zu und Stille kehrte ein. Zum ersten Mal, seit er hier aufgewacht war, trat nun der andere Mann in den Vordergrund. Mike versuchte, ihn abzuschätzen, und es war wie so oft: Die schlimmsten Kriminellen, mit denen er es bei der Mordkommission zu tun gehabt hatte, sahen aus, als könnten sie kein Wässerchen trüben, so auch dieser Irre. Das Alter war schwer zu schätzen, irgendetwas zwischen 30 und 40. Die Kleidung völlig unauffällig, und doch war da etwas, das nicht stimmte. Mike brauchte einen Augenblick, bis er wusste, was ihn irritierte. Der Mann hatte keinerlei Haare am Körper, weder auf dem Kopf noch am sichtbaren Unterarm, und auch die Augenbrauen fehlten.

»Und jetzt?«, fragte Mike beherrscht, obwohl er kurz vor einer Panikattacke stand.

Die beiden stechend blauen Augen musterten ihn von oben bis unten, bis der Mann schließlich sagte: »Ich würde vorschlagen, wir unterhalten uns ein wenig.«

Mike glaubte, nicht richtig gehört zu haben. »Unterhalten?«
»Ja, warum nicht?« Nun kam der Mann auf ihn zu und umkreiste einmal den Stuhl. »Ah, klar. Sie wundern sich darüber, warum wir es nicht gleich beenden. Normalerweise haben es die bösen Buben immer eilig, oder?« Jetzt ging er vor Mike in die Hocke und sah ihm ins Gesicht. »Keine Sorge, Sie dürfen bald zu Ihrer Familie. Deren Mörder hätte ich nach allem, was Wotan mir erzählt hat, übrigens gerne einmal kennengelernt. Der war ja wohl noch lustiger drauf als ich …«, es folgte eine kurze Pause, »… aber ich schweife ab. Also, wie gesagt, wir beenden das hier bald. Es ist nur so, dass ich sicher sein möchte, dass Ihr Körper das Mittel, welches ich Ihnen gespritzt habe, vollständig abgebaut hat. Dieser Dr. Gruber scheint mir ein fähiger Gerichtsmediziner zu sein, und wir können es uns nicht leisten, dass er etwas findet, das ihm verdächtig vorkommen könnte. Das verstehen Sie doch, oder?«

Mike hörte ihm wie versteinert zu, wobei seine Hände unermüdlich nach einem Schwachpunkt an den Fesseln suchten, was aber durch die Rückenlehne des Stuhles erschwert wurde.

Der Mann erhob sich wieder, trat noch einen Schritt nach vorne und beugte sich, langsam einatmend, zu ihm herunter. Deutlich hörbar die Luft einsaugend, schwebte seine Nase erst über Mikes Kopf und senkte sich schließlich bis in seinen Nacken, den sie ein wenig berührte.

Angeekelt versuchte Mike, sich ein Stück zur Seite zu beugen, was ihm eine laut klatschende Ohrfeige einbrachte.

Als wäre nichts gewesen, trat sein Gegenüber einen Schritt zurück und meinte emotionslos: »Du stinkst wie alle Männer. Ich kann wirklich nicht verstehen, wie Frauen diesen Gestank aushalten. Sie selbst riechen so wunderbar, vor allem wenn sie in Panik geraten, und dann geben sie sich so stinkenden Männern hin … Ich verstehe es wirklich nicht.«

Mike dämmerte langsam, mit was für einer Art Irren er es hier zu tun hatte, und beschloss, ein wenig mitzuspielen. Sollte er das Ganze hier überstehen, wäre jede Information wichtig, um diesen Wotan Döring lebenslänglich wegzuschließen. Er sammelte etwas Spucke, um seinen Hals zu befeuchten, und fragte, ohne zu provozieren: »Wie riechen denn Frauen?«

Offenbar hatte er die richtige Frage gestellt. Fast schon lächelnd geriet der Irre ins Schwärmen. »Man kann das gar nicht richtig beschreiben. Solange sie nur Angst haben, ist es ein schwerer Duft, ja, ein geradezu betörender Duft. Aber richtig interessant wird es erst, kurz bevor das letzte bisschen Leben aus ihrem Körper schwindet. Eigentlich sollte man meinen, dass es dann noch intensiver wird, doch das Gegenteil ist der Fall. Alles Schwere verschwindet aus dem Geruch ihres Schweißes und wird geradezu unschuldig. Es ist ein bisschen wie die Luft in einer sehr kalten Winternacht, alles ist nur noch auf das Notwendigste reduziert ... so wie bei meiner Schwester damals ...« Die Stimme des Mannes hatte eine fast verträumte Note bekommen.

Mike nahm den Faden auf. »Ihre Schwester hat auch so gerochen?«

»Ja, ich hielt sie bis zum Schluss in meinen Armen.«

»War sie krank?« Mike wusste, dass er vorsichtig sein musste. Ihm war es gelungen, seine Armbanduhr zu öffnen, und er bearbeitete jetzt mit der scharfen Kante des Verschlusses das Seil zwischen seinen Händen. Er musste den Typen irgendwie ablenken und das Thema schien geeignet.

Der Mann schüttelte den Kopf. »Nein, sie war nicht krank ... aber unser Vater war es.« Täuschte sich Mike oder stand dem Typen, als er weitersprach, tatsächlich eine Träne im Auge?

Mit verklärter Stimme erklärte dieser: »Wir wohnten damals auf einem Bauernhof und da gab es so eine alte, eingegrabene

Kiste hinter dem Haus. Immer wenn meine Schwester oder ich etwas angestellt hatten, steckte uns unser Vater da hinein, schloss den Deckel und ließ uns darin nachdenken, wie er zu sagen pflegte. An einem kalten Winterabend war es wieder so weit. Stunde um Stunde verging. Wir schrien und klopften, aber niemand kam – und die Temperatur fiel immer weiter. Eine Stunde, nachdem meine Schwester ihren letzten Atemzug getan hatte, war mein Vater endlich besoffen genug, dass unsere Mutter es wagen konnte, sich hinauszuschleichen und die Kiste zu öffnen. Ich lag so eng bei meiner Schwester, dass ich jedes Stadium des Sterbens riechen konnte ...«

Für einen kurzen Augenblick herrschte völlige Stille in dem Keller der alten Industrieanlage und Mike nahm wahr, wie der Mann sich wieder fasste. Als würde er nun von einer Urlaubsreise erzählen, beschloss er seine Geschichte mit den Worten: »Meine Mutter fand man einen Tag später erhängt in unserer Scheune, aber da saß mein Vater schon im Gefängnis.«

Als hätte jemand einen Schalter umgelegt, wandte er sich ab, griff in eine kleine Sporttasche, die etwas am Rand stand, und zog Mikes Pistole heraus. »So, genug jetzt. Möchten Sie noch etwas sagen?«

Mike musste hart schlucken, wobei seine Hände fieberhaft das Seil hinter seinem Rücken bearbeiteten. Irgendwie schaffte er es, ruhig zu bleiben, und dem Irren in die Augen zu blicken. »Warum ausgerechnet Anja Lange?«

»Reiner Zufall. Ihr Vater saß eine Zeit lang mit Wotan und mir in einer Zelle der JVA Straubing. Er erzählte uns immer wieder von seiner Familie und dass ihn seine Frau gegenüber den Kindern verleugnete.« Der Mann zuckte mit den Schultern. »Was soll ich sagen, es war genau das, was wir für unser Spiel brauchten. Das Haus in abgeschiedener Lage, eine ältere Frau, die wir leicht aus dem Weg schaffen konnten. Der behinderte Bruder als Druckmittel ... sehr sympathischer Junge übrigens ... und eine junge Frau, die nicht gleich einknickte und so das Spiel spannend machte.« Nun legte sich ein Grinsen über sein Gesicht. »Aber nach allem, was ich recherchiert habe, wird es uns mit Ihrer Jenni bestimmt auch nicht langweilig werden. Ich bin wirklich schon gespannt darauf, wie es sich anfühlt, wenn ihre Haut langsam kälter wird ...«

Mikes Hände machten nur winzige Bewegungen, aber er spürte, dass das Seil schon etwas nachgab.

− 40 −

DREI MONATE SPÄTER …

»Und du meinst wirklich, wir sollten das nicht melden, Chef?«

Ohne auf seinen Vorarbeiter einzugehen, umrundete Georg Bergmann den Stuhl mit dem braunen Fleck darunter ein weiteres Mal, sah sich noch einmal in dem sonst absolut leeren Kellerraum um und schüttelte den Kopf. »Was soll das schon sein? Vermutlich haben hier ein paar durchgeknallte Jugendliche ein Huhn geopfert und sich wie Helden gefühlt. Der Abriss ist nach diesem langen Winter der einzige Auftrag, den wir haben. Weißt du, was los ist, wenn wir jetzt die Polizei rufen …?«

Josef sah dabei zu, wie sein Chef einige weitere braune Flecken begutachtete, zuckte dann aber mit den Schultern. »Wie du meinst«, sagte er ergeben, »bleibt es dabei, dass wir mit dem Schutt der oberen Konstruktion die Kellerräume füllen können?«

Bergmann löste sich vom Anblick der Flecken, drehte sich zu seinem Vorarbeiter und bestätigte es. »Ja, der neue Eigentümer des Geländes will sich Teile der Entsorgung sparen. Alles, was nicht zu viel Metall enthält, könnt ihr hier reinfallen lassen. Danach wird das Ganze mit Beton aufgefüllt und anschließend kommt der Firmenparkplatz obendrauf.«

»Alles klar. Ich sage den Leuten Bescheid und morgen Abend wird es die Halle nicht mehr geben.«

Die beiden Männer verließen den Kellerraum und eine Stunde später begannen die Abrissarbeiten an der alten Fabrikhalle.

Tom Jänke genoss die Fahrt zum Happurger Stausee. Die Sonne stand inzwischen ziemlich hoch, an fast allen Pflanzen zeigte sich das erste Grün und im Radio spielten sie einen Song, der Lust auf Sommer machte. Nach der Musik folgte ein kurzer Nachrichtenüberblick mit einer Bitte an die Bevölkerung, nach einer verschollenen Rentnerin Ausschau zu halten. Toms Gedanken schweiften zu Mike, der seit drei Monaten wie vom Erdboden verschwunden war. Seit der Nacht, in der Anja Lange den Freitod gewählt hatte, hatte niemand etwas von ihm gesehen oder gehört. Es war, als hätte sich der Boden aufgetan und Köstner mitsamt seinem Wagen verschluckt.

Tom näherte sich einer Polizeistreife, die ihn anwies, einem kleinen Feldweg zu folgen. Er schaltete das Radio aus, fuhr langsam über die unzähligen Schlaglöcher, die der Winter hinterlassen hatte, und hielt schließlich einige Meter vor der relativ steil abfallenden Uferböschung.

Dort, wo jetzt am frühen Vormittag eigentlich Ruhe und Frieden herrschen sollten, wimmelte es nun vor Menschen. In dem Heck eines offenen Krankenwagens saßen zwei Männer in halb ausgezogenen Taucheranzügen, auf die gerade ein Polizeipsychologe einredete. Ein Stück weiter stand der Einsatzwagen der Polizeitaucher und weitere zehn Meter daneben der Traktor eines Bauern, dessen Seilwinde sich langsam drehte. Dazwischen warteten Kollegen von der KTU auf das, was sie untersuchen sollten.

Tom fragte einen der Männer, wer die Leitung dieser Aktion hatte, und wollte diesen gerade ansprechen, als das Heck eines Fahrzeuges die Wasseroberfläche durchbrach. Nach und nach versiegte jedes Gespräch und alle Augen waren auf den See gerichtet.

Als die braune Brühe langsam, aber ohne Erbarmen, auch das Nummernschild freigab, spürte Tom, wie sich etwas in ihm zusammenzog. Er hatte Köstners Kennzeichen in den letzten Wochen so oft an andere weitergegeben, dass es keinen Zweifel gab. Der Wagen, den man da gerade aus dem trüben Wasser holte, gehörte seinem Freund.

Der Bediener der Seilwinde wartete einige Augenblicke, damit das Wasser ablaufen konnte, und holte das Fahrzeug anschließend endgültig an Land.

»Weiß man schon, wer da drin ist?«, fragte Tom immer noch hoffend den Einsatzleiter, während sie den Traktor umrundeten.

»Nein, das Wasser war zu trüb. Sowohl die beiden Hobbytaucher als auch unsere Männer sahen nur eine Person auf dem Fahrersitz, konnten aber nicht einmal erkennen, ob Mann oder Frau.«

Bis sie das Fahrzeug erreicht hatten, stülpte sich ein Mann der KTU einen dünnen Handschuh über und öffnete die Fahrertür. Für einen Augenblick dachte Tom, er würde zusammensacken, da er einige Sekunden brauchte, um zu realisieren, dass der Tote nicht Mike war. Der aufgedunsene Kopf des Mannes lag mit der Wange auf dem Lenkrad und seine toten Augen schienen ihn erstaunt anzustarren. Knapp über dem linken Auge zeigte sich ein kreisrundes Einschussloch, dessen Ränder vom Wasser ausgefranst waren.

Fast schon erleichtert schaffte es Tom, sich abzuwenden. Die Welt um ihn herum schien seltsam weit wegzurücken. Wie in Trance entfernte er sich einige Meter von dem Geschehen, sackte auf die Knie und starrte anschließend einfach nur auf einen kleinen Käfer, der sich seinen Weg durch das junge Gras bahnte. Nun wurde ihm auch klar, warum Mike und Jenni von heute auf morgen verschwunden waren. Sein Freund hatte das Gesetz selbst in die Hand genommen.

Irgendwann trat der Einsatzleiter neben ihn. »Vermutlich Selbstmord. Er muss sich selbst erschossen haben und ist danach die Böschung hinunter in den See gerollt. Einer meiner Männer hat den Toten wiedererkannt. Herr Menzel wurde erst vor Kurzem aus der Haft entlassen. Wie er allerdings zu Köstners Wagen gekommen ist, müssen wir erst noch klären.«

Tom brauchte einige Sekunden, stand dann auf und log: »Köstner wollte seinen Wagen verkaufen. Viel mehr, als sich darin umzubringen, konnte man mit der Rostlaube auch nicht mehr machen.« Dann drehte er sich um, ging zurück zu dem Toten und begann mit seinem Job, wobei er einige Spuren schlichtweg ignorierte.

ENDE

Zeitfracht Medien GmbH
Ferdinand-Jühlke-Straße 7
99095 Erfurt, Deutschland
produktsicherheit@kolibri360.de

Druck:
CPI Druckdienstleistungen GmbH
im Auftrag der
Zeitfracht Medien GmbH
Ein Unternehmen der Zeitfracht - Gruppe
Ferdinand-Jühlke-Str. 7
99095 Erfurt